Eligia - Geliebter Todesengel
Matilda Best

Viel Spaß beim Lesen, liebe Lusia und Joy

Matilda Best

Solingen 20.05.2023

MATILDA BEST

ELIGIA

GELIEBTER TODESENGEL

© 2021 Matilda Best

Besuchen Sie mich auf meiner Website, lassen Sie mich wissen,
wie Ihnen mein Buch gefallen hat!

www.matilda-best.de
facebook: matilda best
instagram: matildabest42
matildabest42@gmail.com

Lektorat: H. Schneider
Korrektorat: M.Deterbeck

Umschlaggestaltung: Florin Sayer-Gabor (www.100covers4you.com)
Satz: chaela (www.chaela.de)

Verlag und Druck:
tredition GmbH
Halenreie 40-44
22359 Hamburg

ISBN Taschenbuch: 978-3-347-32130-4
ISBN Hardcover: 978-3-347-32131-1

Das Werk, einschließlich seiner Teile, ist urheberrechtlich geschützt.
Jede Verwertung ist ohne Zustimmung des Verlages und des Autors unzulässig.
Dies gilt insbesondere für die elektronische oder sonstige Vervielfältigung, Übersetzung,
Verbreitung und öffentliche Zugänglichmachung.

Bibliografische Information der Deutsche Nationalbibliothek:
Die Deutsche Nationalbibliothek verzeichnet diese Publikation in der Deutschen
Nationalbibliografie; detaillierte bibliografische Daten sind im Internet über
http://dnb.d-nb.de abrufbar

Dieses Buch widme ich allen Kindern und Jugendlichen, die einen schlechten Start ins Leben hatten und mit allen Mitteln versucht haben oder noch versuchen, ihrem Leben eine Wendung zum Besseren zu geben.

Auch wenn sie manchmal vom Regen in die Traufe geraten, heißt die einzige erfolgversprechende Devise:

Wer kämpft, kann verlieren, wer nicht kämpft, hat schon verloren.

Zu diesem Buch hat mich ein wahrer Kriminalfall inspiriert.
Siehe Wikipedia-Auszug am Ende des Buches.
Triggerwarnung auch für diesen Artikel!

PROLOG

Als Kind hast du keinen Einfluss auf deinen Namen. Das merkte Eligia erstmals mit sechs Jahren. Als die Lehrerin sie nach ihrem Namen fragte und sie so deutlich und laut, wie sie nur konnte, »Eligia« sagte, herrschte in der Klasse für Sekunden Schweigen, dann Kichern und Gelächter. Das Gesicht der Lehrerin veränderte sich ebenfalls, allerdings nur kurz, und Eligia konnte die Veränderung nicht einordnen.

Mit elf Jahren wurde ihr dann allerdings klar, dass nicht nur ihr Name anders war, sondern auch sie selbst.

Unheimliche Kräfte

KAPITEL 1

Die ersten Jahre oder, wie alles begann

Elf

Eligia war eine sehr begabte Schülerin, die schnell lernte und vor allem Zusammenhänge viel leichter erfassen konnte als ihre Mitschülerinnen. Sie besuchte eine Mädchenklasse, weil die gemischten, ersten Schulklassen überfüllt waren. Andere Mädchen hatten eine oder mehrere Freundinnen, sie nicht. Warum war ihr unklar, aber auch egal. Sie kam gut allein zurecht. Vielleicht war sie zu schlau, zu schüchtern oder ihre Stimme war schuld. In der zweiten Klasse war es erstmals aufgefallen, dass sie eine engelsgleiche, glockenhelle Stimme besaß. Die Musiklehrerin lobte sie häufig und ließ sie immer wieder allein vorsingen.

Mit elf Jahren sagte ihre Mutter in ihrer knappen und kühlen Art:

»Eligia, du bist eine Schönheit und du wirst mit zunehmendem Alter immer schöner werden. Pass auf, dass du nicht in falsche Hände gerätst.«

Sie konnte diese Worte nicht einordnen und dachte, solange ich hier daheimbleiben kann, wird mir nichts passieren. Aber sie spürte, dass sie nicht mehr lange daheimbleiben konnte, denn mit elf bemerkte sie erstmals selbst, dass sie anders war. Anders als alle Mädchen, ja, anders als alle Menschen, die sie kannte.

Kurz vor diesen Worten ihrer Mutter hatte sich ein Vorfall ereignet. Der ältere Bruder ihrer Mutter, er hieß Wolter, war zu Besuch gekommen. Er wollte mit ihrem Vater etwas Geschäftliches besprechen. Sie hatte diesen Onkel schon mehrmals gesehen, bei früheren Besuchen. Er war ihr nie sympathisch gewesen und sie hatte ihn immer gemieden, aber es war auch nie etwas Besonderes vorgefallen. Dieses Mal allerdings spürte sie von Anfang an eine gewisse Spannung. Der Onkel wollte sie umarmen und sie zog sich, wie von einer fremden Macht geleitet, zurück. Körperlich und seelisch.

»Eligia, meine Süße, hast du Angst vor mir? Ich bin es, Onkel Wolter.«

Ihre Mutter schaute sie irritiert an und ihre Stimme wurde, wie so oft, kalt und schneidend.

»Gib deinem Onkel wenigstens die Hand, Eligia.«

Und nachdem Eligia gehorcht hatte, schob sie mit sanfter Stimme eine Erklärung nach.

»Sie ist in der beginnenden Pubertät, da können die Mädchen schon mal zickig reagieren.«

Eligia lächelte leicht und verzog sich auf ihr Zimmer. Im Vorbeigehen warf sie einen kurzen Blick in den Spiegel, der in ihrem Zimmer neben der Tür stand. Was war das? Sie ging zwei Schritte zurück, stellte sich vor den Spiegel und schaute genau hin. Ihr hellhäutiges Gesicht und die langen, roten Haare sahen aus, wie immer. Aber oberhalb der Schultern, unter den Haaren kaum zu sehen, erkannte sie beim genauen Hinschauen einen weißen Schatten. Er sah aus wie ein kurzer Flügel. Sie ging näher an den Spiegel. Es war ein Flügel. Eligia langte mit der linken Hand auf ihre rechte Schulter, aber da war nichts. Sie spürte weder Federn noch eine Erhebung. Dann wischte sie über den Spiegel. Nein, da war keine Staubschicht, keine Feuchtigkeit. Nunmehr drehte sie sich weit zur Seite und dann gab es keinen Zweifel mehr: Weiße Flügel, etwa 30 Zentimeter lang, schienen aus ihrem Rücken zu wachsen. Ihr Herz fing an zu rasen. Ich sehe Gespenster, dachte sie und stellte sich mit dem Rücken an eine Wand. Sie versuchte, irgendein Fremdkörpergefühl zu spüren oder eine Vorwölbung weg zu reiben. Aber sie spürte nichts Fremdartiges, sondern ein völlig normales Rückengefühl.

Eligia verließ ihr Zimmer und ging zum Flurspiegel. Die Erwachsenen unterhielten sich im Wohnzimmer und bemerkten sie nicht. Als sie vor dem Spiegel stand, musste sie zwei Minuten warten, tief Luft holen und sich zwingen, die Augen auf ihr Spiegelbild zu richten. Nichts. Alles sah völlig normal aus. Sie drehte sich hin und her, aber da war nicht der Hauch eines Flügels zu sehen. Dann rannte sie in ihr Zimmer zurück. Und diesmal überfiel sie eine unangenehme Angst. Trotzdem starrte sie mit zusammengekniffenen Lippen in den Spiegel und atmete erleichtert die Luft wieder heraus. Ja, es lag am Spiegel. Nur dieser Spiegel in ihrem Zimmer zeigte ihre Flügel. Es war also ein besonderer Spiegel, sie selbst war normal.

Zwölf

Eine Woche später wurde sie zwölf. An ihrem Geburtstag erhielten sie erneut Besuch von Onkel Wolter. Er schlich um sie herum, während er mit ihrem Vater redete. Sie spürte seine Augen auf ihrem Rücken und ein unangenehmes Brennen an den Flügelstellen. Ihre Mutter kam aus der Küche und lächelte so freundlich, wie es ihr möglich war. Eligia sagte ruhig und leise:
»Hallo Onkel Wolter, schön, dass du mir zum Geburtstag gratulieren willst.«
Und sie hielt ihm die rechte Hand entgegen. Er nahm die Hand und führte sie an seine Lippen. Eligia zog die Hand erschrocken zurück, der Kuss brannte wie Feuer, aber sie sah nicht die Spur einer Brandwunde auf ihrem Handrücken.
»Was ist denn los? Ein kleiner Handkuss hat noch keinem braven Mädchen geschadet!"
Und Onkel Wolter lachte ihre Mutter an. Diese verließ wortlos den Raum und verschwand wieder in der Küche. Und eigenartigerweise marschierte auch ihr Vater zur Küchentür. Wollten ihre Eltern sie allein mit Onkel Wolter lassen? Panik stieg, wie eine heiße Wolke, in ihr hoch und ihr Herzschlag beschleunigte sich.
»Vater, bleib hier!«, stieß sie leise heraus.
Ihr Vater winkte locker mit der Hand.
»Ich komme gleich wieder zurück, deine Mutter hat bestimmt vergessen, den Wein kühl zu stellen.«
Als die Küchentür ins Schloss fiel, erkannte Eligia, dass sie al-

lein war. Allein auf dieser Welt. Sie hatte keinen Menschen, der sie beschützen konnte oder würde. Aber sie wusste, dass sie zwei Flügel hatte. Egal, ob sie nur zeitweise und nur für sie selbst sichtbar waren. Und wofür sollten Flügel gut sein, wenn nicht zum Schutz? Und dass sie Schutz brauchte, war in den nächsten Sekunden klar. Onkel Wolter bewegte sich schnell und zielgerichtet auf sie zu und zog sie an seinen fetten, harten Bauch.

»Lass dich umarmen, süße Eligia, und zum zwölften Geburtstag gratulieren. In anderen Kulturen heiraten die Mädchen schon in diesem Alter oder noch früher.«

Eligia stand starr wie eine Marmorsäule und versuchte, sich auf ihre Flügel zu konzentrieren. Onkel Wolter ließ seine rechte Hand langsam an ihrem Rücken heruntergleiten. Sie wollte um Hilfe rufen, brachte aber keinen Ton heraus. Und dann passierte es: Onkel Wolter stieß einen schrillen Schrei aus, fasste sich an die Brust, trat abrupt zwei Schritte zurück und starrte mit schmerzverzerrtem Gesicht in ihre Augen. Dann schnappte er mehrmals krampfhaft nach Luft, lief blau an und sackte in sich zusammen. Eligia stand weiter starr da, auch, als die Tür aufgerissen wurde und ihre Mutter und ihr Vater hereinstürzten.

»Was ist los? Oh nein, Wolter, was hast du?«, schrie ihre Mutter und ihr Vater wählte schon per Handy die Notarztnummer.

»Schnell, kommen Sie in die Millerstreet 12. Mein Schwager hat wohl einen Herzinfarkt bekommen, er ist bewusstlos.«

Ihre Mutter kniete sich neben Onkel Wolter, öffnete seinen Hemdkragen und begann mit einer Herzmassage. Eligia betrachtete die Vorgänge wie aus weiter Ferne. Sie fühlte sich leicht wie eine Feder, die 50 Zentimeter über dem Boden schwebte und ein unbekanntes Glücksgefühl ließ sie innerlich strahlen. Ja, ihre Flügel hatten sie beschützt. Sie konnte sie durch ihre Gedanken dazu bringen, Menschen zu vernichten, die ihr Böses antun wollten. Und Eligia zweifelte nicht eine Sekunde daran, dass Onkel Wolters Absichten böse waren.

Als der Notarzt sechs Minuten später eintraf, war Onkel Wolter bereits tot, auch wenn weiterhin alles versucht wurde, ihn ins Leben zurückzuholen. Eligia blieb vorsichtshalber im Zimmer stehen. Sie kannte die Wirkung ihrer Flügel noch nicht, wusste nicht, ob ihre körperliche Anwesenheit erforderlich war, um böse Menschen zu vernichten. Vielleicht konnten sie durch Wände hindurch wirken, vielleicht auch nicht. Sie musste als Nächstes lernen, wozu ihre Flügel fähig waren, wie sie Einfluss auf sie nehmen und kontrollieren konnte. Sie wollte lernen, wie groß ihre Macht war. Vielleicht war sie bei Onkel Wolter zu weit gegangen, vielleicht hatte sie ihre Flügel gezwungen, Onkel Wolter zu töten, denn sie hatte ihnen in ihrer Panik befohlen: Lasst ihn sterben – jetzt und sofort! Rettet mich vor diesem Ungeheuer!

Eligia fühlte kein Mitleid. Wer Flügel besaß, musste sie erst kennenlernen, wie ungewohnte oder fremde Waffen. Sie musste erst herausfinden, ob eine Dosierung dieser Waffen durch Gedanken möglich war und ob sie den Tod eines Gegners zwingend in Kauf nehmen musste, wenn sie ihre Flügel aktivierte. Vielleicht wurden sie auch nur durch ihre massive Angst tätig, nicht durch ihre Gedanken. Tausend Fragen schwirrten durch ihren Kopf. Alles war so neu, so unheimlich. Und sie hatte keinen Lehrmeister, niemand, den sie fragen, ja, dem sie auch nur von ihrer Ausstattung erzählen konnte. Sie war allein, wie schon die letzten zwölf Jahre ihres Lebens.

Während dieses Gedankenkarussell sie verwirrte, sah sie die Menschen um sich herum wie durch eine Glaswand. Ihre Mutter weinte. Noch nie hatte sie ihre Mutter weinen sehen, sie wusste gar nicht, dass sie weinen konnte, dass sie Tränen besaß, dass sie in der Lage war, traurig zu sein. Solange sie denken konnte, war ihre Mutter eine kühle und strenge Frau gewesen, die ihren vier Jahre jüngeren Bruder zwar verwöhnte, aber auch ihn nicht warm und liebevoll behandelte.

In Eligias Augen war sie eine Konkurrentin um die Liebe ihres Vaters. Dieser war weich und schwach, sodass seine Frau ihn beherrschen konnte. Weil sich Eligia nicht unterdrücken ließ, hätte sie sie am liebsten aus der Familie verstoßen. Deshalb fühlte sich Eligia zunehmend allein und innerlich ausgekühlt, vor allem, weil sie seit ihrem sechsten Lebensjahr weder von ihrer Mutter noch von Ihrem Vater umarmt oder gestreichelt worden war. Damals hatte sie sich entschlossen, ihrer Mutter keinen Gutenachtkuss mehr zu geben. Wie so oft hatte diese sie wegen einer Kleinigkeit geschlagen. Mit dem Handrücken schnell und ohne Vorwarnung ins Gesicht. Ein Wegducken oder Schützen mit dem Arm war nicht möglich gewesen. Ihre Wange schmerzte noch am Abend, als ihre Mutter so tat, als ob nichts geschehen wäre, und den gewohnheitsmäßigen Gutenachtkuss einforderte.

»Ich will dir keinen Kuss mehr geben«, hatte sie ruhig gesagt und ihren Vater umarmt, der sich zu ihr heruntergebeugt hatte.

Am nächsten Abend hatte der Vater an ihrem Bett gestanden und sie traurig angeschaut.

»Wenn du deiner Mutter keinen Gutenachtkuss gibst, kann ich dir auch keinen mehr geben."

Eligia hatte sich wortlos zur Wand gedreht. Seit diesem Abend hatte sie nie mehr eine Umarmung, geschweige denn einen Kuss, von ihm bekommen. Sie war eigentlich ohne jede körperliche Berührung groß geworden.

Daran dachte sie nun an ihrem zwölften Geburtstag. Auf diese körperliche Berührung von Onkel Wolter hätte ich wirklich verzichten können. Aber gut, nun ist er bestraft worden. Nicht von mir, nein, sondern von meinen Flügeln.

Als der tote Onkel ins Nebenzimmer getragen wurde und die Leichenfrau erschien, ging sie in ihr Zimmer und stellte sich vor den Spiegel. Sie drehte sich zur Seite, aber da waren keine Flügel. Was war passiert? Verschwanden die Flügel nach getaner Arbeit, mussten sie sich erholen? Sie fühlte sich selbst erschöpft, leer und müde. Als sie auf ihrem Bett lag, wurde ihr klar, dass ein neuer Lebensabschnitt begonnen hatte.

Dreizehn bis fünfzehn

Die nächsten Tage verliefen turbulent. Niemand nahm Notiz von ihr, und keiner dachte daran, dass sie an Onkel Wolters Tod schuld sein könnte. Sie betrachtete sich jeden Tag zwei- bis dreimal im Spiegel. Ihre Flügel waren nie erkennbar. Drei Tage nach seiner Beerdigung nahm ihre Mutter ein Buch aus dem Bücherschrank und reichte es ihr.

»Lis dieses Buch, Eligia, und mach dir über seinen Inhalt Gedanken. Mich darfst du aber nicht fragen, ich glaube nicht an so einen Unsinn. Aber ich spüre, dass du anders bist und an Onkel Wolters Tod beteiligt.«

Eligia nahm das Buch wortlos entgegen. Sie las es in fünf Tagen durch und verstand zuerst nichts. Dann las sie es noch mal und konzentrierte sich auf bestimmte Passagen, die sie beim ersten Lesen mit Bleistift am Rand markiert hatte. Nach der letzten Seite war ihr klar, dass sie zu den wenigen Kindern gehörte, die außergewöhnliche Fähigkeiten besaßen. Nicht ihre leuchtend roten Haare oder ihre glockenhelle Stimme waren das Besondere an ihr, wie sie als Kind gedacht hatte, nein es war ihre Fähigkeit, Menschen, die sie angriffen, oder vielleicht nur bedrohten, zu töten. Sie ging zum Spiegel und lächelte, als sie ihre Flügel wiedererkannte. Sie erschienen ihr schöner und größer als zuvor. Anscheinend brauchten sie nach einer vollbrachten Leistung Ruhe. Einen bösen Mann zu töten war auf jeden Fall eine besondere Leistung. Und deshalb beurteilte sie das Wachstum ihrer Flügel als logische Folge.

In dem Buch wurde die Geschichte von diesen besonderen Kindern erzählt. Sie konnten Menschen verletzen oder töten, ohne sie zu berühren. Es gab weibliche und männliche Kinder dieser Art und sie hatten sich zu einer Art Kampftruppe gegen böse Menschen zusammengeschlossen. Eligia dachte, dass sie wohl als Einzelkämpferin tätig werden müsse, denn sie kannte niemanden, der so ähnlich war wie sie. Sie fühlte sich so allein wie nie zuvor. Eigentlich wollte sie gar nicht kämpfen und sie wusste auch nicht, gegen wen. Der einzige böse Mensch, den sie kannte, war bereits tot.

Deshalb konzentrierte sie sich auf die Schule und genoss ihre hervorragenden Leistungen und den Neid ihrer Mitschülerinnen. Ihr fiel das Erfassen von Zusammenhängen, das Ziehen von Schlussfolgerungen und das Finden von Lösungen so leicht, dass sie kaum lernen musste. In den letzten drei Klassen war sie nun mit Jungen zusammen. Allerdings spürte sie keinerlei Interesse an diesen Klassenkameraden und das beruhte wohl auf Gegenseitigkeit. Auch auf diesem Gebiet unterschied sie sich von den anderen Mädchen in ihrer Klasse.

Mit 15 Jahren, ein halbes Jahr vor ihrem Abschluss, stellte der Klassenlehrer, er hieß Harold Brown, einen neuen Mitschüler vor.

»Das ist Eric. Er war vorher in einer anderen Stadt und einer anderen Schule. Kümmert euch um ihn, damit er schnell den Anschluss findet. Eligia, willst du ihm in Mathematik und Physik ein bisschen helfen?«

Eligia zuckte zusammen, als sie ihren Namen hörte. Warum gerade sie? Na ja, sie war die Klassenbeste und wohl deshalb für diesen Job geeignet. Sie nickte zustimmend.

»Gerne.«

Dann winkte sie mit der linken Hand Eric zu und der lächelte sie an. In diesem Moment spürte sie ein noch nie gefühltes, eigenartiges Kribbeln im Bauch. Es zog sich bis zu ihren Knien herunter und schwächte sie ein bisschen, aber es war angenehm. Sie musste sich am Tisch festhalten, als sie aufstand, um dem Jungen Platz zu machen, denn er war zielstrebig auf ihren Schreibtisch zugegangen. Er hatte sich im Vorbeigehen einen Stuhl aus der gestapelten Stuhlreihe am Ende des Klassenraumes gegriffen und stellte ihn nun an ihren Tisch. Eligia saß, solange sie denken konnte, allein an einem Zwei-Personen-Tisch. Eric setzte sich hin und reichte ihr lächelnd seine Hand. Sie zögerte sekundenlang. Seit Onkel Wolters Umarmung hatte sie keinem Menschen mehr die Hand gegeben oder ihn berührt. Sie hatte Angst vor ihrer eigenen Reaktion. Was, wenn sie ihre Flügel ungewollt und unkontrollierbar aktivieren würde? Was, wenn Eric tot zu Boden fiel und sie nie mehr in diese besonderen, blauen Augen blicken konnte, die so tief und warm auf sie wirkten. Sie konnte dieses Risiko nicht eingehen. Sie bewegte leicht den Kopf als Nein-Zeichen und Eric lächelte weiter.

»Keine Panik, ich kenne dieses Gefühl«, flüsterte er ihr verschwörerisch zu.

Sie taten dann beide so, als ob nichts vorgefallen wäre, und verfolgten den Unterricht, den Herr Brown begonnen hatte.

Am Ende der letzten Unterrichtsstunde sah sie einen kleinen Zettel vor sich liegen. Eric hatte ihn wohl geschrieben und ihr zugeschoben. Sie las eine Telefonnummer und zwei Zeilen. »Ruf mich an, wenn du bereit bist. Lass dir Zeit, das ist normal.«

Sie steckte den Zettel ein, winkte leicht mit der Hand und verschwand, ohne ein Wort zu sagen. Draußen holte sie tief Luft, setzte sich auf ihr Fahrrad und fuhr die drei Kilometer nach Hause. Sie hatte das Gefühl zu fliegen, so leicht und entspannt fühlte sie sich. In ihrem Kopf klang der Satz wie engelsgleiche Musik: »Das ist normal«. Sie war normal.

Daheim hatte sie ihre Flügel wieder im Spiegel gesehen. Was, wenn Eric in der Lage war, ihre Flügel auch zu erkennen, mit seinen tiefblauen Augen. Bisher war das keinem ihrer Mitmenschen möglich gewesen, denn niemand hatte sich gewundert oder etwas zu ihr gesagt. Was, wenn er ihre Flügel auch als normal empfand und was, wenn er selbst Flügel oder so etwas Ähnliches besaß? Sie dachte an das Buch, das ihr die Mutter gegeben hatte. Anscheinend existierten mehrere Menschen mit außergewöhnlichen Fähigkeiten. Sie entschied sich, Eric anzurufen und zu fragen. Was sollte schon passieren? Sie war es gewohnt, dass sich

Menschen von ihr abwandten und zurückzogen. Wenn er das tat, wusste sie wenigstens sicher, dass er kein Seelenverwandter war. Dieser Ausdruck kam in dem Buch mehrmals vor und er gefiel ihr.

Sie rief ihn gegen 16:00 Uhr an, und er schien auf ihren Anruf gewartet zu haben.

»Schön, dass du anrufst, Eligia. Ich habe gehofft, dass du deine Schüchternheit überwindest. Wann können wir uns sehen und sprechen?«

Ihre Stimme war leicht belegt und zittrig.

»Ich habe drei Stunden Zeit, wir können uns am Ostpark treffen, neben dem Eingangstor. Kennst du diesen Platz?«

»Ja, ich bin in 30 Minuten dort.«

»Okay, bis gleich.«

Sie atmete tief aus. Das war geschafft. Jetzt musste sie nur noch ganz entspannt seine Hand nehmen, ohne Angst zu bekommen und ohne an ihre Flügel zu denken.

Um 16:30 Uhr trafen Eric und Eligia am Osttor zusammen. Als sie in seine Augen blickte, wollte sie im warmen Wasser dieses tiefblauen Kratersees versinken. Sie spürte diese Wärme am ganzen Körper. Dann gingen beide aufeinander zu, umarmten sich und verharrten in dieser Umarmung wunderbare, lange Minuten. Oder waren es doch nur Sekunden?

»Wir sind gleich, Eligia, ich habe das sofort gespürt. Es gibt nicht viele von uns, deshalb müssen wir zusammenhalten und uns gegenseitig helfen.«

Diese Worte flüsterte er in ihr Ohr, ohne sie aus seinen Armen zu entlassen, und sie genoss diese körperliche Berührung. Solange sie denken konnte, hatte sie dieses Gefühl von Zusammengehörigkeit vermisst. Jetzt trank sie diese weiche, warme Umarmung wie ein Verdurstender in der Sahara den ersten Schluck Wasser, vorsichtig und doch unendlich glücklich und dankbar. Sie spürte seine Seele und vor allem auch ihre eigene.

KAPITEL 2

Seelenverwandte

Nach dieser ersten Umarmung nahm Eric ihre Hand und es fühlte sich normal an. Ihre kleine Hand passte gut in seine. Er steuerte eine leere Bank an und beide setzten sich nebeneinander.
»Eligia, weißt du, dass du eine Elfe bist?«
»Nein, woher sollte ich das wissen und woher willst du das wissen?«
Eric legte seine Hand auf ihr Knie und ein heißes Gefühl durchströmte ihren Körper. Heiß, aber noch angenehm.
»Diese Hitze kannst nur du spüren, weil du wie ich bist. Wir sind Auserwählte. Dein Name kommt nicht von ungefähr. Wahrscheinlich hat deine Mutter ihn geträumt und dich dann so genannt. Sie ahnt, dass du etwas Besonderes bist, und deshalb hat sie vielleicht Angst vor dir.«

Eligia ließ seine sanfte und doch selbstbewusste Stimme und seine Worte auf sich wirken.

»Hatte deine Mutter auch Angst vor dir oder hat sie dich geliebt?«

Eric drehte seinen Kopf zur Seite und schaute sie an. Eligia starrte weiterhin auf den Baumstamm gegenüber der Bank. Sie wollte nur seine Stimme hören, aber nicht in seine Augen sehen.

»Meine Eltern kenne ich nicht. Meine Mutter hat mich als Dreijährigen in eine Pflegefamilie gegeben, weil sie damals schon Angst vor mir hatte. Mein Vater hatte sie vorher schon verlassen. In dieser Pflegefamilie konnte ich auch nur bleiben, bis ich acht Jahre alt war. Dann musste ich in ein Heim. Bei einem Streit hatte mir mein Pflegevater einen Schlag mit der Faust versetzt, sodass ich auf den Boden stürzte und eine Kopfplatzwunde davontrug. Als ich wieder aufgestanden war und das viele Blut sah, dachte ich, ich müsste sterben. Da habe ich meine linke Hand erhoben und ihn mit einem Blitz so verletzt, dass er zu Boden ging und halbseitig gelähmt war. Meine Pflegemutter stand dabei und behauptete, ich wäre schuld an dem Schlaganfall meines Pflegevaters, aber niemand hat ihr geglaubt. Der Schlaganfall wurde in einem neurologischen Krankenhaus nachgewiesen, Folgen eines Blitzschlags haben sie nicht feststellen können.«

Er machte eine Pause und schaute nun wieder weg, auch auf den Baumstamm gegenüber der Bank. Deswegen konnte sie ihn jetzt von der Seite betrachten und war erstaunt, wie schön er aussah, mit seiner weißen Haut und dem leichten Flaum über den Lippen und an den Wangen. Er hatte fast schulterlange, dunkelbraune Haare.

»Und trotzdem haben sie dich ins Heim geschickt?«

»Ja, das ging nicht anders. Meine Pflegemutter wollte keine Sekunde mehr mit mir zusammenleben und ich war auch froh, dass ich ohne engen Kontakt zu fremden Erwachsenen groß werden durfte. Im Heim war ich ein Einzelgänger, aber die anderen hatten Respekt vor mir, vielleicht sogar auch Angst.«

Eligia nahm seine Hand von ihrem Knie und hielt sie fest.

»Wofür sind wir auf der Welt?«

Diese Frage ging ihr schon die letzten Jahre durch den Kopf. Es musste einen Grund geben, dass sie Flügel hatte, die Menschen töten konnten und Eric in der Lage war, mit seinen Händen Menschen schwer zu schädigen.

Er stand auf und zog sie hoch und nah an sich heran. Ihre Körper berührten sich nicht, aber sie spürte eine wunderbare Wärme, die sie einhüllte wie eine Decke.

»Ich weiß es noch nicht, Eligia, aber wir haben uns gefunden, das ist ein wichtiger Fortschritt. Zu zweit sind wir sehr stark und egal, was unsere Aufgabe ist, wir können uns gegenseitig helfen und schützen.«

Sie erzählte ihm dann von dem Buch, das ihre Mutter ihr gegeben hatte, und Eric reagierte überrascht.

»Das Buch ist vielleicht der Schlüssel, hast du es noch?«

»Ja, aber ich habe es nicht wirklich verstanden. Vielleicht verstehen wir es zu zweit besser.«

»Kann gut sein, ich glaube, du musst deine Familie verlassen. Wir müssen uns auf unser zukünftiges Leben vorbereiten. Lass uns jetzt lernen und eine gute Abschlussprüfung schreiben, dann ziehst du aus und zu mir. Ich lebe allein in einem alten Haus, das meine Oma, die Mutter meines echten Vaters, mir vererbt hat. Ich habe sie nicht gekannt.«

Eligia nickte und überdachte seine Worte. Sie würde in sechs Wochen 16 Jahre alt werden. Dann war sie volljährig und konnte entscheiden, wo sie leben wollte. Die Abschlussprüfung war in acht Wochen, das passte alles sehr gut. Ein neuer Lebensabschnitt würde beginnen und erstmals war sie nicht mehr allein, hatte einen Menschen an ihrer Seite, der sie verstand, ja sogar seelenverwandt war und mit ihr nach der Lösung aller offenen Fragen suchen würde. Sie umarmte Eric von sich aus und drückte ihre Lippen an seinen Hals. Er streichelte ihren Rücken und ihre Flügel.

Neun Wochen später, an einem Samstag, zog sie daheim aus. Sie sagte beim Nachmittagstee, ohne jemanden anzuschauen:
»Ich ziehe heute noch aus.«
Schweigend aßen alle weiter. Ihr Vater verschluckte sich an seinem Tee und hustete. Ihr inzwischen elfjähriger Bruder, Jeremy, sagte schließlich:
»Wenn ich 16 bin, ziehe ich auch aus. In dieser Wohnung herrscht seit Onkel Wolters Tod so ein Verwesungsgeruch.«
Eligia zuckte zusammen.
»Das bildest du dir ein, hier riecht es wie immer – nach Putzmittel, Papas Rasierwasser und Mutters billigem Parfum.«
Ihre Mutter stellte die Teetasse auf den Tisch zurück und suchte ihre Augen.
»Schau mich an, Eligia, von klein auf warst du mir unheimlich. Ich wollte als erstes Kind einen Sohn und war enttäuscht, als ich dich, ein Mädchen bekam. Du warst allerdings immer stärker und eigenständiger als jeder Junge. Dein Bruder ist gegen dich schwach, aber vor ihm hat man keine Angst. Es ist gut, wenn du deinen eigenen Weg gehst und woanders Unheil anrichtest.«
Eligia hatte mit einer negativen Reaktion ihrer Mutter gerechnet. Sie fühlte nichts. Keine Trauer, keine Enttäuschung. Sie

wusste seit vielen Jahren, dass ihre Mutter nur negative Gefühle für sie hegte, wahrscheinlich war sie eifersüchtig. Solange Eligia sich erinnern konnte, hatte sie das liebevolle Verhältnis zu ihrem Vater mit argwöhnischen Augen beobachtet. Auch wenn er sie seit vielen Jahren nicht mehr küssen oder umarmen dufte, sprachen seine Blicke Worte, die jeder verstand – auch ihre Mutter. Heute, nach so vielen Jahren, traute er sich, den Bann zu brechen. Er stand auf und ging um den Tisch zu ihrem Stuhl. Sie ahnte, dass ihr Vater sie zum Abschied noch einmal umarmen wollte und stand schnell auf. Er wollte wohl all die vielen verpassten Umarmungen nachholen, aber sie wusste, dass das nicht möglich war. Und so umarmten sie sich voller Wehmut und aufgestauter Gefühle. Ihr Vater küsste sie leicht auf die Wange.

»Du machst deinen Weg, große Tochter, und ich werde immer mit liebevollen Gedanken und Wünschen bei dir sein.«

Ihre Mutter starrte mit versteinertem Gesicht auf das Brotmesser, das vor ihr auf dem Tisch lag. Sie räusperte sich, bevor sie zu reden anfing.

»Als ich dich Eligia genannt habe, befand ich mich in einem depressiven Zustand. Nach deiner Geburt habe ich schlecht geschlafen und wurde von schrecklichen Träumen gequält. In einem dieser Träume hat eine Frauenstimme gesungen und ich habe verstanden: ›Nenne sie Eligia, denn sie ist auserwählt.‹ Das wollte ich dir noch sagen. Ich habe dann dieses Buch gefunden, es lag vor unserer Haustür unter den Geschenken zu deiner Geburt. Ich habe es für dich aufgehoben, weil ich wusste, dass es für dich bestimmt war. Nimm es mit und deine unheimliche Ausstrahlung auch.«

Dann stand sie auf und ging in die Küche. Ihr Vater flüsterte ihr ins Ohr:

»Sie ist so, wie sie ist, und leidet selbst darunter. Sei du froh, dass du die Welt mit anderen Augen sehen und mit deinem besonderen Verstand analysieren kannst.«

Dann ging auch er aus dem Zimmer und sie sah ihn viele Jahre nicht mehr. Jeremy saß schweigend am Tisch und wusste wohl mit all diesen Worten nichts anzufangen. Er tat ihr leid.

»Wenn du mal Hilfe brauchst, ruf mich an. Ich werde für dich da sein. Im Moment muss ich aber erst mal selbst meinen Weg suchen und finden.«

Und sie küsste ihn leicht auf die Stirn.

Ihre Sachen passten in einen großen Rucksack. Obenauf lag das Buch, das ihr vielleicht bei der Suche helfen konnte.

KAPITEL 3

Das neue Zuhause

Eric hatte ihr gleich nach dem Treffen im Park ein neues Smartphone geschenkt. Er hatte es in die Schule mitgenommen und ihr sämtliche Funktionen erklärt. Eligia lebte mit ihrer Familie in einem Randbezirk der Großstadt, man konnte sagen, auf dem Land. Natürlich besaß jeder Jugendliche ein Smartphone, aber es gab deutliche Qualitätsunterschiede. Sie hatte ihres zum 14. Geburtstag bekommen und vorher nur ein einfaches Handy besessen. Dieses war nun in den Besitz ihres jüngeren Bruders über gegangen. Er hatte sich lautstark beschwert und wollte zum zehnten Geburtstag unbedingt ein modernes Smartphone, aber ihre Eltern mussten jeden Cent umdrehen, um die teure Miete in diesem Vorortviertel von Glasgow bezahlen zu können. Eric reichte ihr das Smartphone mit den Worten:

»Ich habe von meiner Oma auch Geld geerbt und dieses Smartphone ist wichtig für uns, damit wir ständig in Verbindung bleiben können, uns auch in die Augen sehen und sehr schnell jede Information weitergeben können. Vor allem hat es eine hochwertige Kamera und ein sehr gut funktionierendes Navigationsgerät.«

Als sie nun auf der Straße vor ihrem Wohnhaus stand, rief sie als Erstes Eric an.

»Ich stehe vor unserem Mietshaus und fühle mich beschissen«, sagte sie.

»Das kann ich mir vorstellen. Aber glaube mir, wir zwei werden ein schönes Leben haben und du wirst deine Familie schnell vergessen. Schalte das Navi ein und gib die U-Bahn-Station Queen Street ein. Dann fährst du mit deinem Rad an der Schule vorbei, ungefähr drei Kilometer, auf immer gut beschilderten Fahrradwegen. Das Navi zeigt dir das genau an. Ich warte auf dich an der Rolltreppe der U-Bahn-Station.«

»Okay, ich habe es eingeschaltet und bin schon unterwegs. Bis gleich.«

Eligia fuhr die gewohnte Strecke bis zu ihrer Schule und überlegte, wie ihr zukünftiges Leben wohl verlaufen würde. Beruflich standen ihnen alle Tore offen, denn sie hatten ihre Abschlussprüfung mit sehr guten Noten bestanden. Sie konnten studieren oder eine Ausbildung machen, zum Beispiel bei der Polizei, beim Militär oder in einem Amt. Eric hatte sich bezüglich seiner beruflichen Vorstellungen sehr verschlossen gezeigt, und nur angedeutet, dass er Pläne habe, die er ihr erläutern würde, wenn sie bei ihm wohne. Sie selbst hätte gerne Gesang studiert, allerdings waren ihre Eltern dagegen gewesen und hatten ihr keinen Gesangsunterricht in der Kindheit ermöglicht. Das war aber meistens die Voraussetzung, um Gesang studieren zu können. Wegen ihrer hohen, alles übertönenden Stimme konnte sie auch keinem Chor beitreten.

An der U-Bahn-Station stand Eric lässig ans Geländer gelehnt und winkte ihr zu. Er sieht so gut aus, dachte sie, aber er wirkt etwas unnahbar. Dann musste sie lächeln. Sie selbst wirkte wahrscheinlich noch unnahbarer auf andere. Als sie vor ihm stand, gab er ihr einen sanften Kuss auf beide Wangen und nahm ihr den Rucksack ab.

»Hast du das Buch dabei?«

»Klar, das ist ja das Wichtigste.«

Und dann sperrten sie ihr Fahrrad in einen gemieteten kleinen Container, in dem schon Erics Rad untergebracht war, und fuhren zusammen in das Untergeschoss der U-Bahn. Nach einer guten halben Stunde Fahrt in Richtung Zentrum stiegen sie an einer Haltestelle namens Ibrox aus. Eligia war bisher noch nie im Zentrum dieser riesigen Stadt gewesen. Ihre Eltern hatten bewusst den Außenbezirk von Glasgow nicht verlassen, zumindest nicht, seitdem sie Kinder hatten. Ihr Vater hatte einmal gesagt:

»Hier draußen kann man noch atmen, hier ist die Welt noch so, wie sie sein sollte. In der Stadt wirst du krank, ausgeraubt oder umgebracht, bevor du bis drei zählen kannst.«

Sie hatte diese Ausführungen nicht geglaubt, sich aber auch nicht getraut, allein die Stadt zu erkunden. Nach dem Vorfall mit Onkel Wolter erst recht nicht mehr, soweit sie wusste, hatte er in Zentrumsnähe gewohnt.

Als sie vor Erics Haus standen, durchflutete sie ein eigenartiges Gefühl. Sie kannte solche Häuser gar nicht. Schmal, etwa zwei Stockwerke hoch, rechts und links an ähnliche Häuser angrenzend und mit einem schweren, hohen Tor zur Straße hin abgegrenzt. Außerdem führte eine Mauer neben dem Bürgersteig die ganze Straße entlang. Hinter ihr wuchsen hohe Büsche, sodass man in den Vorbereich der Häuser gar nicht schauen konnte. Das Eisentor wiederum hatte scharfe Spitzen auf den Eisenstäben, die wohl Eindringlinge abschrecken sollten. Eligia dachte, das schaut aus wie der Eingang zu einer Festung oder einem Gefängnis. Laut fragte sie:

»Wie alt sind diese Häuser?«

»Na ja, so um die Jahrhundertwende sind sie wohl gebaut worden, aber die Mauer vielleicht erst später.«

Eric schloss zuerst das Eisentor auf, mit einem Sicherheitsschlüssel, und dann, nach ein paar Schritten und einer kleinen Treppe standen sie vor der schweren Haustür. Er gab in eine Art Fernbedienung sechs oder sieben Zahlen ein und die Tür öffnete sich.

„Diese Sicherheitsschlösser gibt es natürlich erst seit ein paar Jahren. Der Notar hat mir erzählt, dass meine Oma eins hat einbauen lassen, weil sie Opfer eines Einbrecher-Trios geworden war. Sie hat damals zwei der Einbrecher erschossen und viel Ärger mit der Polizei bekommen. Die haben ihr vorgeworfen, dass ihr Haus mit einer leicht zu öffnenden Tür, Einbrecher geradezu angelockt habe." Sein Gesicht verfinsterte sich und er stellte Eligias Rucksack mit einem Schwung ab, der deutlich machte, dass er weder mit Einbrechern noch mit der Polizei etwas zu tun haben wollte. Aber, wer wollte das schon?

Dann zeigte er ihr das Haus, das von innen gemütlicher wirkte als von außen. Die Fenster waren zwar alle vergittern, aber durch luftige, weiße Vorhänge wirkte es rundherum hell und frisch. Die Möbel sahen dunkel aus, wie wohl alle alten Möbel, aber der

Sessel und ein riesiges Sofa strahlten Wärme und einladende Bequemlichkeit aus. Sogar ein offener Kamin war in die Wand eingebaut. Eric zeigte auf einen großen Schreibtisch.

»Das ist mein Lieblingsplatz.«

Und Eligia sah zwei Laptops und eine Art Konsole, die einige Bücher und Mappen verdeckten.

»So, jetzt zeige ich dir dein Zimmer und dann essen wir noch eine Kleinigkeit. Ich habe mich schon darauf gefreut, endlich nicht mehr allein essen zu müssen.«

Er nahm ihren Rucksack wieder hoch und ging zu einer Holztreppe. Anscheinend befanden sich die Schlafzimmer und Bäder im ersten Stock. Oben angekommen, öffnete Eric eine Tür links von der Treppe. Er nahm Eligias Hand und ließ ihr den Vortritt. Ihr Herz machte einen kleinen Freudensprung. Ein helles, freundliches Jungmädchenzimmer im alten Stil überraschte sie.

»Wer hat denn hier gewohnt? Doch nicht deine Oma?«

»Ehrlich gesagt, ich weiß es nicht. Aber dieses Zimmer ist sicher für ein junges Mädchen eingerichtet worden, das siehst du selbst. Aber ob hier ein Mädchen, zum Beispiel die Schwester meines Vaters, gewohnt hat, weiß ich nicht. Ich kannte weder meine Oma noch andere Familienmitglieder, weil ich zu meinen leiblichen Eltern keinerlei Kontakt hatte und habe. Der Erbverwalter, also dieser alte Notar, der wohl mit meiner Oma befreundet war, ist ins Heim gekommen und hat mir alle Unterlagen und Schlüssel übergeben. Er hat gesagt: ›Deine Oma, Henriette Stone, hat dir dieses Haus vererbt. Deine leiblichen Eltern oder andere Verwandte haben keinerlei Anspruch darauf, alles ist bestens geregelt.‹ Und er hat mir Bilder von dem Haus und Anwesen dagelassen, weil ich das Erbe auch hätte ablehnen können. Das habe ich natürlich nicht gemacht.«

Und er lachte sein leises, freundlichen Lachen, das Eligia ein Gefühl der Zusammengehörigkeit vermittelte.

»Wenn du so lachst, ist die Welt in Ordnung, für dich und für mich«, sagte sie.

»Ja, so soll sein. Wir zwei werden nicht ständig dasselbe fühlen oder denken, wir werden öfter verschiedene Meinungen zu irgendeinem Thema oder Problem haben, aber wir müssen unsere Seelenverwandtschaft immer spüren und dass wir zusammengehören.«

Eric stellte dann den Rucksack auf einen Stuhl, der vor einem kleinen, weißen Sekretär stand. Dieser wiederum war vor einem größeren, hellen Fenster platziert, das erstaunlicherweise keine Gitter besaß und einen herrlichen Blick auf einen riesigen Kastanienbaum zuließ, der wohl im Nachbargrundstück stand. Eric folgte ihrem Blick.

»Ja, dieses Fenster ist das einzige nicht vergitterte, weil der Blick so wunderschön ist, denke ich.«

Er schob sie sanft zum Fenster und erst jetzt sah sie, dass der Baum an einem kleinen Teich stand, der im Innenhof von Erics Haus angelegt war. Hinter dem Haus befand sich ein Garten, so breit wie die Hauswand und etwa drei- bis viermal so lang. Jedes dieser Häuser hatte so einen schmalen Garten, der vom Nachbargrundstück durch Hecken oder Zäune getrennt war, keines hatte aber so einen imposanten Kastanienbaum.

»Er sollte gefällt werden, weil er zu viel Schatten spendet. Aber die betroffenen Nachbarn haben nach einer Abstimmung seinen Verbleib beschlossen. Das hat mir auch der Notar erzählt.«

Dann ging er langsam zur Zimmertür.

»Ich richte jetzt etwas zum Essen her. Du kannst inzwischen deinen Rucksack auspacken und alles verstauen, wie du es willst.

Fühl dich wie zu Hause. Wenn du fertig bist, komm runter, ich warte auf dich.«

Eligia nickte und ging langsam vom Fenster weg. Sie hatte vergessen, nach dem Badezimmer zu fragen. Links vom Fenster stand ein großer Schrank und daneben befand sich eine Tür, die sie noch gar nicht gesehen hatte. Als sie den Griff herunterdrücken wollte, bemerkte sie, dass die Tür nicht geöffnet werden konnte. Also kein Bad, dachte sie. Eine andere Tür sah sie nicht in diesem geräumigen Zimmer, dafür ein großes Bett, dessen Bettdecke mit blumiger Bettwäsche bezogen war und – sie stieß ein kleines «Wow» aus, – einen Flachbildfernseher an der anderen Wand. Ihr wurde klar, dass dieses Zimmer um vieles luxuriöser eingerichtet war als das in ihrer elterlichen Wohnung. Sie öffnete die Tür zum Flur und bemerkte erst jetzt, dass eine schmale Tür direkt vor der Treppe in das Bad mit Toilette führte. Es war auch groß genug und mit einer Dusche, Toilette und einem Waschbecken ausgestattet. Als sie wieder zurück in ihrem Zimmer stand, dachte sie: Hier werde ich nun leben und versuchen, mit Eric zusammen herauszufinden, wer wir sind und wie wir mit unseren Fähigkeiten umgehen sollen. Sie zog ihren Hausanzug an, packte ihre Sachen in den leeren Schrank und ging mit dem Buch in der Hand runter zu Eric.

KAPITEL 4

Elvin

Das Abendessen verlief schweigsam. Eric hatte tiefgekühlte Pizza in seinem Backofen zubereitet und zerteilte sie nun in acht Stücke.
»Nimm so viele, wie du verträgst«, sagte er und legte sich drei Pizzateile auf seinen Teller.
»Ich kann nur drei essen, sonst wird mir schlecht.«
Eligia lächelte und nahm sich erst mal ein Stück. Während des Essens überlegte und ordnete sie die Informationen der letzten Minuten. Eric lebte in diesem für eine Person zu großem Haus allein und versorgte sich selbst. Die Einrichtung der Küche war moderner als die ihrer elterlichen Wohnung. Er hatte einen empfindlichen Magen und nahm sich zuerst, bevor er seinen Gast den

großen Rest der Pizza überließ. Er redete zumindest beim Essen sehr wenig, eigentlich gar nichts.

Eligia hatte inzwischen Hunger bekommen und aß die restlichen fünf Stücke auf. Auch sie schwieg. Sie fühlte sich plötzlich völlig fremd und wieder allein. Ihr war klar, dass das an Erics kühlem Schweigen lag und dass er das wusste. Erstmals stiegen unangenehme Zweifel in ihr hoch. War sie blauäugig viel zu schnell und ohne genaue Informationen aus ihrer sicheren, elterlichen Wohnung in ein Stadthaus zu einem undurchsichtigen Jungen gezogen? Wo war das Seelenverwandtschaftsgefühl geblieben? Sie spürte es jedenfalls im Moment nicht mehr.

Eric war mit seinen drei Pizzastücken viel früher fertig als sie. Er stand auf und holte zwei Becher Schokoladenpudding aus dem Kühlschrank. Sie warf einen kurzen Blick hinein, als er die Tür öffnete. Der Kühlschrank war auch viel zu groß für eine Person und sehr gut gefüllt. Erneut überfiel sie ein eigenartiges Gefühl, das nah an Angst heranreichte. Sollten sie in diesem Haus längere Zeit leben, ohne es zu verlassen? Was war überhaupt Erics Plan? Sie fühlte sich zwar satt, aber nicht zufrieden. Wenn er sie jetzt nicht mit Erklärungen oder Plänen beruhigte, würde sie ihn fragen müssen. Beide löffelten ihren Schokopudding und lehnten sich dann zurück. Eric lächelte sie an und als sie seine sanfte Stimme hörte, umhüllte sie das Seelenverwandtschaftsgefühl erneut in Sekundenschnelle.

»Eligia, ich weiß, dass dieses lange Schweigen unangenehm für dich war und dass du an unserer Seelenverwandtschaft gezweifelt hast. Das ist normal und gut, denn wir kennen uns sehr wenig, wissen kaum etwas über uns und deshalb steigt sofort Misstrauen oder sogar Angst in uns hoch, wenn wir schweigend zusammen sind.«

Sie fühlte nach seinen Worten keinerlei Seelenverwandtschaft mehr. Was dachte er sich überhaupt? Er ließ sie durch Schweigen absichtlich in einen unangenehmen Zustand geraten, er erinnerte sie an ihre Mutter. Sie musste ein aufsteigendes Gefühl des Abscheus unterdrücken. Ihre Stimme klang deshalb unangenehm hart, auch in ihren Ohren.

»Weißt du was, Eric, ich fühle im Moment, wie sich unsere Seelenverwandtschaft in Nichts auflöst und von einem negativen Gefühl verdrängt wird.«

Eric lächelte weiter.

»Ja, das glaube ich dir sofort und es ist schön, dass du mir das so ehrlich sagst. Eligia, wenn wir erfolgreich zusammenarbeiten und -leben wollen, aber vor allem, wenn wir gegen irgendwen oder irgendwas kämpfen müssen, dann ist es erforderlich, dass wir uns vollkommen vertrauen und aufeinander verlassen können. Das klappt nur bei absoluter Offenheit. Es tut mir leid, dass ich dich so provozieren musste, aber auch ich kenne dich sehr wenig. Ich muss sicher sein, dass du offen und mutig bist, wenn dir jemand, in diesem Falle ich, Probleme bereitet.«

Sie schwieg und überdachte seine Worte. Ja, er hatte recht. Sie kannten sich beide nicht und sollten doch als enges Team zusammenleben und vor allem ihre besonderen Fähigkeiten erkunden, also mussten sie sich gegenseitig testen und so in Erfahrung bringen, wie der andere tickt. Und weil Eric das so offen zugegeben hatte, war auch sie sehr schnell wieder besänftigt und spürte erneut positive Gefühl für ihn.

»Ich bin bei solchen psychologischen Spielen völlig unerfahren. Wie alt bist du überhaupt, woher weißt du, wie man Situationen schafft, um die Reaktion des anderen zu testen?«

Eric schaute sie jetzt ernst an. Ohne Lächeln wirkte sein Gesicht ganz anders, fast bedrohlich. Seine Stimme klang auch verändert, viel tiefer und männlicher als in der Schule und in den letzten Stunden.

»Eligia, ich bin älter als ich aussehe. Erschrick deshalb nicht! Jünger zu erscheinen ist in bestimmten Situationen eine wirksame Waffe. Ich bin 23 Jahre alt und besitze die Erfahrung eines noch älteren Mannes. Das Leben in Heimen lässt dich schneller reifen und macht dich erfahrener, als wenn du in einer heilen, kleinen Familie aufwächst.«

Eligia war überrascht. Damit hatte sie nicht gerechnet. Dass er älter war als sie, war ihr von Anfang an klar gewesen, zwei oder drei Jahre vielleicht, aber um so vieles? Erneut fühlte sie, wie die positiven Gefühle für ihn verschwanden. So ein Altersunterschied machte es unmöglich, sich auf Augenhöhe gemeinsam auf ihre neue Aufgabe vorzubereiten. Er wusste immer mehr, wahrscheinlich auf jedem Gebiet und das bedeutete, sie müsste sich ihm unterordnen. Wollte sie das? Wieder dachte sie an ihre Mutter.

»Eric, ich bin mir nicht sicher, ob wir so zusammenleben und -arbeiten können, wie ich mir das vorgestellt hatte. Du weißt viel mehr als ich und deshalb bin ich dir unterlegen. Ich wollte aber einen Partner und Freund auf gleicher Stufe.«

Erics Gesicht blieb ernst.

»Ja, das verstehe ich. Ich kann aber meine schlechte Kindheit und Jugend und die damit verbundenen Erfahrungen nicht ändern. Ich will dir auch nichts vorspielen, so wie den Lehrern oder Mitschülern, im Gegenteil, ich werde dir noch mehr über mich erzählen, damit du dann völlig unbeeinflusst entscheiden kannst, was du machen willst, mit mir zusammen oder allein leben. Du kannst auf jeden Fall in deinem Zimmer und diesem Haus wohnen, solange du willst. Alles, was du im Kühlschrank findest, gehört auch dir. Es steht dir frei, zu gehen und zu kommen wann es dir passt. Ich habe genug Geld für unser Leben, du musst dich zu nichts verpflichtet fühlen. Vielleicht brauchst du auch nur Zeit, Wochen, Monate oder Jahre. Ich warte auf deine Entscheidung, weil ich weiß, dass wir nur zusammen unsere besonderen Fähigkeiten richtig einsetzen können.«

Eligia verarbeitete seine Worte und schwieg. Sie wartete, was er ihr noch von sich erzählen würde. Im Moment war klar, dass sie nicht wieder ausziehen und zu ihren Eltern zurückkehren musste, auch wenn sie sich gegen eine enge Zusammenarbeit mit Eric entscheiden sollte. Das gab ihr ein vorübergehendes Sicherheitsgefühl. Und dann legte Eric los:

»Mein Name ist nicht Eric, sondern Elvin. Das heißt in etwa »Elfenfreund«. Verstehst du, warum ich dich erkannt habe? Ich bin eine Art Halbelfe, halb Mann, halb Elf. Du bist das auch, denn reine Elfen gibt es seit Jahrhunderten nicht mehr. Ich stamme aus einer uralten schottischen Clanfamilie ab, das steht in den Unterlagen, die mir meine Oma hinterlassen hat. Ich möchte dir gerne daraus vorlesen.«

Und dann stand er auf, räumte den Tisch ab und legte eine Tischdecke über die schwere Holzplatte. Er holte von seinem Schreibtisch einen DIN-A4-Briefumschlag und setzte sich wieder ihr gegenüber an den Tisch. Eligia beobachtete ihn und sah, wie zart und schlank sein Körper war. Er schien nur aus Knochen, Muskeln und weißer Haut zu bestehen. Nur wenn sie ganz genau hinschaute, erkannte sie flaumartige Haare an den Unterarmen. Er wirkt wie ein großes Mädchen, dachte sie und wurde rot, denn sie spürte, wie eine Hitzewelle ihr Gesicht überspülte. Er schaute sie an und lächelte wieder.

»Ja, ich weiß, ich sehe etwas feminin aus, aber ich bin stärker als manch muskelbepackter Mann. Ich werde immer unterschätzt.«

Sie fühlte sich ertappt und die Hitzewelle wurde unangenehm heiß.

»Ja, es ist eine wirkungsvolle Waffe, jünger und schwächer auszusehen, als man ist. Mir traut ja auch keiner zu, dass ich mit Gedanken töten kann.«

Sie wollte mit diesem Hinweis klarmachen, dass sie gefährlich sein konnte, auch wenn sie ein junges Mädchen war.

Eric, oder besser Elvin, sie musste sich erst an diesen fremd klingenden Namen gewöhnen, lachte.

»Ich weiß, Eligia. Und glaube mir, ich vergesse das keine Sekunde. Wir sind beide hochgefährliche Bomben, die jederzeit losgehen und Schaden anrichten können. Deswegen müssen wir zusammenhalten und zusammen herausfinden, wie wir uns kontrollieren können oder auch entschärfen, wenn erforderlich. Um das herauszufinden, müssen wir ein Risiko eingehen, da bin ich mir sicher.«

Eligia wusste, dass er recht hatte. Ihr unbegründetes Misstrauen und ihre Gefühlsschwankungen waren völlig kontraproduktiv. Im Gegenteil, sie musste froh sein, dass sie endlich jemanden gefunden hatte, der wie sie war, sie verstand und gemeinsam mit ihr herausfinden wollte, was Sinn und Zweck ihrer besonderen Fähigkeiten waren.

»Elvin, es tut mir leid. Ich bin zu misstrauisch, zu vorsichtig und traue keinem Menschen. Ich weiß, dass wir nur zusammen unsere Bestimmung herausfinden können. Bitte lies vor, was deine Oma dir geschrieben hat.«

Elvin nahm einzelne Blätter aus dem Briefumschlag und ordnete sie. Dann las er vor.

»Lieber Enkelsohn. Du hast mich leider nie kennengelernt, weil ich schon tot bin, wenn Du diese Zeilen liest. Dr. Winner, ein befreundeter Notar, wird Dir die Papiere für das Haus und das Geld überbringen und Dir alles genau erklären. Dein erster Rufname ist ›Elvin‹, nicht Eric. Das steht in Deiner Geburtsurkunde, aber ich würde Dir empfehlen, Dich weiterhin mit dem zweiten Vornamen, Eric, ansprechen zu lassen. Der ist Deinen Mitmenschen geläufiger. Dein Vater ist schon in jungen Jahren gestorben, Deine Mutter lebt noch, aber ich rate Dir, sie nicht zu suchen. Sie wollte Dich nie und hat Dich mit drei Jahren in eine Pflegefamilie gegeben. Leider war Dein Vater ein rauer Bursche, der die Gene aus unserem Clan, dessen Wurzeln viele Generationen zurückreichen, ungebremst ausgelebt und Deine Mutter vergewaltigt hat. Sie war eine sehr sensible, ängstliche Frau, die Deinen Vater, trotz seiner Gewalttätigkeit, abgöttisch geliebt hat und später, als er sie verlassen hatte, genauso extrem gehasst. Du hast sie immer an ihn erinnert, das konnte sie nicht ertragen. Ich habe Dein Leben und Deine Entwicklung aus der Ferne verfolgt und gefördert. Ganz besonders, als ich erkannte, dass Du ein Halbwesen bist, also eine Mischung aus einem Menschen und einem Elfen. Die besonderen Fähigkeiten, die Du besitzt, können Segen oder Fluch bedeuten, für Dich und Deine Mitmenschen. Versuche, ein Mädchen zu finden, das die gleichen, besonderen Gaben besitzt und mit dem Du zusammen einen guten Weg finden und Dein Leben meistern kannst. Auch sie wird Dich brauchen. Menschen mit besonderen Fähigkeiten sollten sich immer zusammenschließen, sich gegenseitig unterstützen, schützen und kritisch begleiten. Euer Ziel sollte es sein, mit euren Fähigkeiten Gutes zu tun, nicht Böses, denn beides ist möglich. Deine Oma.«

Als er den Brief zur Seite gelegt hatte, spürte sie, dass er sie anschaute. Sie ließ ihre Augen einige Sekunden gesenkt, weil sie die Worte auf sich wirken lassen wollte. Dann blickte sie hoch und in seine dunkelblauen Kraterseen. Ein wärmendes Gefühl umhüllte sie. Es war ihr nicht mehr möglich, auch nur einen kritischen oder negativen Gedanken zu fassen. War das auch eine besondere Gabe von Elvin, Gedankenbeeinflussung durch Kraterseeblick? Elvin konnte wohl auch ihre Gedanken lesen.

»Ja, du hast recht, Eligia, meine wichtigste Kraft steckt in meinen Augen. Ich weiß allerdings immer noch nicht genau, wie ich diese Fähigkeit kontrollieren kann. Wenn ich Menschen tief in die Augen schaue, reagieren sie auf verschiedene Art und Weise, das hängt vom jeweiligen Menschen und seiner Vorgeschichte ab. Manche Menschen bekommen Angst, wie meine Mutter zum Beispiel, manche Wutgefühle, wie mein Pflegevater. Und andere fühlen sich erwärmt oder reagieren verliebt. Ich weiß nie im Voraus, wie ein Mensch reagieren wird, wenn seine Augen meinen Blick treffen. Ich versuche zwar immer, vorher zu raten, werde aber oft überrascht. Wenn ich wegschaue oder meinen Blick senke, vergehen die Gefühlsreaktionen des Gegenübers meistens schnell, aber wenn ich lange und intensiv den Blickkontakt halte, kommt es oft zu völlig unerwarteten Verhaltensweisen. Zweimal haben mich Männer angegriffen, dreimal Frauen fast vergewaltigt und mehrmals haben Frauen oder Männer zu weinen angefangen. Ich war dann besonders hilflos, weil ich nur wegschauen oder weggehen konnte. Was spürst du, Eligia?«

»Wärme, angenehme Wärme, die ich sehr lange genießen könnte. Allerdings benebelt diese Wärme meinen Verstand, ich kann gar nicht mehr klar denken.«

Sie sprach diese Worte, nachdem sie ihren Blick aus seinen

Augen gelöst und zum Kamin an der Wand gewendet hatte. Elvin hatte das natürlich bemerkt.

»Ja, schau weg, wenn wir vernunftbetont reden und planen wollen. Es tut mir leid, dass du Wärmegefühle nur auf Kosten von vernünftigem Denken genießen kannst, aber wir zwei können ja alles besprechen und deshalb steuern. Wenn du sagst: ›ich brauche Wärme‹ oder ›wärme mich‹, dann weiß ich Bescheid und ich lasse dich in meinen Augen versinken, solange du willst. Und wenn wir vernunftbetont arbeiten müssen, senke ich meinen oder du deinen Blick.«

Eligia nickte und flüsterte:

»Ja, so machen wir das. Und jetzt gehen wir schlafen. Ich bin total müde. Bis morgen, Elvin.«

Und beide standen auf, umarmten sich kurz und gingen zur Treppe.

»Mein Zimmer liegt am Ende des großen Flures rechts, falls du Hilfe brauchst oder dich allein fühlst«, sagte Elvin zum Schluss mit seiner sanften Elfenstimme.

KAPITEL 5

Der erste Test

In den nächsten drei Wochen versuchten Eligia und Elvin, sich näherzukommen und das Rätsel ihrer besonderen Fähigkeiten zu entschlüsseln. Anfangs war ihnen nicht klar, ob sie diese Fähigkeiten überhaupt besaßen. Das Buch von Eligias Mutter beantwortete beim gemeinsamen Durcharbeiten aber viele ihrer Fragen. Dieses 500 Seiten starke Werk war eine Mischung von fantastischer Erzählung und Anleitung für den Umgang mit besonderen Fähigkeiten. Sie wussten nie genau ganz, was Märchen und was Realität war. Elvin konnte viel besser als sie diese Unterscheidung durchführen und begründen. Zeitweise versanken sie beide in der magischen Märchenwelt. Der sachliche Teil, der ihre wichtigsten Fragen beantworten konnte, half ihnen aber immer schnell in die Realität zurückzufinden.

Die Antwort auf die vorrangigen Fragen, was sollen wir mit unseren Fähigkeiten anfangen, wann und wo können wir sie sinnvoll einsetzen, hatten sie anhand diverser Passagen schließlich beide so zusammengefasst: Wer übernatürliche Fähigkeiten besaß, sollte sie nutzen, um das unerkannte Böse zu suchen und zu bekämpfen, mit oder ohne Anwendung dieser Fähigkeiten.

Das Problem sah Eligia im Erkennen des unbekannten Bösen. Wer sollte das sein? Verbrecher, die sich noch nicht auf dem Schirm der Polizei befanden? Oder böse Menschen, die noch gar nicht wirklich etwas Böses getan, sondern es nur geplant oder versucht hatten, so wie ihr Onkel zum Beispiel? Sie trug ihre Zweifel detailliert vor.

»Wenn gar nicht sicher ist, dass jemand Böses gemacht oder vorhat, würden wir ihn töten und womöglich einen Unschuldigen für etwas bestrafen, für das es keine Beweise gibt. Das will ich auf gar keinen Fall. Hat aber jemand etwas getan oder geplant, ist die Polizei zuständig, ich will denen nicht in die Quere kommen. Außerdem ist die Frage, sollen wir Unheil verhindern, brave Menschen vor bösen beschützen oder sollen wir böse, die unerkannt geblieben sind, aufspüren und bestrafen?«

Elvin durchdachte ihre Fragen und Einwände immer wieder erneut anhand markierter Stellen im Buch. Diese Markierungen hatte sie schon beim ersten Durchlesen angebracht, manche waren eigenartigerweise aber schon vorher gemacht worden, von wem auch immer. Das hatte sie irritiert und es erschien ihr unheimlich, weil ihre Mutter behauptet hatte, es nicht gelesen zu haben. Vielleicht war das gelogen oder ein unbekannter Vorbesitzer hatte sich schon vor ihnen Gedanken gemacht. Das Buch sah auf jeden Fall nicht neu aus und der Name des Autors bestand nur aus Initialen.

Schließlich einigten sie sich auf eine Testphase, um weitere, offene Fragen selbst zu beantworten. Sie beschlossen, an öffentlichen Gerichtsterminen teilzunehmen und bei überführten Verbrechern, nach dem Urteilsspruch, versuchsweise tätig zu werden. Beide wusste nicht, ob das überhaupt klappen würde, ob sie ihre Fähigkeiten einsetzen konnten, wenn sie selbst gar nicht bedroht oder verletzt worden waren. Sie mussten testen, ob sie allein durch das Verfolgen einer Gerichtsverhandlung und das Erfahren und Erspüren von bösen Taten eines Menschen und des zugefügten Leides von Opfern ihre Kräfte aktivieren konnten. Und das wollten sie nur an verurteilten Tätern austesten, um keine Unschuldigen zu verletzten oder gar zu töten. Das war ihre größte Angst, jemanden ungewollt zu töten. Sie wusste bisher noch nicht, ob sie nur verletzen konnte, so wie Elvin mit seiner Hand, oder die Aktivierung ihrer Flügel immer den Tod zur Folge hatte.

An einem Dienstag, drei Wochen nach Eligias Einzug in Elvins Haus, betraten sie den Gerichtssaal im höchsten Gericht von Glasgow. Sie mussten ihre Ausweise vorlegen und wurden als zukünftige Jura-Studenten erfasst. Verhandelt wurde der Überfall auf ein junges Mädchen. Für diesen Fall waren drei Verhandlungstage angesetzt. Als Täter wurden zwei Männer im Alter von 26 und 28 Jahren in den Gerichtssaal geführt. Ihr Vorstrafenregister war schon lang. Sie hatten das 19-jährige Mädchen vergewaltigt, erheblich verletzt und ihm anschließend alles Bargeld und das Handy abgenommen. Das Mädchen machte vor Gericht einen verschüchterten und ängstlichen Eindruck. Es wurde deutlich, dass die Aussage von Nachbarn, die polizeilichen Ermittlungen in Gang gebracht hatte. Diese Nachbarn waren ihr damals zu Hilfe geeilt und hatten die Polizei verständigt. Das Opfer lag bewegungslos und benommen am Boden und wurde so von den Polizisten auch aufgefunden. Die weiteren Untersuchungen ergaben, dass das Mädchen weder Alkohol noch Drogen zu sich genommen hatte. Sie war ein völlig unbescholtenes junges Ding, das als Verkäuferin in einem Supermarkt arbeitete und erst im Dunkeln, gegen acht Uhr abends, den Weg nach Hause antreten konnte.

Als Eligia am dritten Verhandlungstag in die Augen des Haupttäters blicken konnte, sah sie darin Gleichgültigkeit und Überheblichkeit. Er hatte das Opfer so herablassend angeschaut, sodass sie plötzlich von einem massiven Zorn überfallen wurde. Sekunden später vernebelte Wut ihre Gedanken. Und als sie in die Augen des Opfers blickte, spürte die Verletzung, Demütigung und Trauer dieses Mädchens bis in die tiefsten Schichten ihrer Seele. In ihr kochte ein unkontrollierbares Rachebedürfnis hoch. Es überfiel ihren gesamten Körper und ließ sie erzittern. Sie dachte an ihre Flügel, ergriff Elvins Hand und wünschte, dass diese widerwärtige Ausgeburt eines Mannes anders bestraft würde, als mit vier Jahren und sechs Monaten Haft. Diese Worte sprach der Richter gerade aus, als der Mann zu Boden ging und am ganzen Körper wild zuckte. Ein zufällig anwesender Arzt gab ihm eine Injektion und der Notarzt veranlasste zehn Minuten später seine Einweisung in ein Krankenhaus. Als er aus der Krankenliege aus dem Gerichtssaal getragen wurde, beruhigte sie sich allmählich und ihr Blick fiel auf Elvin, dessen Hand sie noch umklammerte. Seine Augen leuchteten dunkelblau, wie Eissterne, und seine Worte ließen sie erschauern.

»Ich liebe es, wenn ich deine Kraft spüre, deine Macht über Leben und Tod. Ich habe über deine Hand versucht, den Tod dieses Mannes abzuwenden. Vielleicht ist es mir gelungen. Ich glaube, dass vielleicht nur der andere den jeweils Aktiven bremsen kann.« Und er gab ihr einen sanften Kuss auf die Stirn.

Sie fühlte sich plötzlich müde und erschöpft. Hand in Hand verließen sie so schnell sie konnten das Gerichtsgebäude und fuhren mit einem Taxi heim. Als sie auf dem gemütlichen Sofa lag, deckte Elvin sie mit einer Decke zu und brachte ihr einen heißen Tee. Sie fröstelte und hatte vielleicht etwas Fieber.

»Elvin, hast du eigentlich, solange wir zusammen leben meine Flügel irgendwann gesehen? Das wollte ich dich immer schon mal fragen.«

Denn sie selbst hatte sie weder gefühlt noch in einem der Spiegel in Elvins Haus gesehen. Er lächelte sie an.

»Nein, niemals, mein Engel. Aber heute, im Gerichtssaal, da habe ich sie erahnt. Das Sonnenlicht fiel auf deinen Kopf und Rücken und da sah es so aus, als ob wunderbare, durchsichtige, weiße Schatten aus deinen Schultern wuchsen. Als der Kerl zu Boden ging, habe ich auf ihn geschaut und anschließend deine Flügel nicht mehr gesehen.«

Sie atmete tief ein und aus und entspannte sich. Bevor sie einschlief dachte sie: Flügel sichtbar oder nicht, nur ihre Kraft zählt, und die haben wir heute wieder gespürt.

Am nächsten Morgen servierte Elvin ihr das Frühstück an den Couchtisch und legte die Morgenzeitung daneben.

»Auf Seite 5 kannst du lesen, was du angerichtet hast«, sagte er freudig strahlend.

Sie setzt sich auf, trank einen Schluck Kaffee, biss in das Croissant und suchte die Seite 5. Die unübersehbare Überschrift lautete: »Vergewaltiger und Räuber erleidet einen zerebralen Krampfanfall bei der Urteilsverkündung.« Und dann wurden seine Schandtaten und das Urteil auf vier Spalten ausgebreitet. Zum Schluss las sie den Satz: »Bei Redaktionsschluss war noch nicht klar, ob der Verurteilte einen bleibenden Schaden davontragen würde, weil der Anfall einen extrem langen Verlauf genommen hat und der Patient ins künstliche Koma versetzt werden musste.«

Sie frühstückte ausgiebig und Elvin schaute ihr zufrieden zu. Er stand an den Tisch gelehnt und blickte zu ihr herunter.

»Nach so einer Glanzleistung bekommst du Hunger, wie ich sehe.«

»Warum bist du so happy über diesen Vorfall, Elvin. Ich bin mir nicht sicher, ob wir ihn so positiv bewerten können. Da sind viele Details, die unklar sind. Was, wenn ich ihn getötet hätte? Hast du mich wirklich gebremst oder lässt die Wirkung der Flügel nach, je weiter entfernt ich vom Opfer bin, oder wenn ich nicht direkt persönlich bedroht werde. Und warum hat er einen epileptischen Anfall erlitten?«

Elvins Gesicht wurde ernster.

»Ich habe mich inzwischen schlaugemacht. Ich glaube, unsere Fähigkeiten zielen auf die jeweilige Schwachstelle eines Menschen ab. Lis hier auf Seite 56 des Buches, da steht es. ›Jeder Mensch hat eine Schwachstelle, an der er sterben kann oder sehr schwer erkranken. Auserwählte fokussieren ihre Kräfte unbewusst auf diese Bereiche und verstärken das Krankheitsgeschehen.‹«

Eligia dachte nach. Ja, Onkel Wolter schien ein schwaches Herz gehabt zu haben. Das hatten die Erwachsenen nach seinem Herzinfarkt jedenfalls behauptet. Sie selbst hatte davon nichts gewusst.

»Kannst du in Erfahrung bringen, ob dieser Bursche schon mal Anfälle hatte?

„Hast du den Satz in der Zeitung nicht gelesen, hier im dritten

Absatz steht: ›Aufgrund jahrelangen Alkohol- und Drogenmissbrauchs war er mehrmals in psychiatrischer und neurologischer Behandlung.‹«

Sie nickte.

»Das könnte passen. Alkohol und Drogen greifen sicher das Gehirn an. Und was machen wir jetzt? Als Nächstes müssten wir deine Fähigkeiten testen.«

Elvin schaute versonnen aus dem Fenster.

»Ja, und ich habe schon ein Opfer ausgesucht. Morgen früh wird der Fall eines Drogenhändlers mit pakistanischen Wurzeln verhandelt. Er hat viele Schulkinder abhängig gemacht, aber diese Taten konnten ihm nicht nachgewiesen werden. Er wird nur wegen des Besitzes von fünf Kilo Koks eine mehrjährige Strafe bekommen und ich werde versuchen, ihn anders zu treffen.«

Seine Stimme bekam einen eigenartigen Unterton, gefährlich und aggressiv.

»Ich habe in unserem Heim zwei von seinen Opfern kennengelernt. Sie waren zwölf und dreizehn Jahren alt und von diesem Ekel in die totale Drogensucht getrieben worden, hatten sich prostituieren müssen und ihre eigenen Eltern bestohlen. Sie waren nur noch Zombies. Es hat mir das Herz gebrochen, als sie sich zusammen, mit dreizehn und vierzehn Jahren, umgebracht haben.«

Eligia blieb der Bissen im Hals stecken, als sie in Elvins Gesicht blickte. Nicht nur seine Stimme hatte sich verändert, sondern auch seine Gesichtszüge. Die Mischung von Trauer und Hass verzerrte sein edles Gesicht zu einer furchteinflößenden Fratze.

»Elvin, du machst mir Angst«, flüsterte sie.

Er antwortete:

»Eligia, wie du gestern im Gerichtssaal zur Höchstform aufgelaufen bist, hast du mir auch Angst gemacht, aber ich liebe dieses Angstgefühl, das du mir einjagst. Das hebt uns von den anderen ab und das ist der Preis oder die Belohnung für unsere Fähigkeiten.«

Und in seinen Augen glitzerte wieder ein kobaltblaues Funkeln. Sie spürte direkt körperlich, wie sehr ihn der Hass und die Wut auf diesen Mann veränderte und Rachegefühle von ihm Besitz ergriffen. Sie stand auf, ging zu ihm und umarmte ihn. Sie drückte ihn fest an sich und versuchte, ihm ihre Wärme und Liebe zu übertragen, um ihn aus diesem furchtbaren Zustand zu befreien. Ja, sie dachte an ihre Flügel und betete innerlich: Bitte gebt ihm inneren Frieden, lasst nicht Hass und Wut seine Seele zerstören. Und, während ihr Körper den seinen berührte, spürte sie, wie er sich langsam entspannte und runterkam.

Nach einigen Minuten konnte er ihre Umarmung erwidern und zum ersten Mal küssten sie sich auf den Mund – zärtlich und liebevoll, ohne den Hauch von erotischem Begehren. Und sie genoss die weiche Wärme, die er ihr jetzt wieder zurückgeben konnte, und das wundervolle Gefühl von Zusammengehörigkeit.

KAPITEL 6

Der zweite Test

Als sie sich am nächsten Morgen dem Gerichtsgebäude näherten, sahen sie schon von Weitem die Schlange, die sich vor der Eingangstür gebildet hatte. In den hochgesicherten Gerichtssaal wurden nur Personen eingelassen, die mit einer polizeilichen Überprüfung einverstanden waren. Viele ausländische Zuhörer zogen wieder ab. Beide stimmten der Überprüfung zu und konnten nach fünfzehn Minuten Wartezeit eintreten. Im Saal standen an jeder der drei Türen zwei Polizisten in schusssicheren Westen und mit Maschinenpistolen, die an ihren Körpern angekettet waren. Offensichtlich war der Beschuldigte eine große Nummer. Er betrat mit drei Rechtsanwälten, einem weißen und zwei farbigen Männern, den Raum.

Sie bemerkte, dass sich Elvin etwas abwandte und bückte, um

etwas auf dem Boden zu suchen. Der Beschuldigte hatte die Zuhörer in diesem Moment langsam und genau gemustert, dazu musste er sich umdrehen, weil sie hinter ihm auf den höher gelegenen, tribünenartigen Sitzbänken saßen. Seine Blicke waren wach und kalt. Sie versuchte, seine Augen zu treffen, aber diese streiften nur die einzelnen Personen. Dann traten die Richter und sechzehn Schöffen ein und der Angeklagte musste seine Personalien angeben. Das Verlesen der Vorstrafen und der Anklageschrift dauerte etwa eine halbe Stunde. Verhandelt wurden nur der Besitz von fünf Kilogramm Kokain und der damit geplante Handel. Diese große Drogenmenge wurde in seinem Auto gefunden. Er hatte bei der Beschlagnahme auf dem Beifahrersitz gesessen und sein persönlicher Fahrer den Wagen gelenkt.

Seine Verteidiger gaben an, dass ihm die fünf Kilogramm Kokain untergeschoben worden seien, und zwar von den zwei Kriminalbeamten, die ihn zuvor monatelang observiert und an diesem Tag angehalten hatten. Beide Beamten sagten ausführlich als Zeugen aus. Zuerst sprach eine 36-jährige, weibliche Oberkommissarin, anschließend ein etwa 30-jähriger Hauptkommissar. Auch der Chef der Drogenfahndung sagte aus, dass beide Beamten auf seinen Befehl hin die Beschattung und den Zugriff durchgeführt hatten. Beide seien untadelige Polizisten, die sich niemals etwas zuschulden hätten kommen lassen.

Dieser erste Verhandlungstag verlief ohne besondere Vorkommnisse. Auffällig war lediglich, dass neunzig Prozent des Publikums aus Männern bestand, davon etwa 60 Prozent mit dunkler Hautfarbe. Etwa dreißig Prozent bestanden aus muskelbepackten Schotten, die offensichtlich zu einer Gruppe gehörten. Zwischen diesen und den farbigen Zuhörern bestand ein mindestens zehn Meter großer Abstand, sie waren von dem Gerichtsdiener wohl absichtlich so platziert worden. Dann gab es noch eine kleine Gruppe, von zehn bis zwölf Menschen, die aussahen wie Eltern mit ihren jugendlichen Kindern. Zu dieser kleinen Gruppe hatten sich beide gesetzt, damit sie nicht auffielen.

Am zweiten Verhandlungstag überschlugen sich die Ereignisse. Die Verteidigung hatte einen Zeugen aufgetrieben, der behauptete, eine jüngere Schwester des Kriminalbeamten, der die Drogen gefunden hatte, sei an einer Überdosis Kokain vor etwa zehn Jahren gestorben. Er sei deshalb befangen gewesen und hätte ein persönliches Interesse an der Inhaftierung des Beschuldigten gehabt. Die vorgelegten Unterlagen bestätigen diese Angaben. Das Gericht zog sich zur Beratung zurück.

Elvin war während dieser Ausführungen immer unruhiger geworden. Plötzlich, und völlig unerwartet für Eligia, stand er auf und hob seine rechte Hand leicht über die vordere Sitzreihe. Sie sah einen Blitz und zuckte zusammen, als der Beschuldigte einen schrillen Schrei ausstieß und sich an den Hinterkopf fasste. Mit schmerzverzerrtem Gesicht drehte er sich zu den Zuschauerreihen um und Elvin wollte sich erneut abwenden. Aber er zögerte zwei Sekunden zu lang, der Beschuldigte hatte ihn gesehen und wohl erkannt. Er schrie auf seiner Sprache in die Menge und deutete in ihre Richtung. Die Polizisten begannen, für Ruhe zu sorgen, und einige Zuschauer bekamen Angst und wollten den Saal verlassen. Der Pakistaner schrie weiter in ihre Richtung und sie erfasste sofort die Gefahr, die für Elvin bestand, wenn er sein Gesicht wirklich erkannt hatte. Entsetzliche Angst leuchtete aus den kobaltblauen Augen ihres Freundes und traf sie mitten ins Herz. Sie fühlte die Bedrohung wie eine eigene.

Sie musste Elvin schützen, musste eingreifen. Während sie den Angeklagten anstarrte, konzentrierte sie sich auf ihre Flügel. Der Mann schrie und gestikulierte weiter und sie bat ihre Flügel um die Rettung ihres Freundes, um den Tod des Angeklagten. In diesem Moment stieß der einen ohrenbetäubenden Schrei aus und kippte zur Seite. Er fiel hart auf den Boden. Sein hellblaues Hemd verfärbte sich in Sekundenschnelle leuchtend rot und ein Blutschwall ergoss sich auf den Boden und über seinen Körper. Ein Polizist versuchte, die Blutung zu stoppen, wusste aber nicht, woher das Blut kam. Er drückte ein großes Tuch auf seinen Hals, weil der Blutschwall aus seinem Mund schoss. Es wurden weitere Tücher herbeigeholt, aber alle Bemühungen waren umsonst. Bevor der Notarzt etwa fünf Minuten später eintraf, lag der Beschuldigte bewusstlos, leichenblass und ausgeblutet in einer riesigen Blutlache.

Im Saal herrschte Geschrei und Tumult. Die Polizisten hatten alle Türen verschlossen und niemand durfte den Saal mehr verlassen. Jeder wurde in den nächsten zwei bis drei Stunden auf Waffen untersucht und musste noch mal seine Personalien angeben.

Als sie endlich spät am Nachmittag daheim ankamen, waren beide völlig erschöpft. Elvin umarmte sie und beide legten sich eng umschlungen auf das Sofa. Keiner sagte ein Wort. In Elvins Gesicht sah Eligia ein Wechselspiel von Gefühlen, überschattet von Angst. Nach langen Minuten hatte er sich wieder unter Kontrolle.

»Du bist mächtiger als ich, du warst meine Rettung! Dieser elende Bastard hat mich erkannt.«

Sie legte ihre Hand auf seinen Mund.

»Ja, aber er kann nichts mehr sagen und dich nicht mehr bedrohen. Du hast ihn provoziert und ich habe ihn getötet. Ich weiß jetzt, dass meine Flügel nur töten, wenn mein oder dein Leben in Gefahr ist und ich diese Gefahr selbst spüre. Heute habe ich sie durch deine Angst gespürt. Wenn so unsere Teamarbeit aussehen soll, bin ich nicht einverstanden." Elvin sagte nichts, weil sie ihre Hand weiter auf seinen Mund drückte.

„Warum hast du mir nichts davon gesagt, dass ihr euch kennt, dass er dich wiedererkennen kann? So hast du uns beide in Gefahr gebracht.«

Elvin nickte und als sie ihre Hand von seinem Mund genommen hatte, flüsterte er:

»Ich weiß, ich war so voller Wut und Rachegedanken, dass ich diese Chance, ihn zu vernichten, einfach nutzen musste.«

»Ja, und das zeigt uns, Rache und Wut sind nicht geeignet, unsere Fähigkeiten zu aktivieren. Du konntest ihn nur verbrennen, ich dagegen hatte Angst um dein Leben. Und diese Angst hat meine Kräfte zum Töten mobilisiert.«

Elvin nickte wieder und dann schliefen sie beide erschöpft ein. Ihr letzter Gedanke war, unser zweiter Test hat wichtige Erkenntnisse gebracht und einen bösen Menschen vernichtet.

Am nächsten Morgen lasen sie zusammen die Gerichtsnachrichten in der Zeitung. Sie waren überrascht, dass der Angeklagte an einer geplatzten Baucharterie, einem sogenannten Aneurysma, verblutet war. Dieses war schon Wochen vorher festgestellt worden und sollte demnächst operativ entfernt werden. Es wurden keinerlei Schusswunden festgestellt, sondern nur eine Brandwunde am Nacken, die ihm wohl durch eine Zigarette vor der Verhandlung beigebracht worden war. Das Gericht hatte bei einer Pressekonferenz bestätigt, dass die Richter und Schöffen einen Freispruch in Erwägung gezogen hatten, weil der ermittelnde Kommissar befangen war und diese wichtige Tatsache verschwiegen hatte.

Zwei Tage später nahm dieser Kommissar, sein Name war John Wine, Kontakt zu ihnen auf. Er meldete seinen Besuch durch einen Anruf auf Elvins Handy an, dessen Nummer sie vor der Gerichtsverhandlung hatten angeben müssen.

KAPITEL 7

Misstrauen wuchert wie Unkraut

Nach dieser telefonischen Anmeldung sagte Elvin:
»Das habe ich mir gedacht. Sie werden alle überprüfen, die schon mal aktenkundig geworden sind. Und natürlich bin ich schon seit klein auf, ein Bekannter für die Polizei und andere Ämter.«

Eligia schaute in sein Gesicht, das keinerlei Gefühlsregung zeigte.

»Ich verstehe nicht, warum Heimkinder in den Akten der Polizei auftauchen.«

»Das tun sie auch nicht. Ich tauche auf, weil ich nach dem Selbstmord der Freunde dem Drogenboss öffentlich Rache geschworen habe. Meine Trauer- und Wutgefühle sind mit mir durchgegangen und ich habe einen Tobsuchtsanfall bekommen.

Damals haben zwei Mitschüler, die unter Schock standen, den Vorfall der Direktorin berichtet. Sie hat ihnen nur zum Teil geglaubt, das war mein Glück. Sonst hätten sie mich vielleicht in die Psychiatrie eingewiesen.«

Sie erschrak und ahnte Schlimmes.

»Was haben sie denn gesehen oder berichtet?«

»Sie haben gesagt, dass sich mein Gesicht zu einer fürchterlichen Fratze verzogen und ich Schaum vor dem Mund gehabt hätte. Meine Augen sollen wie blaues Feuer geleuchtet haben und aus meiner Hand wäre ein gewaltiger Blitz in den nächsten Baum eingeschlagen.«

»Und wie hat die Polizei davon erfahren?«

»Die Direktorin hat es nicht gemeldet, sondern die Eltern des einen Schülers. Sie wollten, dass ich aus dem Heim entfernt werde, weil ich gefährlich für die anderen Jugendlichen sei. Deshalb hat sich die Polizei eingeschaltet und den Vorfall untersucht. Dieser bestimmte Baum wurde dann erst nach 14 Tagen untersucht und da konnten sie nur einen alten Blitzschlag feststellen, nicht das genaue Datum bestimmen. Deswegen wurde die Anzeige nicht weiterbearbeitet, aber sie ist natürlich aktenkundig.«

Eligia, die am Fenster stand und Elvins Worte auf sich wirken ließ, verspürte ein eigenartiges Misstrauen ihm gegenüber. Sagte er die Wahrheit? War er gut oder böse? War er ein Rache-Elf, der sich ihrer Fähigkeiten bedienen wollte? Sie fand nur weitere Fragen und keine einzige Antwort.

»Soll ich in mein Zimmer gehen, wenn dieser Kommissar kommt? Er hat mich vielleicht gar nicht auf dem Schirm, und wenn er mich bei dir antrifft, werden auch meine Personalien aktenkundig werden.«

»Ja, das wird sicher so laufen. Sie werden schreiben: ›Die

16-jährige Eligia Silver lebt bei dem polizeibekannten Elvin Stone.‹ Das musst du allein entscheiden. Es kann nachteilig für dich, aber auch vorteilhaft für mich sein, je nachdem, was du sagst und welchen Eindruck du hinterlässt.«

Sie durchspielte in Gedanken dieses Zusammentreffen mit einem Kripobeamten, den sie ja schon gesehen hatte, der sie aber nicht kannte. Konnte sie Elvin mit ihren Antworten helfen? Brauchte er bei diesem Gespräch überhaupt ihre Hilfe? Ihr war unklar, was dieser Kommissar Elvin fragen könnte.

»Hast du nicht einen Raum, in dem ich mich verstecken und mithören kann?", fragte sie schließlich.

»Und wie ich den habe«, lachte Elvin. »In diesem Wohnzimmer sind drei Minikameras installiert und ebenso viele Mikrofone. Neben der Küche befindet sich ein kleiner Raum, die ehemalige Speisekammer. Da habe ich eine hochmoderne Abhöranlage installiert, über diese kannst du alles live verfolgen. Du könntest sogar schnell ins Wohnzimmer kommen und ins Geschehen eingreifen, wenn du es für erforderlich hältst.«

Eligia war schockiert.

»Elvin, wo bin ich hier gelandet? Warum hast du so eine Abhöranlage installiert? Du hast so viele Geheimnisse vor mir, dass mir direkt schlecht wird.«

Elvin trat nah von hinten an sie heran und umarmte sie. Er legte seine Hände sanft auf ihren Bauch.

»Eligia, vertrau mir einfach. Die paar Jahre, die ich älter bin als du, haben natürlich viele Erlebnisse und Erfahrungen mit sich gebracht. Wenn ich dir alles sofort berichtet hätte, wärst du vielleicht schon lange fort. Geflüchtet. Aber ich bin dein Freund, dein Seelenverwandter, egal welche Spuren mein bisheriges Leben auf meiner Seele hinterlassen hat. Wir sind nur zu zweit stark, vergiss das nie.«

Und er drückte sie eng an sich, während er diese Worte sprach. Sie spürte mit jeder Faser ihres Körpers wie seine wundervolle Wärme sie durchstrahlte und dass er recht hatte.

Am Nachmittag, pünktlich um 15 Uhr, klingelte es an der Eisenpforte. Elvin betätigte den elektrischen Türöffner und schloss die Haustür von innen auf. Er stand dann in der Türöffnung, als der Kommissar den unteren Treppenabsatz erreicht hatte. Der blieb dort stehen und schaute hoch zu Elvin.
»Kann ich reinkommen oder sollen wir hier reden?«, fragte er vorsichtig.
Eligia beobachtete diesen Vorgang aus einem winzigen Fenster der Speisekammer, durch das man direkt auf die Eingangstreppe sehen konnte.
»Nein, kommen Sie rein, das Gespräch wird ja wahrscheinlich länger dauern«, antwortete Elvin und trat zur Seite.
Er ließ den Kommissar wohl eintreten und verschloss hinter sich die Tür. Dann hörte sie die Stimmen deutlich und klar verständlich aus dem Wohnraum.
»Bitte treten Sie ein und nehmen Sie Platz. Dort in dem Sessel sitzt man sehr bequem.«
Elvin selbst setzte sich auf die Couch und zeigte auf eine Karaffe mit Wasser.
»Wollen Sie etwas trinken? Ich könnte Ihnen auch Tee machen.«
»Nein danke, ich habe gerade einen Kaffee getrunken. Meine Fragen dauern nicht lange. Wir haben anhand der Unterlagen festgestellt, dass Sie in den letzten zwei Wochen an zwei Gerichtsverhandlungen teilgenommen haben. In den Jahren davor sind Sie nie in den Anwesenheitslisten des Gerichtes aufgetaucht.

Eigenartigerweise ist bei beiden Gerichtsverhandlungen ein Beschuldigter zu Schaden gekommen. Natürlich kann das ein Zufall sein. Allerdings bin ich in Unterlagen auf einen Vorfall gestoßen, der sich vor sieben Jahren in dem Heim ereignet hat, in dem Sie damals untergebracht waren. Sie wissen, von welchem Vorfall ich spreche?«

»Ja, ich kann es mir denken«, antwortete Elvin ruhig und freundlich lächelnd.

Eligia beobachtete die Szene auf dem Monitor und verstand jedes Wort klar und deutlich. Elvin wirkte völlig entspannt.

»Sie werden ja auch in diesen Unterlagen gelesen haben, dass die Aussagen der Mitschüler bezweifelt wurden, und sich keinerlei Beweise für Ihre Angaben finden ließen. Ich habe immer zugegeben, dass mich der Selbstmord meiner Freunde sehr erschüttert hat und ich Wut auf Drogenhändler grundsätzlich empfinde. Deshalb habe ich auch diese Verhandlung besucht. Ich weiß, dass dieser Pakistaner der Kopf der Rauschgiftszene in Glasgow ist, besser gesagt: war.«

In Elvins Gesicht sah sie nicht den Hauch einer Gefühlsregung. Kühl, distanziert und eiskalt blickten seine Augen den Kommissar an. Dieser wiederum erschien ihr freundlich, sanft und vertrauenserweckend. Wenn sie jemals einen Kommissar brauchen würde, dann würde sie sich an ihn wenden. Sie hatte seine braunen Augen nur kurz beim Betreten des Raumes gesehen und da hatten sie eine Traurigkeit ausgestrahlt, die nicht zu seiner nüchternen Art, Fragen zu stellen, passte.

»Und warum haben Sie die Verhandlung der Vergewaltiger besucht?«

Elvin zögerte kurz.

»Nun, das war zufälliges Interesse. Ich hatte an diesem Tag bei

Gericht vorbeigeschaut wegen des Drogentermins und gesehen, dass eine Verhandlung wegen Vergewaltigung stattfinden würde. Da bin ich einfach als Zuhörer in den Gerichtssaal gegangen.«

Der Kommissar glaubte ihm kein Wort, da war sie sich sicher. »Das hört sich irgendwie schlüssig an, allerdings glaube ich doch, dass mehr dahintersteckt. Aber gut, ich bin wegen etwas anderem hier. Ich soll Sie offiziell vor den Rauschgiftkreisen im weitesten Sinne warnen. Wie Sie aus der Verhandlung wissen, haben wir den Pakistaner acht Monate abgehört und beschattet. Nach seiner Festnahme sind bis heute zwei Mikrofone in seinem Haus noch aktiv. Deshalb haben wir ein Gespräch abhören können, das ich Ihnen gerne vorspielen möchte.«

Und er nahm seinen kleinen Laptop aus der Aktentasche, schob einen Stick ein und nach ein paar Sekunden hörte sie über ihre Kopfhörer folgendes Gespräch.

»Omar hat vor seinem Tod einen Menschen beschimpft und verflucht. Er hat sich sehr aufgeregt. Ich wusste gar nicht, warum. Es kam ganz plötzlich. Er hat sich in den Zuhörerraum gedreht, geschrien, geschimpft und auf jemanden gedeutet.«

Eine andere Stimme, viel dunkler und älter klingend, fragte: »Konntest du nicht sehen, auf wen?«

»Nein, er deutete und schrie in Richtung der Familien mit Jugendlichen.«

Die dunkle Stimme antwortete erneut:

»Ihr müsst versuchen, alle Familien und Jugendlichen namentlich zu erfassen. Wir müssen dann jeden überprüfen, ob er Omar kannte. Ich glaube nämlich, es war ein Anschlag.«

Dann herrschte sekundenlang Schweigen. Schließlich sagte die dunkle Stimme:

»Mein Bruder regt sich niemals wegen nichts so auf. Irgendjemand hat ihn provoziert, ja, ihm vielleicht sogar Angst gemacht. Dieser jemand hat vielleicht von seinem Aneurysma gewusst und gehofft, dass es durch einen Blutdruckanstieg platzen würde.«

Nach erneutem Schweigen sagte die andere Stimme:

»Ja, wir werden alles tun, um den Menschen zu finden, der den Tod deines Bruders verschuldet hat.«

Dann war das Gespräch vorbei. Sie war innerlich erstarrt vor Schrecken und Angst. Das darf nicht wahr sein, wir sind in die übelsten Drogenkreise geraten und Elvin wird von ihnen gesucht, dachte sie.

Elvins Gesicht blieb dagegen unverändert gelassen.

»Ja, das hört sich gefährlich an, da haben Sie recht. Sie werden aber nicht auf mich stoßen, wenn Sie Ihnen keine Hinweise geben.«

Der Kommissar erhob sich.

»Von mir werden sie ganz sicher keinen Hinweis bekommen. Wie Sie wissen, sind ich und meine Familie auch Opfer dieses Drogenbosses. Ich weine ihm keine Träne nach, aber man weiß nie, welche Maulwürfe es in den Polizeidienststellen gibt. Das Geld von Drogenhändlern hat schon so manchen braven Polizisten verführt und verdorben. Die Akten, die ich habe, waren für jeden zugänglich. Ich habe sie jetzt allerdings unter Verwahrung und Verschluss genommen. Ich wollte Sie nur warnen.«

Er ging weiter zur Tür und sagte dann:

»Sie und Ihre Freundin.«

Elvin reagierte nicht.

Inzwischen waren sie aus dem Zimmer herausgetreten, sodass Eligia nicht verstehen konnte, was gesprochen wurde, aber sie hörte, dass noch ein paar Sätze gewechselt wurden.

KAPITEL 8

Die Vorbereitung

Als der Kommissar das Haus verlassen hatte und Elvin wieder im Raum sichtbar wurde, schaltete sie den Monitor aus und ging durch die Küche ins Wohnzimmer.

»Hast du alles genau hören können? Auch die Übertragung des Gesprächs auf dem Stick?«, fragte Elvin.

»Ja, einwandfrei. Nur Wines letzte Worte, bevor er aus dem Raum ging, habe ich nicht mehr hören oder verstehen können. Hat er noch was Wichtiges von sich gegeben?«

Elvins Gesicht erschien ihr wieder undurchschaubar und unnahbar. Nach kurzem Zögern antwortete er:

»Er hat mit Nachdruck auf die Gefahr hingewiesen, in der du dich befindest, wenn du mit mir zusammen gesehen wirst. Wörtlich hat er gesagt: ›Wenn Ihnen irgendetwas an diesem Mädchen liegt, das ja blutjung und hilflos ist, sollten Sie sich fernhalten von ihr, bevor es zu spät ist. Wenn diese Schurken ihrer habhaft werden, ist sie verloren.‹ Ich habe nur genickt und geschwiegen, aber gedacht habe ich mir ›Mann, du hast keine Ahnung, welche Macht sie besitzt.‹«

Eligia lächelte und ihre Worte klangen wie eine Drohung.

»Das ist der Vorteil, wenn man ein junges, hübsches Mädchen ist. Keiner traut einem zu, eine tödliche Gefahr zu sein.«

Sie setzte sich auf den Sessel, auf dem der Kommissar zuvor gesessen hatte.

»Ich habe sein Gesicht und seine braunen, traurigen Augen nur einmal beim Hereinkommen gesehen, dann konnte ich nur noch auf seinen Hinterkopf schauen. Er machte auf mich einen sympathischen Eindruck. Habe ich das richtig verstanden, er vermutet einen Maulwurf in ihren Reihen, jemand, der den Drogenhändlern Akten und Ermittlungsergebnisse zuspielt?«

»Ja, das hast du richtig verstanden, meine Süße und wir müssen das immer im Hinterkopf behalten. Auch jetzt, wenn wir überlegen, welchen Schritt wir als Nächstes gehen wollen.«

In den folgenden Tagen entwickelten sie einen Plan. Elvin hatte Eligia mehrfach gefragt, ob sie nicht lieber in ein Hotel ziehen und sich von ihm fernhalten wolle, bis Gras über den Tod des Pakistaners gewachsen sei. Sie hatte mit Nachdruck ihre Meinung vertreten.

»Du weißt selbst, dass sie keine Ruhe geben werden, bis sie den Schuldigen am Tod ihres Bosses zur Rechenschaft gezogen haben. Da wächst kein einziges Grashälmchen auf diesem hassgetränkten und blutigen Boden. Nein, wir müssen uns ihnen stellen, sie vernichten oder in die Flucht schlagen, aber ich habe keine Ahnung, wie.«

Elvin hatte sie überrascht angeschaut und erstmals hatte sie in seinen Augen ein eigenartiges Flackern gesehen. Sie konnte es nicht einordnen. Lachte er sie innerlich aus oder bewunderte er ihren Mut? Sie schwieg und wartete auf eine Reaktion von ihm.

»Du hast die für dich so unbekannte Situation sehr schnell erfasst und analysiert, liebste Eligia. Und du hast recht, der Bruder des Pakistaners wird seinen Tod rächen wollen. Ich habe keine Ahnung, ob wir es allein mit ihnen aufnehmen können. Ich bin mir leider auch nicht mehr sicher, ob meine Fähigkeiten überhaupt eine Hilfe darstellen und ob sie in einem Kampf eine wirksame Waffe sein können. Du hast selbst gesehen, dass ich kläglich versagt habe.«

Sie schwieg und durchdachte seine Worte. Sie fühlte sich plötzlich wieder so allein und schwach. Wie friedlich und ungefährlich war es auf dem Lande in ihrer Familie zugegangen. Warum hatte sie sich nicht mit ihrer Mutter auseinandergesetzt? Hatte sie bekämpft und sich einen Platz in der familiären Gemeinschaft und Wohnung erarbeitet? Stattdessen war sie einem undurchsichtigen Jungen gefolgt und hatte durch seine chaotische Vorgeschichte nun Drogenhändler zum Gegner. Sie, die nicht den Hauch von Erfahrung hatte, weder mit Kriminellen noch mit Drogen. Ja, die noch nicht einmal wusste, wie das Leben in einer größeren Stadt funktionierte. Nein, sie mussten sich Hilfe holen, anders ging es nicht.

»Elvin, mir ist gerade klar geworden, dass wir nicht allein gegen diese Drogenmafia kämpfen können. Egal welche Fähigkeiten wir besitzen, sie werden uns ausschalten, bevor wir bis drei zählen können. Im Gerichtssaal waren wir ja sicher, aber draußen in der Stadt sind sie die Herrscher. Wir brauchen Hilfe, aber von wem?«

Elvin lauschte ihren Worten, war aber in Gedanken woanders. Sie sah das an seinen Augen, die sie inzwischen besser einschätzen konnte. Sie funkelten nicht mehr, strahlten weder Wärme noch Kälte aus, sondern erschienen stumpf und nach innen gekehrt. Sie wartete, bis er wieder in die Realität seines Wohnzimmers und zu ihr zurückgefunden hatte.

»Eligia entschuldige, ich habe mich in meiner Fantasiewelt verloren. Aber ich habe deine Worte verstanden. Hilfe können wir uns von verschiedenen Seiten holen. Von der Polizei zum Beispiel, von diesem Kommissar oder aber von anderen Drogenbanden in der Stadt. Vertreter der schottischen Kriminellen waren ja anwesend bei der Gerichtsverhandlung. Wir können aber auch versuchen, Kontakt zu den Mächten der Unterwelt aufzunehmen.«

Sie erstarrte. Mächte der Unterwelt, wer sollte das sein? Der Teufel und seine Gefolgsleute etwa?

Er lächelte sie beruhigend an.

»Nein, Eligia, nicht mit dem Teufel. Es gibt Elfen, die sich in der Unterwelt verborgen halten, die mächtig, aber nicht böse sind. Es ist allerdings sehr schwer, an sie heranzukommen. Sie meiden Menschen und ob sie Halbelfen wie uns helfen würden, weiß ich gar nicht. Dass sie existieren, habe ich im Heim erfahren. Dort hatten wir einen Schüler, der sich gut mit ihnen auskannte, ohne sie je gesehen zu haben.«

Er schaute sie erwartungsvoll an. Ihm war wahrscheinlich klar, dass sie sich für den Kommissar entscheiden würde.

»Du weißt, dass für mich nur der Kommissar infrage kommt?»

Elvin nickte. Er suchte die Nummer auf seinem Handy und bat über die Mailbox um einen Rückruf.

Anschließend aßen sie eine Kleinigkeit und trainierten in Elvins Fitnessraum. Diesen hatte er ihr erst vor ein paar Tagen gezeigt. Er befand sich im Keller des Hauses und war komfortabel eingerichtet, wie eine Art von Bunker. Vierfach gesicherte Stahltüren, eine Abhör- und Kameraübertragungsstation, wie in der Speisekammer, und eine Luftzufuhr, die draußen im Garten nicht zu sehen war. Außerdem besaß er einen gut gefüllten Kühlschrank, einen Duschraum mit WC und einen kleinen Ruhebereich. Man konnte es hier mehrere Wochen aushalten und sich verstecken, weil der Zugang oben im Wohnzimmer, unsichtbar hinter dem großen Bücherschrank, angelegt war.

Nach dem etwa einstündigen Training gingen sie wieder hoch ins Wohnzimmer und kuschelten sich auf die Couch. Dieses Training erschien ihr wichtig, weil sie in den letzten Jahren viel gelaufen und geschwommen war, aber ihre Muskeln nicht explizit aufgebaut hatte. Muskeln aber waren wichtig, um schnell wegzuspringen oder irgendwo hochzuklettern, fand sie. In dieser gefährlichen Situation, in der sich beide jetzt befanden, erschien ihr körperliche Fitness, um zu flüchten, lebenswichtig.

Um 19:30 Uhr rief Mr. Wine zurück. Elvin fragte ihn, ob er sie noch einmal aufsuchen oder woanders treffen könne. Er sagte seinen nochmaligen Besuch für denselben Abend zu und erschien um 20:15 Uhr. Um diese Zeit stand die Sonne im September schon tief.

Eligia war im Wohnzimmer geblieben und erhob sich, als der Kommissar den Raum betrat.

»Hallo Herr Kommissar, mein Name ist Eligia. Ich bin Erics Freundin.«

Mr. Wine gab ihr die Hand.

»Freut mich, dich kennenzulernen. Hat Eric dir meine Bedenken berichtet?", waren seine Worte und es gefiel ihr, dass er sofort zur Sache kam.

»Ja, ich habe das gesamte Gespräch verfolgt, weil hier eine Abhör- und Kameraanlage installiert ist.«

Wine reagierte nur kurz verwundert, dann setzte er sich wieder auf den Stuhl vom letzten Mal und Elvin goss Wasser in die bereitgestellten Gläser.

»Wir haben unsere Möglichkeiten besprochen und möchten Sie um ihrem Rat bitten«, sagte Elvin mit ruhiger Stimme.

«Wir haben vor, den Kampf gegen die Pakistaner aufzunehmen, und zwar zusammen. Sie wissen nicht, dass meine Freundin starke unsichtbare Waffen besitzt. Eligia kann Menschen, von denen sie bedroht wird, verletzen oder töten.«

Der Kommissar reagierte völlig anders als sie erwartet hatte. Er schaute sie freundlich an, mit seinen tiefbraunen, sanften Augen.

»Das habe ich mir gedacht, dass ihr zwei hinter diesen Unglücksfällen im Gerichtssaal steckt.«

Dann blickte er Elvin an und seine Stimme klang um einige Grad kühler.

»Warum hast du sie in deinen persönlichen Rachefeldzug mit reingezogen? Glaubst du wirklich, ihr beide könnt gegen diese brutalen und skrupellosen Drogenhändler irgendetwas ausrichten? Und ich wüsste nicht, wie ich euch helfen könnte.«

Elvin ließ sich nicht beirren. Mit seiner coolen, fast provokant ruhigen Art erwiderte er den Blick des Kommissars.

»Sie werden gute Kontakte zu den schottischen Jugendgangs haben. Vielleicht können die uns integrieren und unsere Hilfe gebrauchen. Soweit mir bekannt ist, kommen sie keinen Schritt voran bei der Zurückgewinnung ihres angestammten Hoheitsgebietes.«

Diese Ausdrucksweise irritierte sie. Was wollte er eigentlich sagen? Dass die schottischen Drogenbanden aus ihren Stadtteilen von pakistanischen Dealern verdrängt worden waren und sie beide bei der Zurückeroberung ihres Territoriums helfen sollten? Bevor sie ihren Unmut äußern konnte, erwiderte Mr. Wine:

»Ja, da stimmt. Sowohl diese Gangs als auch die Polizei, besser die Drogenfahndung, treten auf der Stelle. Bei dieser Auseinandersetzung sind auf beiden Seiten acht Tote zu beklagen. Wollt ihr wirklich Nummer 9 und 10 werden?«

Eligia schaute in Elvins Gesicht. Seine kühle Schönheit ließ sie erschauern. Völlig unerwartet spürte sie eine Sehnsucht nach seinem Körper, seiner Wärme und seinen Umarmungen. Sie wollte nicht, dass er stirbt. Und auf keinen Fall wollte sie selbst sterben. Im Gegenteil. Mit der Sehnsucht nach Elvins Nähe verstärkte sich in ihr das Gefühl, unbesiegbar zu sein. Sie spürte eine magische Verwandlung, eine ungeheure Stärke und Kraft und vor allem die Macht, Böses zu vernichten und ihren Freund zu beschützen. Niemals zuvor hatte sie so etwas gefühlt. Sie hatte Menschen nur verletzt oder getötet, wenn sie sich direkt bedroht gefühlt hatte, also in einem Angstzustand, nicht in einem Machtrausch. Und so etwas Rauschartiges, Unheimliches überfiel sie in diesem Moment und löste ein High-Gefühl von gewaltigem Ausmaß aus. Waren das gute oder böse Empfindungen? Elvin und der Kommissar starrten sie an.

Und erst jetzt merkte sie, dass sie aufgestanden und zum Fenster gegangen war. Sie drehte sich zu den beiden Männern um und sang eines ihrer Lieblingslieder mit ihrer glockenhellen Stimme. Ihr Gesang erschien ihr selbst wunderbar, fast magisch. Das tief stehende Sonnenlicht des Fensters strahlte sie von hinten an. Ihr Schatten reichte bis zu Tür des Raumes und er war riesig, besonders riesig waren ihre Flügel. Sie erkannte sie in voller Größe als Silhouette auf dem Boden.

Die Augen des Kommissars drückten Erstaunen und Bewunderung aus. Er räusperte sich und trotzdem klang seine Stimme belegt.
»Du kannst wundervoll singen, Eligia. Ich werde mir alles überlegen, was ich gehört und gesehen habe und dann mit einem Freund sprechen, der sich mit diesen Dingen besser auskennt. Er ist der Anführer der schottischen Bürgerwehr und der Glasgower Streetworker und er hat sehr viele Kontakte. Ich melde mich wieder bei euch.«

Nachdem er sich verabschiedet hatte, war sie wieder zum Sofa gegangen, hatte sich eine Decke über ihre Beine gewickelt und sich hingelegt. Elvin setzte sich auf den Rand des Sofas und beugte sich über ihr Gesicht. Er küsste sanft ihre Stirn, Wangen und dann ihren Mund.

Seine Wärme durchflutete ihren ganzen Körper und ließ sie jedes Misstrauen
vergessen. Sie fühlte nur Geborgenheit und Frieden. Wir sind zusammen mächtig und unschlagbar, waren ihre letzten Gedanken, bevor sie einschlief.

KAPITEL 9

Einblicke in neue Welten

In den nächsten drei Wochen hörten sie weder vom Kommissar noch von anderen Menschen etwas. Sie lebten völlig isoliert im Haus, trainierten ihren Körper intensiv und versuchten, sich gegenseitig besser kennenzulernen. Sie konnte Elvin immer noch nicht sicher einschätzen. An manchen Tagen war er stundenlang geistig und körperlich abwesend. Wenn er wieder ansprechbar war, entschuldigte er sein Verhalten mit Grübeln oder Nachdenken, aber auch mit Konzentration auf bestimmte Probleme. So eröffnete er ihr zu Beginn der zweiten Woche, dass sie sich auf eine Führerscheinprüfung vorbereiten solle. Er hielt es für wichtig, dass sie mit einem Fahrzeug, egal, ob Auto oder Motorrad, schnell von A nach B gelangen könnte.

»Wir müssen, wenn möglich, schneller als der Gegner sein. Jeder muss mit einem eigenen Fahrzeug sicher umgehen können, sonst sind wir in einer Auseinandersetzung mit Dealern verloren. Sie fahren schnelle Schlitten, deswegen wäre ein Motorrad für dich wahrscheinlich am besten. Ich habe schon Fahrpraxis mit einem Auto, aber keinen Führerschein.«

Eligia stimmte ihm zu. Sie hatte Erfahrung mit dem Moped ihres Bruders, das der schon mit zwölf Jahren zu einem ziemlich schnellen Gefährt frisiert hatte.

»Wenn ich Fahrstunden nehme, muss ich das Haus verlassen und mit einem Fahrlehrer durch die Stadt fahren.«

»Ja, das ist wahrscheinlich die sicherste Methode, um diese Stadt kennenzulernen. Fahrlehrer und ihre Schüler sind meilenweit von kriminellen Gangs entfernt.«

Und er lachte erleichtert und gut gelaunt.

»Wenn du ihm sagst, dass er dir die Stadt während der Fahrstunden zeigen soll, weil du neu hier bist, wird er das mit Freuden tun. So schlagen wir zwei Fliegen mit einer Klappe.«

Sie gab ihm recht. Diese Stadtführung war viel sicherer, als wenn sie beide durch die Stadt spazieren oder fahren würden. Elvin vereinbarte Anfang der dritten Woche das erste Zusammentreffen mit einem Fahrlehrer aus der Nachbarschaft. In den folgenden 14 Tagen hatte sie jeden Vormittag eine Fahrstunde und lernte nachmittags den theoretischen Stoff. Die Prüfung bestand sie anschließend ohne Probleme. Elvin absolvierte in dem gleichen Zeitraum Fahrstunden mit einem Auto und machte am selben Tag wie Eligia seine Prüfung. Am Abend dieses Prüfungstages hatte Eligia erstmals ein Gericht gekocht, das sie von ihrer Mutter kannte. Allerdings musste sie sich eingestehen, dass dieses Gericht nicht so schmeckte wie daheim und eine eigenartige

Sehnsucht überfiel sie. Sie würde gerne ihren Bruder, ihren Vater und sogar ihre Mutter wiedersehen.

»Elvin, ich möchte in der nächsten Zeit gerne meine Familie besuchen«, sagte sie nach dem Essen.

»Ich habe Sehnsucht nach ihnen, vor allem nach meinem kleinen Bruder und meinem Vater. Und sogar ein bisschen nach meiner Mutter.«

Elvin lächelte verständnisvoll.

»Kein Problem, fahr doch morgen schon mit deinem neuen Motorrad vorbei.«

Sie erstarrte.

»Hast du ein Motorrad gekauft?«

»Ja, und ein Auto. Beide stehen in der Kellergarage. Ich habe sie dir ja neulich mal gezeigt.«

Sie erinnerte sich. Neben dem Fitnessraum war eine Art Tiefgarage, die vom Garten aus zu erreichen war und damit von der Straße hinter dem Haus.«

»Woher hast du das viele Geld, die Fahrstunden haben ja schon mehrere Tausend Pfund gekostet?«

Sie spürte das Misstrauen wie eine Schlange in ihrem Körper hochkriechen. Ihre Gesichtszüge wurden hart und sogar ihr Körper. Elvin schaute sie erschrocken an.

»Eligia, vertrau mir! Soll ich dir die Erbunterlagen meine Oma zeigen? Sie hat mir sehr viel Barvermögen vererbt.«

»Ja, zeig mir diese Unterlagen«, sagte Eligia mit kalter, harter Stimme und im Geiste sah sie ihre Mutter neben sich stehen.

Elvin zeigte sein cooles Lächeln, stand auf und holte aus einem verschließbaren Fach des Bücherschrankes einen DIN-A4-Umschlag. Er schaute die Blätter etwas durch und zog dann ein Schreiben der Schottischen Staatsbank heraus. Wortlos reichte er dieses Schreiben über den Tisch. Eligia nahm es und überflog den Text. Er hatte tatsächlich 500.000 Pfund geerbt. Sie reichte das Schreiben zurück.

»Tut mir leid. Ich bin offensichtlich von meiner Mutter mehr geprägt als ich dachte.«

Elvin lächelte so kühl wie zuvor.

»Das ist normal und besser, als wenn du von niemandem geprägt bist, so wie ich. Da weißt du oft gar nicht, wer du wirklich bist.«

Und von einer Sekunde auf die andere erschienen ihr seine Augen unendlich tieftraurig. Sie stand auf, ging zu seinem Stuhl und umarmte ihn von hinten. Sie legte ihr Gesicht auf seinen Kopf und flüsterte:

»Die Vergangenheit ist vergangen, nur die Gegenwart und Zukunft zählt. Und dieser Besuch bei meiner Familie ist vielleicht wichtig, um endgültig einen Strich unter meine Vergangenheit zu ziehen.«

Sie atmete den Duft seiner Haare ein.

»Wann machst du unter deine Vergangenheit einen Strich?«

Elvin bewegte sich nicht und flüsterte zurück:

»Wenn die Mörder meiner Freunde unter der Erde liegen.«

Eligia sagte nichts und ging nach ein paar Minuten zurück zu ihrem Platz. Sie sah in Elvins Augen, wie die Trauer allmählich verschwand und er sie wieder als Freundin der Gegenwart erkannte.

»Eligia, du kannst jederzeit aussteigen. Es tut mir leid, dass ich dich in meinen Rachefeldzug hineingezogen habe.«

Sie spürte, dass er die Wahrheit sagte. Er würde auch allein weiterkämpfen und vielleicht nie zur Ruhe kommen. Mit ihr an der Seite waren seine Chancen auf ein Leben ohne Rachegefühle größer und ihre eigenen auf ein glückliches, friedliches Leben geringer. Sie wusste, dass sie die Frage, ob er das wert war, gar nicht stellen musste. Sie brauchte keine Antwort, sie konnte ihn einfach nicht allein lassen. Vielleicht war sie nur auf der Welt mit ihren besonderen Fähigkeiten und ihren Flügeln, um ihm zu helfen, ihn zu retten vor dem Dämon Rache, der sowohl ihn als auch die Pakistaner in den Fängen hielt. Und sie ahnte, dass er sie mit in die Tiefe unkontrollierbarer Gefühle ziehen konnte, wenn sie nicht aufpasste.

Am nächsten Tag, schon in der Früh, rief der Kommissar an und schlug ihnen ein Treffen mit seinem Freund, dem Streetworker und Boss der Bürgerwehr vor.

»Ich hole euch um 19:00 Uhr ab, wartet vor dem Tor, damit ihr schnell ins Auto springen könnt.«

Mit Schal und Mütze vermummt warteten sie hinter dem angelehnten Gartentor und als das Auto anhielt, waren sie innerhalb von vier Sekunden darin verschwunden. Der Kommissar fuhr ruhig und doch zügig weiter.

»Mein Freund ist nicht begeistert von euren Aktivitäten. Er weiß nicht, ob er euch helfen kann oder will, es liegt also an euch, ihn zu überzeugen.«

Elvin sagte nichts und sie dachte, letztendlich werde ich ihn überzeugen müssen, denn er wird mich als gefährdetes, junges Mädchen einschätzen. Sie hielten nach einer 20-minütigen, schweigsamen Fahrt vor einem Tor, das sich sofort öffnete. Hinter einer hohen Mauer verbarg sich eine große und unfreundlich aussehende Villa. Sie war kaum beleuchtet und als der Kommissar sein Auto vor dem Haupteingang anhielt und ausstieg, löste sich aus dem Schatten des Hauses ein Mann, der den Wagen hinter das Haus fuhr. Sie gingen zur Eingangstür, die sich langsam öffnete. Kameras oben rechts und links und neben der Haustür ein elektronischer Türöffner fielen ihr sofort ins Auge. Jetzt wurde die Tür aber von innen geöffnet und vor ihnen stand ein Hüne. Sein Gesicht lächelte sanft, wenn auch distanziert.

»Hallo John, das sind nun die zwei Racheengel, von denen du mir erzählt hast.«

Und zu Eligia und Elvin gewandt sagte er:

»Hallo, mein Name ist Bud, und ich habe tagtäglich mit Rache zu tun, sehr selten mit Engeln.«

Er gab Eligia die Hand. Sie schaute in seine Augen und versuchte, ihn einzuschätzen. Etwa 38 bis 42 Jahre alt, graugrüne, kühle Augen, einen Vollbart und kräftigen Händedruck. Das war alles, was sie im Moment erkennen konnte. Dann wandte er sich Elvin zu.

»Du bist also der dunkle Engel, der Unheil bringt«, sagte er und gab Elvin die Hand.

»Du hast viel Schlimmes durchgemacht, darum habe ich dem Kommissar versprochen, mir deine Geschichte und deine Pläne anzuhören.«

Elvin wirkte plötzlich unsicher und entsetzlich zerbrechlich. Seine weißen, zarten Gesichtszüge ließen ihn blutjung und hilflos erscheinen. Anfangs dachte sie, er spiele dem Hünen etwas vor, aber dann überfiel sie die schreckliche Gewissheit, dass er ihr und dem Kommissar etwas vorgespielt hatte. All diese langen Wochen hatte er sich als cool und selbstbewusst dargestellt, jetzt, hier in diesen Minuten sah sie sein wahres Gesicht, sein verletztes Inneres, und ein gewaltiges Mitleid ließ sie erzittern. War sie blind gewesen, dass sie diese verletzte Seele nicht erkannt hatte, obwohl sie sich so nah und seelenverwandt waren? Ich bin so kalt, wie meine Mutter, dachte sie enttäuscht von sich selbst.

Dann musste sie sich auf das Gespräch konzentrieren, das Elvin und der Hüne führten. Bud hatte sie zuvor zum Hinsetzen aufgefordert und nun saßen alle vier auf bequemen Stühlen an einem Esstisch aus Eichenholz. Bud redete nur mit Elvin.

»Ich habe mir deine Akten kommen lassen, als staatlicher Streetworker kann ich das. Also du weißt, dass du bei der Wahrheit bleiben solltest, sonst ist unser Gespräch gleich beendet.«

Nach einer Pause, in der gespanntes Schweigen den Raum unfreundlich und kalt erscheinen ließ, redete er weiter. Eigenartigerweise wirkte seine Stimme jetzt warm und väterlich und Elvin empfand das wohl auch so. Sie hatte das Gefühl, dass er dem Streetworker völlig vertraute. Den Kommissar hatten sie beide vergessen.

Dann hörte sie die alles bestimmende Frage:

»Warum wolltest du den Tod deiner Freunde, der ja nun schon neun Jahre zurückliegt, unbedingt rächen? Warum hast du dafür ein unschuldiges und unwissendes Mädchen mit übernatürlichen Kräften in eine so gefährliche Situation hereingezogen?«

Elvin schluckte und seine Stimme klang weich und unendlich traurig.

»Samuel war mehr als ein sehr guter Freund. Er war mein einziger Freund und meine große Liebe. Wir waren beide so entsetzlich allein auf dieser Welt und in diesem Heim. Wir durften nur acht Monate und zehn Tage das wunderbare Gefühl, zu lieben und geliebt zu werden genießen." Sie sah, wie er angestrengt seine Tränen zurückhielt.

»Anna war seine Halbschwester und sie war drogenabhängig seit ihrem elften Lebensjahr. Um sie aus der Kinderprostitution zu retten, hatte er sich in die Drogenkreise begeben, hatte alles versucht, um sie aus diesem Milieu herauszuholen und ist dabei selbst von diesen Typen zum Junkie gemacht worden. Beide kamen in unser Heim nach einem monatelangen, stationären Entzug und waren völlig clean. Sie konnten diesen wunderbaren Zustand, Freiheit von Drogen, zu lieben und geliebt zu werden aber auch die Natur und alle Schönheit des Lebens nur acht Monate genießen. Dann hatten sie die Drogendealer ausfindig gemacht und wollten seine Halbschwester wieder in ihr Milieu zurückziehen. Innerhalb von drei Tagen waren beide wieder voll abhängig von Heroin und anderen Drogen, nachdem sie diese von den Dealern erhalten hatten. Ich habe von dem Vorgang gar nichts bemerkt, aber Samuel hat mir einen Brief hinterlassen, bevor er sich mit seiner Schwester umgebracht hat. In diesem Brief hat er geschrieben, dass sie nicht weiter als Zombies und Marionetten in den Händen dieser Drogendealer leben wollten. Ich konnte ihnen nicht helfen, weil ich die Fakten erst nach ihrem Tod erfahren habe, aber schon in diesem Moment, als ich seinen Abschiedsbrief las, habe ich geschworen, dass ich ihren Tod rächen werde und ihre Mörder vernichten.«

Alle schwiegen und Elvin brauchte Minuten, um sich zu fangen. Er blickte in die Augen des Streetworkers und Eligia sah seine tiefblauen Kraterseen wie Diamanten strahlen. Bud wurde erstmals unsicher, ja nervös. Sie dachte an Elvins Worte über die Wirkung seiner Augen auf Männer. Bud war ein Mann, hoffentlich würde er nicht negativ berührt durch diesen eigenartigen, unheimlichen Blick. Aber das Gegenteil war der Fall. Bud stand auf und ging zu Elvins Stuhl. Er nahm seine Hände und zog ihn hoch an seine Brust. Er umarmte ihn, streichelte über seine Haare und gab ihm nach langen Minuten einen Kuss auf die Stirn.

»Ich helfe dir, Elvin, so ist ja wohl dein Name, oder?«

»Ja, Eric ist nur mein Pseudonym.«

»Ich nenne dich Elvin, weil du nichts verstecken oder verheimlichen musst, auch nicht deinen Namen. Du hast besondere Gaben und die können wir gebrauchen, wenn wir deine Verfolger abhängen oder vernichten wollen. Denn eines ist klar: Deine Rache am Boss dieser Drogenbande ist erfolgreich gewesen, er ist tot. Wir müssen uns jetzt nur mit den Folgen dieser Rache auseinandersetzen.«

Und er drückte Elvin wieder sanft auf seinen Stuhl zurück, sprach ein paar Worte mit dem Kommissar und wandte sich dann Eligia zu.

»Und du bist das Mädchen, das Menschen töten kann, wenn einer von euch beiden bedroht wird?«

Eligia nickte. Sie stand noch so unter dem Einfluss von Elvins Geschichte, dass sie keine klaren Gedanken fassen konnte. Bud ließ ihr einige Minuten Zeit, bevor er nur eine einzige Frage stellte:

»Liebst du Elvin oder willst du ihm aus Mitleid helfen?«

Sie erstarrte. Was war Liebe? Kannte sie dieses Gefühl überhaupt und wie war es mit Mitleid? Sie wusste nicht, zu welchen Gefühlen sie überhaupt fähig war. Im Moment fühlte sie sich leer, wie innerlich abgestorben. Sie schaute in die Augen des Mannes und sagte:

»Ich kenne keine Liebe und kein Mitleid. Ich fühle nur eine tiefe Seelenverwandtschaft zu Elvin, weil wir beide gleich sind. Wir sind Halbelfen.«

Sie schaute kurz ihren Freund an, der sanft lächelte. Sie spürte, dass ihre Worte ihm gefielen und beide wussten, dass es nun nur zwei Möglichkeiten gab: Entweder, Bud glaubte, dass sie Halbelfen waren oder nicht. Wenn Letzteres der Fall war, konnte er nicht mit ihnen zusammenarbeiten, das war allen im Raum klar.

Bud lächelte sie an.

»Aha, du willst die Entscheidung ohne langes Reden. Gut, das kannst du haben. Ich glaube, dass ihr etwas Besonderes seid, der Name spielt für mich keine Rolle. Ich kenne noch nicht einmal den Unterschied zwischen Elfe und Halb-Elfe, aber ich spüre, wenn jemand außergewöhnlich ist und Hilfe braucht. Helfen ist meine Stärke oder Schwäche, wie ihr es sehen wollt."

Keiner sprach ein Wort. Irgendwie war der Pakt geschlossen worden. Bud stand nach einigen Minuten auf und holte ein Smartphone. Erst jetzt sah Eligia einen Sekretär in der Ecke des Raumes stehen. Auf ihm befanden sich ein Laptop und zahlreiche Aktenordner. Bud gab Elvin das Smartphone.

„Wir müssen alle Fakten, die wir bekommen können, besprechen und uns überlegen, was wir erreichen und wie wir vorgehen wollen. Ich werde mich schlaumachen und herausbringen, was die Pakistaner vorhaben. Der Kommissar muss uns mit weiteren wichtigen Informationen versorgen, und dann können wir einen Plan ausarbeiten.«

Mr. Wine nickte zustimmend und verabredete mit dem Streetworker ein Zusammentreffen am nächsten Tag. Bud verabschiedete anschließend seine Gäste mit den Worten:

»Ich melde mich, wenn ich so weit bin. In der Zwischenzeit gilt: Bleibt daheim und unauffällig.«

KAPITEL 10

Ausflug in die alte Welt

Als sie endlich wieder daheim in ihrem sicheren Haus waren, überfiel Eligia eine unangenehme Müdigkeit. Sie fühlte sich ausgelaugt, überfordert und unendlich traurig. Sie wusste nicht, warum. Wahrscheinlich war Elvins Lebensgeschichte zu viel für sie. Elvin sagte weder auf der Fahrt noch daheim ein Wort. Er kochte Tee, stellte Plätzchen und Nüsse auf den Tisch und setzte sich auf einen Stuhl, gegenüber der Couch. Auf diese hatte sie sich sofort nach ihrem Eintreffen gelegt und mit einer Decke zugedeckt. Sie schaute in Elvins Gesicht. Seine zarten und weichen Gesichtszüge überraschten sie erneut. Sie konnte nicht den Hauch von Coolness entdecken.

Er sieht manchmal aus, wie ein Mädchen, dachte sie plötzlich. Vielleicht sind Halb-Elfen gar keine Männer, vielleicht sind sie

Mischwesen zwischen Mann und Frau. Sie erschrak über ihre Gedanken, aber wie schon zuvor, schien Elvin sie lesen zu können.

»Ja, Eligia, schau mich gut an. Ich bin der gleiche Elvin wie zuvor. Du hast nun meine Lebensgeschichte gehört und deshalb siehst du mich mit anderen Augen. Aber was du erkennst, ist jetzt näher an der Wirklichkeit als das, was du vorher von mir und in mir gesehen hast. Ich bin zwar ein Halb-Elfe aber kein Zwitter.«

Eligia wusste nicht, was das genau bedeutete, aber sie konnte es sich denken. Er wusste, dass er männlich und weiblich auf andere wirken konnte. Deswegen fühlten sich normale Männer angemacht und reagierten aggressiv, Homosexuelle fühlten sich wohl eher angezogen und Frauen, die oft unsicher in ihren Gefühlen waren, wollten einfach seine Nähe, Liebe und Wärme spüren, so wie sie selbst.

»Elvin, mir ist es egal, was und wer du bist. Ich spüre unsere Seelenverwandtschaft und nur die zählt für mich.«

Elvin stand auf, nahm eine Teetasse mit und setzte sich neben sie auf das Sofa.

»Trink etwas von diesem heißen Tee, kleine Eligia, er hilft mit, dich zu wärmen.«

Und er hob ihren Kopf und ließ sie trinken wie einen Kranken. Nachdem sie die ganze Tasse ausgetrunken hatte, legte er sich neben sie und drückte sie fest an seinen Körper. Sie spürte, wie schon so oft, wie eine wohlig entspannende Wärme sie durchdrang und Gefühle von Geborgenheit und Zusammengehörigkeit auslöste. Das Denken fiel ihr schwer und sie schlief kurze Zeit später ein.

Am nächsten Morgen lagen sie noch genauso eng umarmt nebeneinander und Elvins Augen ruhten liebevoll auf ihrem Gesicht.

»Du bist so unbeschreiblich schön, Eligia, und deine roten, langen Haare lassen dich wirklich wie einen Unterweltengel aussehen. Aber gerade deshalb ziehst du die Blicke der Menschen unweigerlich an. Wenn dich auch nur ein Pakistaner im Gerichtssaal gesehen hat, wird er dich immer und sofort wiedererkennen. Kannst du dir vorstellen, dein Äußeres zu verändern, also deine Haare zu kürzen und zu färben?«

Eligia zuckte zusammen. Konnte sie sich das vorstellen, schwarze, kurze Haare zum Beispiel? Plötzlich durchfuhr sie ein Schauer. Ja, sie würde durch eine äußere Veränderung wahrscheinlich auch eine innere durchmachen. Und vor ihrem geistigen Auge sah sie einen weiblichen Racheengel mit schwarzen, kurzen Haaren, in schwarzer Lederkombi und mit Motorradhelm, dessen dunkel getöntes Visier das Gesicht unkenntlich machte. Sie sah sich auf dem neuen Motorrad, das sie noch gar nicht ausprobiert hatte. Sie lachte.

»Elvin, du glaubst gar nicht, was ich mir gerade vorgestellt habe und dass mir diese Vorstellung gefallen hat!«

Elvin streichelte über ihren Kopf und ließ ihre Locken durch seine Finger gleiten.

»Hast du vor deinen Augen einen schwarzen Racheengel gesehen?«

»Woher weißt du immer, was ich denke?«, fragte sie erstaunt und irritiert.

»Du weißt die Antwort: Wir sind seelenverwandt!« Und Elvin lachte, wie über einen Witz.

Manchmal überfiel sie das unangenehme Gefühl, dass er sich über sie lustig machte.

»Ich hoffe nicht, dass du mich auslachst, Elvin, sonst könnte es ein böses Ende mit dir nehmen.«

Eligia erschrak. Hatte sie ihm gerade gedroht? Ich bin verrückt, fuhr es ihr durch den Kopf, verrückt oder größenwahnsinnig. Ohne Elvin wäre ich ein Nichts, ein ungeliebtes, von der eigenen Mutter unterdrücktes und abgeschobenes Mädchen.

Elvin lächelte beruhigend.

»Ich lache, weil ich mit dir glücklich bin, Eligia. Das ist ein völlig anderes Lachen, als du meinst. Vielleicht kennst du dieses Lachen gar nicht.«

Sie schaute in seine Kratersee-Augen und spürte, dass er recht hatte, weil er tief in ihr Inneres sehen konnte. Und was er da sah, war für sie selbst ein unbekanntes Land.

Bevor sie weiterdenken und mit Elvin diskutieren konnte, klingelte ihr Smartphone. Sie sah das Bild ihres Bruders. Elvin sah es auch.

»Hast du ihm deine Nummer gegeben?«

»Ja, und ich habe ihm gesagt, dass er mich nur im Notfall anrufen darf und deswegen ist daheim ein Notfall eingetreten.«

Elvin sagte nichts mehr. Sie wischte über das Display und stellte den Lautsprecher auf laut. Die Stimme ihres Bruders klang leise, verängstigt und unsicher.

»Hallo Eligia, entschuldige, dass ich dich anrufe. Aber ich weiß mir nicht mehr zu helfen. Vor zwei Tagen haben zwei Männer hier vorgesprochen und mit Mutter geredet. Sie hat mich aus dem Zimmer geschickt, nachdem sie durch den Türspion gesehen hat, wer draußen stand. Ich musste hoch in meinem Zimmer verschwinden und habe nichts gehört oder verstanden. Aber seitdem weint sie ständig, antwortet auf keine Fragen und Vater ist völlig verzweifelt, weil er auch nicht weiß, was mit ihr los ist. Kannst du nicht vorbeikommen? Vielleicht bist du des Rätsels

Lösung. Sie hat mehrmals deinen Namen geflüstert und ›Gott, vergib mir!‹ Seit gestern geht sie in die Kirche und betet da zwei Stunden oder länger. Ich bin ihr mit dem Rad gefolgt, weil ich Angst hatte, dass sie sich etwas antut. Ich traue mich nicht, in die Schule zu gehen und sie allein zu lassen.«

Sie hatte seinen aufgeregten Worten schweigend gelauscht.

»Beruhige dich, Jeremy. Ich komme, und wir schauen, was sie für Sorgen hat. Wie sahen die Männer denn aus?«

»Na ja, so dunkelhäutig mit schwarzen, gegelten Haaren. Ich hab sie, oben aus meinem Fenster, wieder wegfahren sehen.«

»Aha, na ja, bleib cool, Jeremy. Ich bin in anderthalb Stunden bei dir. Warte auf mich daheim.«

»Okay, danke«, flüsterte ihr Bruder.

Sie schaute Elvin an und dessen Gesicht hatte jegliches Lachen verloren.

»Eligia, es ist gefährlich, jetzt nach Hause zu fahren. Offensichtlich wissen sie, wer du bist und wo dein früherer Wohnort war. Wir müssen erst Bud anrufen und ihm von dieser neuen Entwicklung berichten.«

»Ja, ruf ihn an.«

Eligia ging in ihr Zimmer und holte die schwarze Lederkombi, die Elvin ihr vor ein paar Tagen zusammen mit dem Motorrad geschenkt hatte. Er hatte beide als Geburtstagsgeschenk deklariert, obwohl sie erst in ein paar Monaten 17 wurde. Sie schlüpfte hinein und setzte den Helm auf. Dann klappte sie das schwarze Visier runter und stellte sich vor den großen Spiegel. Sie sah eine fremde, schwarze Gestalt, die auch ein junger Mann hätte sein können. Nur ihre rosa Ringelsöckchen und die Plüschpantoffeln machten klar, dass ein 16-jähriger, weiblicher Teenager vor dem Spiegel stand. Sie lachte.

Und wo sind meine Flügel, dachte sie, so eine Lederkombi verhindert ihr Wachstum.

Und sie suchte nach den schwarzen Motorradstiefeln. Elvin hatte gesagt, dass er ein paar Getragene aus früheren Jahren in den Flurschrank geräumt hatte. Diese Stiefel würden ihr wahrscheinlich passen. Sie schaute in den Flurschrank und sah sie unten in der Ecke stehen. Sie zog sie über ihre Ringelsöckchen und stellte sich erneut vor den Spiegel. Bei dem ungewohnten Anblick, der ihr entgegensprang, erschrak sie. Ja, so könnte ein Racheengel aussehen. Egal, ob Mann oder Frau, aber wunderschön gefährlich. Als sie ins Wohnzimmer runterging, bemerkte sie, dass die Lederkombi unbequem war und beim Hinuntergehen einer Treppe die Beweglichkeit ihrer Beine einschränkte. Schnell weglaufen oder klettern kann man damit sicher nicht, dachte sie. Dann erinnerte sie sich daran, dass sie mit einem schnellen Motorrad unterwegs war und damit besser als mit jedem Auto oder zu Fuß flüchten konnte. Elvin kam ihr entgegen und sein bewundernder Blick irritierte sie.

»Gefällt dir mein neuer Racheengel-Look?«

»Und wie, meine Süße. Vor allem, weil ich weiß, dass hinter dieser Verkleidung eine Elfe steckt. Fremde Menschen wissen das allerdings nicht und das ist gut so. Bud hat gesagt, dass du unerkennbar bleiben musst und nicht eure Wohnung betreten darfst. Geh stattdessen in die Kirche und rufe von da deinen Bruder an. Er soll dann eure Mutter überreden, mit ihm die Kirche zu besuchen.«

Eligia erschien dieser Rat gut. Pakistaner würden die Kirche nicht betreten und sie sowieso in diesem Look nicht erkennen. Falls sie das Haus beobachteten, war es normal, dass ihre Mutter und ihr Bruder in die Kirche gingen, weil sie das in den letzten

Tagen auch gemacht hatten. Sie rief ihren Bruder an und erklärte ihm, was er tun solle. Er war einverstanden.

Eligia fuhr erstmals mit ihrem neuen Motorrad durch die Straßen von Glasgow. Elvin hatte ihr das Navi eingestellt und durch die Kopfhörer im Helm hörte sie die sanfte Frauenstimme klar und beruhigend: Nehmen Sie die zweite Ausfahrt im Kreisverkehr, folgen Sie der Straße zwei Kilometer. Sie genoss die Fahrt. Motorrad fahren war befreiend, sie fühlte sich leicht und sicher. Egal, was auf sie zukommen würde, Hauptsache, sie konnte schnell auf ihr Motorrad springen und wieder nach Hause flüchten. In diesem Moment sah sie Elvins Haus als ihr Zuhause an und diese Fahrt als Abstecher in die Welt von gestern.

In ihrer früheren Wohngegend kannte sie jede Straße, jede Kreuzung und jeden Platz. Sie hatte das Navi ausgestellt. Neben der Kirche befand sich hinter ein paar Büschen ein Fahrradständer. Sie sah sofort das Rad ihres Bruders, er war schon da. Sie stieg ab und stellte das Motorrad in Fahrtrichtung auf den Ständer. Sollte sie flüchten müssen, dann wäre sie sehr schnell auf dem Fahrzeug und konnte sofort losfahren. Sie nahm den Helm erst in der Dunkelheit der Kirche ab. Ihre langen, roten Haare hatte sie unter einer dunklen Baumwollmütze versteckt. Nach ein paar Sekunden, ihre Augen hatten sich bereits an die Dunkelheit gewöhnt, erkannte sie ihre Mutter und ihren Bruder in der zweiten Bank vor dem Altar sitzen. Hinten, in der letzten Bank, saßen zwei alte Frauen nebeneinander. Sonst befand sich niemand in der Kirche. Sie ging nach vorne und setzte sich neben ihren Bruder. Sie berührte sanft seine Hand, dann beugte sie sich vor und schaute ihre Mutter an. Von der Seite sah ihr Gesicht alt und traurig aus. Mitleid durchflutete Eligias Herz.

Ich habe ihr Unrecht getan, dachte sie. Dann flüsterte sie in ihre Richtung:

»Hallo Mama, was ist los? Geht es dir nicht gut?«

Ihre Mutter drehte langsam den Kopf und Eligia schaute in stumpfe, traurige Augen. Ihr Herz verkrampfte sich und sie konnte ihren Puls bis in den Hals hinauf spüren. Noch nie habe ich so in die Augen meiner Mutter geblickt, dachte sie, wir haben immer nebeneinanderher gelebt, fast wie Feinde, die aneinander gekettet sind. In dieser einen Blicksekunde spürte sie tiefes Mitleid und ein anderes Gefühl, das wohl Liebe hieß. Sie wartete, weil ihre Mutter etwas sagen wollte und den Mund bewegte, aber sie brachte aber keinen Ton heraus. Dann befeuchtete sie mit der Zunge ihre Lippen und beugte sich etwas in Eligias Richtung, ohne ihren Blick zu senken.

»Es tut mir so leid, dass ich dich in die Stadt vertrieben habe. Dort bist du in großer Gefahr. Pakistaner suchen dich, weil du ihren Boss umgebracht hast.«

Eligia erstarrte. Warum hatten sie das ihrer Mutter erzählt? Nach einigen Sekunden des Schweigens senkte diese den Blick und redete weiter:

»Ich wusste, dass dein Onkel ein Pädophiler war und von Pakistanern junge Mädchen bekam, wenn er genügend bezahlte. Aber ich wusste nicht, dass er ihnen Bilder von dir gezeigt und vorgehabt hatte, dich ihnen vorzustellen. Es ist gut, dass er tot ist.«

Nach einer Pause flüsterte sie:

»Aber trotzdem lebst du jetzt gefährlich. Du hast Verfolger, die keinen Spaß kennen. Sie sehen eine Verbindung zwischen dem plötzlichen Tod deines Onkels in unserem Haus und dem Tod ihres Bosses bei der Gerichtsverhandlung, weil du bei beiden Vorfällen anwesend warst.«

Sie wollten von mir wissen, wo Du jetzt wohnst. Aber ich weiß es ja nicht. Und Gott sei Dank haben sie mir das geglaubt.« Eligia war bei diesen Worten klar, dass sie sofort aufbrechen musste. Sie küsste ihren Bruder, stand auf und umarmte ihre Mutter zum ersten Mal seit so vielen langen Jahren.

»Du hast nur so gehandelt, wie du handeln musstest. Mach dir keine Vorwürfe und keine Sorgen um mich. Ich bin Eligia, die Auserwählte, und stärker als eine Handvoll Krimineller.«

Dann verließ sie die Kirche und den Ort ihrer Kindheit, ohne zurückzublicken. Sie ging zügig zu ihrem Fahrzeug und fuhr sofort los.

Nach einigen Minuten Fahrt blickte sie zurück. Im Seitenspiegel ihres Motorrads bemerkte sie einen dunklen Sportwagen, der wahrscheinlich schon seit der Kirche hinter ihr herfuhr. Durch die Vorortstraßen konnte man nur langsam fahren und deshalb war ihr dieses Auto nicht weiter aufgefallen. Jetzt bog sie rechts auf eine Umgehungsstraße ab und gab Gas. Der Wagen hinter ihr bog genauso ab und beschleunigte noch mehr als sie. Er näherte sich bedrohlich schnell.

KAPITEL 11

Todesengel ohne Flügel

Eligia geriet langsam, aber sicher, in Panik. Sie hatte viel zu wenig Fahrerfahrung, um dieses schnelle Motorrad bei höherer Geschwindigkeit sicher zu beherrschen. Weil der Verfolgungswagen rasant nähergekommen war, blieb ihr aber nichts anderes übrig, als immer mehr zu beschleunigen. Bald würde sie die Kontrolle über diese schwere Maschine verlieren. So oder so befand sie sich in Lebensgefahr. Denn die Verfolger konnten ihr Motorrad einfach rammen oder umfahren und dann Fahrerflucht begehen. Im Moment höchster Angst dachte sie an ihre Flügel, die unter der Lederkombi gefangen waren, und dann entschloss sie sich, rechts auf den Fahrradweg zu fahren, den sie aus ihrer Schulzeit gut kannte. Ob dieser niedergelegte Sportwagen ihr auch dorthin folgen konnte, wusste sie nicht. Sie musste abrupt abbremsen, um über einen Grasstreifen auf diesen schmalen Weg zu gelangen. Ein paar Sekunden später ließ sie ein gewaltiger Knall zusammenzucken. Ein ekelhaftes Geräusch von berstendem Blech tat in den Ohren weh und ihr war sofort klar, dass der Wagen auf einen Baum geprallt war. Rechts neben der Straße standen zwei oder drei Bäume, die schon vor Jahren hätten gefällt werden sollen, weil sie diesen Kurvenverlauf der Straße so gefährlich machten. Eligia fuhr langsam, fast im Dauerlauftempo, auf dem Fahrradweg weiter, atmete tief aus und ein und versuchte, sich zu konzentrieren. Immer wieder sprang nur ein Gedanke in ihren Kopf: Du kannst töten – ohne Flügel und ohne Augenkontakt, nur durch Todesangst und Konzentration auf deine Flügel.

Nach einigen Minuten fuhr sie erneut auf die Staatsstraße und schaltete wieder ihr Navi ein. Sie war inzwischen an ihrer Schule vorbeigefahren und kannte dieses Stadtgebiet nicht mehr. Sie erreichte Elvins Haus ohne weitere Probleme. Der stand im Garten und öffnete schnell das Garagentor. Nachdem sie abgestiegen war, übernahm er das schwere Fahrzeug, stellte es auf den Ständer und schaute sie erschrocken an.

»Eligia, was ist passiert, du schaust blass wie der Tod aus!« Sie zitterte am ganzen Körper.

»Ja, ich bin ein Todesengel«, flüsterte sie und musste sich auf seinen Arm stützen. Ihre Knie gaben nach, sie fühlte sich kraftlos wie eine vertrocknete Blume. Jeden Moment konnte sie zusammenbrechen. Vorsichtig führte Elvin sie vom Keller ins Wohnzimmer. Sie ließ sich auf einen Stuhl fallen und er zog ihr die Stiefel und die Lederkombi aus. Dann legte er ihr eine Decke um die Schulter und schob sie zum Sofa. Erst, als sie flach lag, konnte sie nach ein paar Minuten wieder klar denken. Obwohl sie sich nach dem Knall und dem krachenden Geräusch nicht mehr umgedreht hatte, wusste sie, dass der oder die Menschen im Auto tot oder schwerstverletzt waren. Mit mehr als 120 km/h frontal auf einen Baum zu prallen, war ein Unfall mit Todesfolge. Sie brauchte Minuten, um Elvin von dem Geschehen berichten zu können. Er hörte schweigend zu und streichelte dabei über ihren Kopf oder tätschelte ihre Hand. Dann machte er wieder Tee und ließ sie trinken. Sie liebte diese Fürsorglichkeit, dieses bemuttert werden, hatte sie beides doch während der Kindheit so schmerzlich vermisst. Dann schlief sie ein, entspannt und in diesem wunderbaren Gefühl von Geborgenheit und Zusammengehörigkeit.

Am nächsten Morgen wachte sie auf, weil Elvin am Rand des Sofas saß und telefonierte. Als er sah, dass sie wach war, stellte er den Lautsprecher auf laut und sie hörte die Stimme des Kommissars.

»Der Fahrer, ein jüngerer Bruder des Pakistaners aus der Gerichtsverhandlung ist tot, sein 18-jähriger Sohn schwer verletzt im Krankenhaus. Sie haben auf Eligia am Haus der Mutter gewartet und sind dieser zur Kirche gefolgt. Beim Erscheinen einer Motorradfahrerin an der Kirche haben sie eins und eins zusammengezählt. Es war ein Fehler, dort hinzufahren.«

Elvin erklärte ihm, dass Eligias Onkel Kunde der Pakistaner gewesen war und ihnen ein Bild von ihr gezeigt oder sogar gegeben hätte. Keiner habe damit gerechnet und auch nicht damit, dass sie einen Zusammenhang zwischen dem Tod dieses Onkels und dem des Pakistaners im Gerichtssaal herstellen würden. Der Kommissar fragte nach Einzelheiten und Elvin berichtete ihm kurz alle Fakten über den dramatischen Herzinfarkt von Eligias Onkel. Dann beendete Mr Wine das Gespräch mit folgenden Worten:

»Dort, in deinem Haus, seid ihr im Moment noch sicher. Verlasst es bitte nicht mehr. Ich spreche jetzt mit Bud und gebe euch anschließend Bescheid.«

Sie schloss die Augen. Einer tot, einer schwer verletzt. Es wurde alles immer schlimmer. Ein unschuldiger 18-Jähriger war aus ihrer Sicht ein Kollateralschaden. Diesen Ausdruck hatten sie im Buch der Mutter gelesen und erst die Bedeutung nachschauen müssen. Im Text war vor Kollateralschäden gewarnt worden. Als Elfe solle man mit allen Mitteln versuchen, Verletzungen oder Tötungen unschuldiger Menschen zu verhindern. Wie hätte sie aber als verfolgte Motorradfahrerin irgendetwas verhindern können? Hätte sie anhalten sollen und fragen: Hallo, verfolgt ihr mich, was wollt ihr? Und dann erst tätig werden, wenn sie eine Pistole oder ein Messer in der Hand hielten? Nein, sie war unschuldig! Der Fahrer war ein Risiko eingegangen, als er sie, eine Motorradfahrerin, verfolgt hatte.

Elvin schaute sie an und wusste wie schon so oft, welche Gedanken ihr durch den Kopf gingen.

»Ja, Eligia, du bist nicht schuld. Wer verfolgt wird, hat keinen Einfluss auf irgendetwas, was den Verfolgern passiert. Er muss nur für sein eigenes Überleben sorgen und mehr hast du nicht gemacht.«

Den ganzen Tag blieb Eligia auf der Couch liegen und ließ sich von Elvin bedienen. Sie genoss das ausgiebig, bekam am Nachmittag jedoch ein schlechtes Gewissen.

»Wo hast du dieses liebevolle Bemuttern gelernt? Das tut mir so gut, dass ich es bis in alle Ewigkeit genießen könnte.«

Elvin lächelte und küsste sie auf die Stirn.

»Das habe ich nirgendwo gelernt. Ich tue nur das, was ich mir auch wünschen würde, was ich auch vermisst habe in meiner

Kindheit. Wir zwei können uns all diese schönen Dinge, die wir nicht hatten, gegenseitig geben. Wenn es mir mal schlecht geht, kannst du mich liebevoll betreuen.«

Und Eligia nickte. Das würde sie mit Freuden tun.

Am späten Nachmittag rief der Kommissar an. Er hatte unerfreuliche Neuigkeiten zu berichten.

«Wir haben erfahren, dass sie alle Kräfte mobilisieren, um Eligia zu finden. Wir wissen nicht, welche Möglichkeiten sie diesbezüglich haben. Zahlreiche, völlig unbekannte Drogenabhängige, Kuriere, Lokalbesitzer und Prostituierte stehen unter ihrem Einfluss. Leider kann ich nicht verhindern, dass irgendeiner euch ausfindig machen wird. Ihre Kontaktpersonen müssen nicht dunkelhäutig aussehen, sie haben genügend Schotten von sich und ihrem Geld abhängig gemacht. Sie sind mächtiger, als wir uns vorstellen können. Aus dem Verkehr können wir sie nur über kriminelle Taten größeren Ausmaßes ziehen. Wenn sie mehr als fünf Jahre Gefängnisstrafe bekommen, könnten wir wegen Wiederholungsgefahr eine Abschiebung oder Sicherheitsverwahrung durchsetzen.»

Elvin hatte das Smartphone wieder auf laut gestellt und Eligia hörte jedes Wort mit. Sie lag entspannt auf dem Sofa.

»Frag den Kommissar, in welchem Krankenhaus der verletzte 18-Jährige liegt!«

Elvin verzog keine Miene.

»Wie geht es dem verletzten Jungen, wissen Sie das?«

»Ja, er ist außer Lebensgefahr, ansprechbar, aber mit mehreren Knochenbrüchen in den nächsten Wochen ans Bett gefesselt. Im Moment liegt er im St. James-Hospital, Tag und Nacht umgeben von Familienangehörigen und Bewachern.«

Eligia überlegte kurz, dann sagte sie so laut, dass der Kommissar es hören konnte.

»Könnten Sie mir zwei Polizeibeamte für etwa eine Stunde als Begleiter zur Seite stellen? Ich will den Jungen besuchen und mich offen zeigen. Ich habe nichts Böses gemacht, es ist besser, wenn alle Familienmitglieder und der Verletzte das möglichst bald erfahren. Ich kann nicht immer weglaufen und mich verstecken, dadurch bestätigen wir nur ihren Verdacht, dass ich an irgendeinem Tod schuld bin.«

Der Kommissar schwieg sekundenlang, dann atmete er hörbar ein.

»Kann sein, dass du recht hast, Eligia, Angriff ist meistens die beste Verteidigung. Ich kann dir für dieses erste Zusammentreffen zwei Polizeibeamte in Zivil mitgeben, öfters allerdings nicht mehr. Sag mir Bescheid, wann du den Jungen besuchen willst.«

Sie zögerte nur kurz.

»Morgen Vormittag wäre gut. Nicht, dass er noch nach Hause entlassen wird, dahin würde ich nur ungern gehen, im Krankenhaus ist ein Besuch viel ungefährlicher.«

»Okay, morgen um 10:30 Uhr holen dich zwei Beamte ab.«

Nachdem Elvin das Smartphone zur Seite gelegt hatte, nahm er ihre Hände und küsste sie.

»Du bist eine Kampfelfe, kein Racheengel. Und du hast recht: Wer flieht und sich versteckt, macht sich verdächtig. Traust du dir diesen Besuch allein zu? Ich weiß nicht, ob es eine gute Idee wäre, wenn ich dich begleiten würde.«

»Das wäre sicher keine gute Idee. Wir wissen nicht, ob sie uns überhaupt zusammen auf dem Schirm haben. Ich habe keine Angst, allein zu gehen. Kannst du mir morgen früh noch einen schönen, neutralen Blumenstrauß besorgen? Also auf keinen Fall Rosen!«

»Ja, mach ich. Jetzt lass uns noch ein bisschen trainieren, Fitness ist immer gut.«

Und er zog Eligia von der Couch hoch.

Sie fühlte sich sowieso schon wieder ausgeruht und unternehmungslustig. Für die Opferrolle oder die einer Verfolgten war sie nicht geschaffen, das wurde ihr in diesem Moment klar. Elvin könnte recht haben, vielleicht war sie eine Kampfelfe!

KAPITEL 12

Die Kampfelfe

Am nächsten Tag, pünktlich um 10:30 Uhr, wurde sie von einer Frau und einem Mann, Polizeibeamte in Zivil, abgeholt. Sie fuhren mit dem Taxi ins Krankenhaus. Elvin hatte einen sehr schönen Blumenstrauß gekauft und sie war in das einzige lange Kleid, das sie besaß, geschlüpft. Es war hellblau gestreift, ein Leinenkleid, das sie nur zu besonderen Anlässen anzog, weil sie sich in Hosen wesentlich wohler fühlte. Heute aber ging es nicht ums Wohlfühlen, sondern um den Eindruck, den sie bei den Angehörigen des verletzten Jungen hinterließ. Sie wollte nicht als wilde Motorradfahrerin abgestempelt werden, sondern sanft und friedlich erscheinen. Nur dann waren ihre Angaben, die sie sich inzwischen genau zurechtgelegt hatte, glaubhaft. Die Polizeibeamten blieben draußen vor dem Krankenhauseingang und sie fragte an der Anmeldung nach Abdul Asmari. Sie erhielt keine Auskunft bezüglich seines Zimmers. Damit hatte sie gerechnet, der Kommissar war in seinem Gespräch darauf eingegangen, dass der Junge von Leibwächtern streng bewacht werden würde, als der zukünftige Boss eines Drogenimperiums.

Diese Informationen hatten Eligia nicht beeindruckt. Im Moment war er ein schwer verletzter 18-jähriger Sohn, der gerade seinen Vater verloren hatte. Die Schwester an der Anmeldung sagte:

»Ich habe strikte Anweisung, jeden Besucher anzumelden und aufzufordern, in den kleinen Warteraum dort links zu gehen und zu warten, bis er abgeholt wird. Wie sind Ihr Name und Ihre Anschrift?«

Eligia erschrak. Name war kein Problem, aber welche Anschrift sollte sie angeben? Mit dieser Frage hatte sie nicht gerechnet. Sie gab die Adresse ihrer Eltern an, denn dort war sie immer noch polizeilich gemeldet. Das konnten die Sicherheitsleute des Clans jederzeit überprüfen. Dann nahm sie in dem Wartezimmer Platz und wartete. Ihre langen, roten Haare trug sie offen, hatte aber einen dünnen Schal um den Kopf und ihren Hals drapiert, der ihre Haare und Haut verdeckte. Das langärmelige Kleid reichte bis über beide Waden. Sie sah aus wie ein braves, europäisches Mädchen, das einen Krankenhausbesuch bei einem muslimischen Jungen machte. Nach fünf Minuten erschien ein dunkelhäutiger Mann mit Schnurrbart und imposanter Körperstatur. Er baute sich vor ihr auf.

»Sind Sie Eligia Silver und wollen Sie Abdul Asmari besuchen?«

»Ja, das will ich«, sagte sie so selbstbewusst wie möglich. Der Mann verzog keine Miene.

»Dann folgen Sie mir bitte. Besuch ist nur zehn Minuten erlaubt, weil Abdul noch sehr schwach ist.« Sie ging hinter ihm her.

»Okay«, flüsterte sie, weil sie inzwischen schon eine Krankenstation betreten hatten. Am Ende des langen Flures trennte eine Milchglastür, auf der «Privatstation» stand, den Bereich von etwa vier Krankenzimmern ab. Der Mann öffnete die zweite Tür auf der linken Seite und ließ sie eintreten. Als Erstes fiel ihr Blick auf eine etwa 40-jährige, wunderschöne Frau mit tieftraurigen Augen, die von bläulichen Ringen umrandet waren. Diese Frau hat zwei Nächte nicht geschlafen und viel geweint, schoss ihr durch den Kopf.

»Hallo, schön dass Sie meinen Sohn besuchen wollen. Sind Sie eine Klassenkameradin?« Die Stimme der Frau erschien ihr wie der Hauch eines Sommerwindes, sanft und wärmend.

Sie trat einen Schritt zur Seite und gab den Blick auf einen jungen Mann frei. Seine schwarzen Locken umrahmten das fein geschnittene, gebräunte Gesicht und das weiße Kopfkissen stellte einen Kontrast dar, der sie an ein Gemälde denken ließ. Als sich ihre Blicke trafen, spürte sie ein Vibrieren in der Brust und ein eigenartiger Schwindel überfiel sie. Seine Augen in tiefem, warmem Braun ruhten auf ihr und ließen sie erröten. Sie hoffte, dass diese Augen niemals anders ausschauen würden, nie zornig oder ängstlich. Bis in alle Ewigkeit sollten sie so freundlich und beruhigend strahlen.

Abdul bewegte sich nicht in seinem Bett. Eligia sah, dass er durch Schienen und eine Art Flaschenzug, der sein rechtes Bein etwas angehoben hatte, völlig fixiert war. Rechts von ihm standen zwei Infusionsständer, deren Infusionen noch halb gefüllt waren. Der linke Arm war in einer Gipsschiene ruhiggestellt und somit konnte er sich kaum bewegen.

»Hallo. Es tut mir schrecklich leid, dass du so verletzt worden bist und dein Vater gestorben ist, bei diesem furchtbaren Unfall.«

Sie bemühte sich um einen sanften Klang ihrer Stimme. In dem Raum befanden sich außer ihr noch vier Personen: Zwei Leibwächter, Abdul und seine Mutter.

»Warst du die Motorradfahrerin?«, fragte Abdul mit leiser Stimme.

»Ja. Ich hatte Angst, weil ihr mir so nah gekommen seid. Ich fühlte mich verfolgt.«

Abduls Mutter zuckte zusammen. Die Leibwächter gingen bedrohlich auf Eligia zu. Sie tat so, als ob sie nichts bemerkte, sondern ging langsam zwei Schritte in Richtung Abduls Bett. Sie hielt Blickkontakt und legte die Blumen auf einen Tisch, der neben dem Bett stand. Seine Mutter hatte sich inzwischen wieder gefangen und mit einer Handbewegung die Leibwächter gestoppt.

»Abdul hat uns vom Unfallhergang berichtet. Er weiß nicht, warum sein Vater so nah aufgefahren ist und in der Kurve die Kontrolle über den Wagen verloren hat. Sie haben keine Schuld an diesem tragischen Unfall.«

Eligia schaute von Abduls Augen weg zu denen seiner Mutter.

»Im Leben passieren Dinge, deren Bedeutung und Sinn wir erst viel später erkennen können. Obwohl ich erst 16 Jahre alt bin, habe ich das schon gelernt.«

Die Mutter ging auf sie zu und nahm ihre Hand.

»Machen Sie sich keine Vorwürfe. Alles, was uns geschieht, liegt in Allahs Hand, wir Menschen sind nur Werkzeuge.«

Eligia nickte und hielt die zarten Hände der Frau fest umschlossen. Sie spürte, wie ein Strom von Wärme auf sie überging. Sie spürte nichts Bedrohliches oder Unechtes und wünschte sich, dass sie auch so eine gütige Mutter gehabt hätte. Dass ich so eine

Mutter nicht habe, ist auch Allahs Wille, dachte sie und lächelte Abdul zu.

»Ich verabschiede mich wieder, du bist noch sehr schwach. Ich habe meine Telefonnummer und meinen Namen aufgeschrieben und an die Blumen geheftet. Wenn du wieder fit bist, würde ich mich über ein Treffen freuen.«

Sie nickte Abdul und seiner Mutter freundlich zu und verließ langsam das Zimmer. Die Leibwächter folgten ihr nicht. Diesmal fuhr sie allein mit dem Taxi zu einem anderen Platz in der Nähe von Elvins Haus. Die Polizisten waren gleich vom Krankenhaus in eine andere Richtung weggegangen.

Als sie zu Hause ankam, erschien ihr Elvin nervös.

»Ich hatte totale Angst um dich, Eligia, das war ein hochriskantes Spiel, was du da abgezogen hast.«

Sie hörte so etwas wie Ärger aus seiner Stimme heraus. Er schien sich Sorgen gemacht zu haben. Möglicherweise hatte er aber auch Angst um sich selbst gehabt, denn in dieser Sekunde überfiel sie erstmals das Gefühl, dass er sich in seinem gefährlichen Rachefeldzug hinter ihr versteckte.

Sie verdrängte diese Gedanken und berichtete von ihrem Treffen. Zum Abschluss sagte sie:

»Ich glaube, ich konnte sie überzeugen. Ich bin mir aber nicht sicher, ob dieser Abdul wirklich nicht mitbekommen hat, dass sie mich vorgestern verfolgt haben. Sie haben schließlich vor der Kirche auf mich gewartet, also so einen dummen oder naiven Eindruck hat er auf mich nicht gemacht. Ich glaube, er hat seine Mutter schützen und den Tod seines Vaters nicht in Zusammenhang mit kriminellen Aktivitäten bringen wollen. Was die Leibwächter allerdings wissen, ist mir nicht klar geworden. Jedenfalls droht im Moment keine Gefahr, warten wir ab, was Abdul im gesunden Zustand und nach der Machtübernahme dieses kriminellen Clans vorhat oder macht. Für uns ist es jetzt wichtig, unsere Körper weiter zu trainieren und Fahrpraxis zu gewinnen, um im Falle einer Flucht besser vorbereitet zu sein.«

Elvin lachte.

»Ja, da ist sie wieder, die kleine Kampfelfe!«

KAPITEL 13

Schein und Sein

In den nächsten Wochen trainierten sie ihren Körper und ihre Stadtkenntnisse. Sie studierten die Stadtpläne im Internet, legten sich Routen zurecht und fuhren diese mit dem Motorrad und Auto ab – immer getrennt, aber per Smartphone verbunden. Ab und zu ließen sie sich vom Kommissar über Neuigkeiten unterrichten. Bud rief auch zweimal an, um zu fragen, ob alles in Ordnung sei. Etwa drei Wochen nach dem Besuch im Krankenhaus erhielt sie eine Sprachnachricht von Abdul:

»Hallo Eligia, ich werden morgen entlassen und fühle mich fit. Es war schön, dich kennengelernt zu haben. Dein Blumenstrauß hat mich bis gestern erfreut, sogar in getrocknetem Zustand sah er schön aus. Du bist jedoch schöner als jede Blume, die ich kenne. Ich habe mich jeden Tag an deine blauen Augen und dein sanftes Gesicht erinnert und hoffe, dass ich dich bald sehen kann, um diese Erinnerung aufzufrischen.«

Sie hörte den Text und konnte nicht verhindern, dass vor ihren Augen das Gemälde seines Gesichts auf dem weißen Kopfkissen erschien und ein eigenartiges Kribbeln ihren Körper durchzog. Als sie an seinen Blick dachte, wurde ihr wieder leicht schwindlig.

Elvin stand am Herd und beobachtete sie.

»Ist was passiert? Hat dein Bruder sich gemeldet?«

»Nein, Abdul hat mir eine Sprachnachricht geschickt und will mich treffen. Er hat blumige Worte gewählt, aber ich traue ihm nicht.«

»Ja, egal wie nett sie uns erscheinen, und auch wenn ihre Freundlichkeit in dem einen Moment echt ist, können sie im nächsten völlig anders fühlen und gefährlich werden. Ich habe zwei pakistanische Brüder im Heim kennengelernt. Sie haben sich geliebt und wären füreinander gestorben, aber wenn sie gestritten haben, sind die Fetzen geflogen und du hattest Angst, dass sie sich jeden Moment ein Messer zwischen die Rippen stoßen und sich gegenseitig umbringen.«

Eligia lauschte Elvins Worten und gestand sich ein, dass sie keine ausländischen Jugendlichen kannte. In ihrer Schule waren zwar einige Mädchen aus Indien in höhere Klassen gegangen, und sie hatte keine persönlich kennengelernt.

»Ja, ich bin Fremden gegenüber immer misstrauisch und vorsichtig, auch wenn sie nicht von weit entfernten Ländern und anderen Kulturkreisen kommen, das weißt du. In diesem Fall ist aber die Frage, soll ich ihn treffen und wo? Und was ist unser Ziel, das ich vor Augen haben muss. Es ist ja kein Date zum Spaß!«

Elvin schaute sie überrascht an. Anscheinend hatten ihre Stimme oder ihre Worte ihn verwirrt.

»Na ja, wie man's nimmt, Eligia. Das Spiel mit dem Feuer ist für Kampfelfen vielleicht immer mit Spaß verbunden, das musst du selbst herausfinden. Aber unser gemeinsames Ziel ist klar: Jeden Verdacht von uns ablenken, im Hinblick auf den Tod des Drogenhändlers und den von Abduls Vater.«

Sie nickte. Er hatte recht, das Ziel war klar, die Gefahr dagegen nicht.

»Ich habe mir gedacht, ich schlage ihm ein Treffen in einem Café am frühen Nachmittag vor und du verkleidest dich und bist auch in dem Lokal. Das würde mir Sicherheit geben.«

Elvin schaute sie erneut verwundert an.

»Also, so ein Treffen ist sicherer als dein damaliger Besuch daheim, aber ich setze mich gerne in ein Café und beobachte euch wie ein eifersüchtiger Ehemann.«

Nach einer Pause fügte er hinzu:

»Dann kannst du gleich mal eine meiner Verkleidungen bewundern. Ich bin ein Spezialist im Kostümieren.«

Und er lachte zweideutig. Sie dachte, ich kenne ihn einfach immer noch zu wenig.

Am späten Nachmittag riefen sie den Kommissar an und erzählten ihm, dass Eligia sich mit Abdul treffen würde. Mr. Wine hatte zuerst Bedenken geäußert, dann aber die Wahl des Lokals gutgeheißen, weil es zentral lag und er ein paar Polizisten unauffällig in der Nähe postieren konnten. Dieses Café, war nachmittags immer gut besucht, hauptsächlich von Schülern, Studenten und alten Damen. Sie hatte eine Sprachnachricht an Abdul abgesandt und diesen Treffpunkt angegeben. Als Uhrzeit den kommenden Donnerstag um 16:00 Uhr. Auf diese Nachricht hatte er schriftlich geantwortet:

«Das Café kenne ich. Es ist nett und gut erreichbar für mich, weil der Wagen vor der Tür halten kann. Ich gehe ja noch mit Krücken. Soll ich dich abholen oder fährst mit du mit deinem Motorrad? Es ist zurzeit noch warm genug.«
Sie hatte dann geschrieben:
»Ich komme vom Campus allein hin. Bis Donnerstag.«

Eligia studierte seit zwei Wochen Psychologie an der Glasgow University. Sie hatte lange mit Elvin diskutiert, welchen Studiengang sie und welchen er wählen sollte. Anfangs wollten sie beide Jura studieren, auch, um alle Vorlesungen zusammen besuchen zu können. Dann hatte sie herausgefunden, dass sie sich mehr für die Hintergründe von Verbrechen interessierte. Sie wollte wissen, warum Menschen Dinge taten, die moralisch schlecht waren. Die Verfolgung der bösen Taten und der Verbrechen war zwar auch sehr wichtig, aber es genügte, wenn Elvin sich auf diesem Gebiet einarbeitete. Sie könnte bei der Strafbemessung den Richtern helfen, wenn sie die Motive der Straftäter herausbringen und erklären würde. Vor allem aber auch, ob weitere Straftaten zu erwarten waren und ob eine Therapie möglich wäre. Von Anfang an war ihr Ziel, sich in Richtung forensischer Psychologie zu spezialisieren.

Daran dachte sie, als sie Abdul diese Zeilen schrieb und den Campus erwähnte. Sicher würde er sie fragen, was sie studiere und sie würde ihm dann erklären können, dass sie in die Psyche von Verbrechern eindringen wolle. Diesen Ausdruck hatte Elvin gebraucht, als sie ihm ihren Entschluss mitgeteilt hatte. Er hatte damals gesagt:
»Wenn du tief in die Psyche von Kriminellen eindringen willst, lauernd dort viele Gefahren für dich. Wenn du ihre Motive und

die Ursachen kennst, wird es dir schwerfallen, sie zu verurteilen. Mitleid wird dein ständiger Begleiter sein. Denn glaube mir, jeder Verbrecher hat in seiner Kindheit eine traurige Geschichte erlebt, die das Samenkorn für sein späteres Handeln ist. Du musst dir also ständig klarmachen, dass Mitleid zur Gefahr für dich selbst wird, wenn du zu starke Gefühle für einen Kriminellen entwickelst. Du verlierst dann deine Objektivität und deine Nüchternheit. Emotionen wiederum riechen Verbrecher zehn Kilometer gegen den Wind, weil sie sie in der Kindheit so sehr vermisst haben. Als Erwachsene fordern sie dann Zuwendung oft skrupellos und zügellos ein. Wenn du nur den Hauch von Mitgefühl für sie empfindest, werden sie dich aussagen wie eine reife Frucht. Sie wollen Gefühle von dir, bis du leer bist.«

Eligia hatte damals seinen Worten gelauscht und es nicht glauben können, dass er so einen Vortrag hielt. Sie hatte ihn ungläubig angestarrt und gefragt:

»Wo hast du das gelesen, Mr. Superschlau?« Dabei hatte sie sich um ein kleines, arrogantes Lächeln bemüht, damit er nicht bemerken sollte, wie beeindruckt sie war.

»Vergiss nicht, dass ich deutlich älter bin als du und mit Menschen aufgewachsen, deren kriminelle Zukunft vorprogrammiert war. Nirgendwo gibt es so wenig Liebe und Zuwendung wie in Kinderheimen und nirgendwo werden so viele Kriminelle herangezogen wie in diesen Einrichtungen. Wir zwei sind ja auch ungeliebte Kinder. Du weißt, dass auch wir uns stark nach Liebe und Emotionen sehnen.«

Sie hatte geschluckt.

»Macht das nicht jeder Mensch?«

»Nicht in dem Maße«, war Elvins kurze Antwort gewesen und er hatte sich abgewandt und eine Pizza in den Backofen gelegt.

Ihr war klar geworden, dass er über dieses Thema nicht länger reden wollte. Und dann hatte sich der unangenehme Verdacht in ihr Gehirn geschlichen, dass Elvin auch ein heimgeschädigter Verbrecher und Gefühlseinforderer sein könnte.

Auf dem Weg zum Café fiel ihr dieses Gespräch wieder ein und machte sie ängstlich und vorsichtig gegenüber Abdul. Er war allerdings in einer gutbürgerlichen Familie aufgewachsen mit einer liebevollen, gütigen Mutter und nicht der typische Kriminelle mit schlechter Kindheit. Wenn man aus einer Großfamilie abstammt, die schon vor Generationen hier im Ausland kriminelle Aktivitäten entwickelt hatte, um zu überleben, war es wohl unvermeidbar in die Fußstapfen der Vorfahren und des Vaters zu treten. Allerdings wurde nicht jeder der Boss eines hochkriminellen Imperiums. Sie wusste nichts von ihm. Hatte er schon Einführungskurse von seinem Vater erhalten, waren ihm die kriminellen Strukturen bekannt, hatte er selbst schon getötet, gefoltert oder Menschen missbraucht? Für die Polizei war er ein unbeschriebenes Blatt, das hatte der Kommissar bestätigt. Auch sein Vater hatte es geschafft, mit seinen kriminellen Aktivitäten unerkannt und unbehelligt von der Polizei zu bleiben. Abdul hatte zwar eine höhere Schule abgeschlossen, bisher aber kein Studium begonnen. Er lebte daheim, zusammen mit zwei jüngeren Schwestern. Das erschien ihr positiv, weil er wusste, wie Mädchen ticken.

Am Donnerstag, um 16:05 Uhr, betrat sie das Café. Sie war den Weg vom Campus zu Fuß gegangen, um ihre Gedanken zu ordnen und sich zu entspannen. Längeres Gehen war für sie die beste Beruhigungsmedizin. Diesmal trug sie eine Hose und darüber eine sehr lange Strickjacke, die jede körperliche Vorwölbung verdeckte.

Ihre Haare hatte sie zu einem Knoten zusammengesteckt. Als sie daheim in den Spiegel geschaut hatte, musste sie lächeln. Braver und harmloser kann ein 16-jähriges Mädchen kaum ausschauen.

Sie betrat das Café und sah Abdul auf den ersten Blick. Er saß an einem Vier-Personen-Tisch, hatte sein Gipsbein ausgestreckt und die Krücken an seinen Stuhl gelehnt. Ein strahlendes Lächeln ließ sein Gesicht leuchten und er winkte ihr zu. Eligia winkte zurück und während sie auf ihn zuschritt, ließ sie ihre Blicke durch den Raum gleiten. Er war mit einigen jungen Besuchern und auch ein paar Älteren gut gefüllt. Am Tisch neben Abdul saßen seine zwei Leibwächter, die wohl auch als Chauffeure dienten. Eligia suchte Elvin, aber sie sah niemanden, der allein am Tisch saß und ihm ähnelte. Wo war er? Sie hatten ausgemacht, dass er mindestens 15 Minuten vor 16:00 Uhr das Café betreten müsse, um dann alles zu beobachten und sie eventuell noch telefonisch über mögliche Gefahren oder Überraschungen zu unterrichten.

Abdul strahlte sie an und deutete ein Aufstehen auf sein gesundes Bein an.
»Hallo Eligia, schön, dass ich dich wiedersehen darf. Du siehst noch schöner aus als in meinen von Schmerzmitteln getrübten Erinnerungen.«
Sie setzte sich ihm gegenüber.
»Danke Abdul. Aussehen ist das Eine, Wesen und Charakter das andere.«
Abduls Gesicht verlor sein Lächeln.
»Da hast du recht, Eligia. Solange ich denken kann, hatte ich das Gefühl, dass in meinem Umfeld alles anders ist, als es zu sein scheint. Ich war jahrelang unsicher, wie die Menschen um mich

herum, auch mein Vater und meine Mutter, wirklich sind, also tief im Inneren. Ich hatte immer das Gefühl, ich spüre und sehe nur den Schein, nicht das wirkliche Sein. Kennst du dieses Gefühl auch?«

Sie war von diesem Geständnis völlig überrascht, ja schockiert. Warum erzählte er ihr von seinen tiefsten Überlegungen und Unsicherheitsgefühlen? Das ist total unüblich beim ersten Date und in den ersten Minuten, dachte sie. Gleichzeitig fühlte sie sich ihm durch diese Offenheit so nah und auch seelenverwandt, dass ihr schwindlig wurde. Zwei seelenverwandte männliche Wesen, das ist echt zu viel für mich.

»Abdul, ja, ich kenne dieses Gefühl nur zu gut. Warum erzählst du mir davon gleich am Anfang unseres Zusammentreffens, wir kennen uns doch gar nicht.«

Abdul lächelte leicht und so warmherzig, dass ihr heiß wurde. Sie spürte direkt, wie sich ihr Gesicht rötete.

»Eligia, du hast recht, das ist unüblich. Aber ich wollte keine Zeit mit Small Talk verschwenden. Du sollst von Anfang an wissen, was in mir vorgeht und warum ich dich treffen möchte. Egal, wie viel Schmerzmittel ich intus hatte, mir war schon im Krankenhaus klar, dass dein Besuch nur Schein war. Ich wusste, dass du wusstest, wer ich bin und warum wir dir gefolgt sind. Ich habe meiner Mutter das verschwiegen, weil bei uns daheim eben alles anders dargestellt wird, um jeden Hauch von Schlechtigkeit oder Kriminalität von unserem Familienbild fernzuhalten. Wir sind in den Augen meiner Mutter, Oma und meiner Schwestern eine wunderschöne, heile, anständige, wohltätige, reiche Familie mit pakistanischen Wurzeln. Aber seit mehr als drei Jahren weiß ich, dass wir das nicht sind und du Eligia weißt es seit dem Unfall auch.«

Er machte eine Pause. Seine Ansprache war mehr als ungewöhnlich. Eligia wusste im ersten Moment nicht, was sie sagen sollte. Misstrauen kroch in ihr hoch. Sie sah ihn als gefährlichen Gegner an, der genau wie sie mit offenen Karten spielte, um einen Angriff vorzubereiten. Abdul hatte sehr leise, schnell und in fließendem Englisch mit Glasgow-Dialekt gesprochen. Sie wusste, dass er auf keinen Fall wollte, dass die pakistanischen Bodyguards auch nur ein Wort verstanden. Sie schaute im Café herum und sah, dass die beiden in ihre Smartphones schauten und kein Interesse an ihrem Gespräch zeigten. Elvin konnte sie nirgends sehen oder erkennen – wie war er verkleidet? Und dann bemerkte sie, drei Tische entfernt, eine ältere Dame ihren Tee trinken und mit der Hand eine kleine Wink-Geste in ihre Richtung machen. Er war als Frau verkleidet! Beinahe hätte sie gelacht. Dann aber schaute sie in Abduls Gesicht und bemerkte, wie ernst es ihm war. Seine Augen ruhten auf ihr, erwartungsvoll und ernst.

»Abdul, ich bin überrascht. Du hast recht, mir war klar, dass ihr mich seit der Kirche verfolgt habt, aber bis heute weiß ich nicht, warum. Weißt du es?«

Sie bekam schon während ihrer Worte ein schlechtes Gewissen. Er spielte vielleicht doch mit völlig offenen Karten, sie dagegen versuchte, ihn auszuhorchen. Es ist wirklich schwer, Schein und Sein auseinanderzuhalten. Vielleicht bin ich an diesem Tisch die Böse. Und ein frostiges Gänsehautgefühl überzog ihre Arme.

Abdul schien das zu bemerken. Er legte seine Hand auf ihre Hand und als sie in seine tiefbraunen Augen blickte, verschwand jedes Frösteln und ein geradezu himmlisches Wärmegefühl breitete sich in ihrem Körper aus. Wärme, die sie schon von Elvin kannte. Das ist wohl männliche Wärme, die einen alles Unangenehme und jede Verletzung vergessen lässt, dachte sie und zog trotzdem ihre Hand vorsichtig unter seiner heraus.

»Abdul, du erwärmst mich und benebelst mein Gehirn. Ich will aber klar denken können.« Und dieser Satz war die reine Wahrheit.

In den folgenden Minuten waren sie damit beschäftigt, dem Kellner ihre Wünsche vorzutragen. Beide bestellten sich Tee und ein paar Cookies. Diese Pause kühlte Eligia innerlich etwas ab. Sie behielt ihre Hände auf ihrem Schoß und vermied direkten Blickkontakt.

»Abdul, du hast meine letzte Frage noch nicht beantwortet. Weißt du, warum dein Vater mir gefolgt ist?«

»Ja, das weiß ich. Während wir vor der Kirche auf dich gewartet haben, hat er es mir erzählt. Er und andere Brüder von ihm glauben, dass du etwas mit dem plötzlichen Tod von Omar, dem Boss des Clans, während der Gerichtsverhandlung, zu tun hattest. Sie glauben das, weil auch dein Onkel völlig unerwartet gestorben ist, als er dich zu deinem 12. Geburtstag besucht hat.«

Eligia schwieg. Was sollte sie auch antworten? Wichtig war, was Abdul dachte und sagen würde. Und nach einigen Minuten sagte er Worte, die sie erstarren ließen:

»Ich glaube das auch. Mit zwölf Jahren hast du es wohl nur geahnt, aber heute wirst du dir sicher sein. Drei Todesfälle von Männern, die böse waren, das kann kein Zufall sein. Ich wollte dich treffen, um zu testen, ob auch ich so böse bin, dass du mich töten willst. Ich wäre bereit, zu sterben.«

Nach einigen tiefen Atemzügen fuhr er fort:

»Du bist wahrscheinlich ein Todesengel – ich glaube an Engel.«

Sie hob ihren Blick und ihre Augen trafen die seinen. Eine Art Stromstoß durchzuckte ihren Körper. Er wollte durch sie sterben! Sie spürte, dass er die Wahrheit sagte, weil seine Augen tiefe Bereitschaft ausstrahlten. Keine Angst, keine Freundlichkeit, nein, den Entschluss zu sterben, wenn er es verdient hatte. Und das war für Eligia der alles entscheidende Punkt.

»Bist du denn böse, Abdul? Hast du den Tod verdient?«

Seine Antwort traf sie wie ein Stich.

»Ja, Eligia.«

Langsam löste sie ihren Blick aus seinem. Sie brauchte Minuten, um sich zu fangen, um zu wissen, wo sie war und wer sie war. Eine Studentin der Psychologie im ersten Semester, Freundin von Elvin und begeisterte Motorradfahrerin. Sie hielt ihre Augen konzentriert auf den Tisch gerichtet. Der Kellner brachte den Tee und die Cookies und Eligia überlegte sich ihre nächsten Worte genau.

»Ich glaube dir, Abdul. Jeder Mensch weiß genau, ob er gut oder böse ist, besser als alle Außenstehenden. Er muss nur der Wahrheit ins Gesicht sehen wollen. Wenn du mich oder meine Familie und Freunde bedrohst, werde ich dich töten müssen. Wenn du uns in Frieden lässt, weiß ich nicht, was passieren kann. Ich bin noch sehr jung und unerfahren, ich weiß nicht, wie ich mich entwickle, das Risiko müssen wir beide eingehen.«

Abdul sagte nichts. Eligia schaute hoch und erneut trafen sich ihre Augen. Die tiefe Traurigkeit darin erschien ihr schlimmer als die Worte, die er mit kaum hörbarer Stimme sagte:

»Ich werde in den nächsten Tagen das Erbe meines Onkels und meines Vaters antreten und den größten Verbrecher-Clan in Glasgow führen. Mein Vater hat mir damals an der Kirche erzählt, dass er dich anfahren und wenn möglich töten will, um den Tod seines Bruders zu rächen. Ich habe nichts unternommen, um ihn davon abzuhalten. Wenn ich der Boss bin, werden viele Untergebene die Drecksarbeit machen, aber die Befehle erteilt immer der Boss, und das bin ab jetzt ich. Halte dich fern von mir und ich werde versuchen, dich zu schützen. Ich darf dir nie mehr so nahe wie heute kommen. Vielleicht schaffen wir es beide, irgendwie weiterzuleben.«

Sie ließ seine Worte auf sich wirken und speicherte sie. Im Moment war ihr nicht klar, was sie bedeuteten, weil sie durch den Augenkontakt erneut keinen klaren Gedanken fassen konnte.

Etwas später legte sie 5 £ auf den Tisch und stand auf. Als sie Abdul die Hand reichte, wusste sie, dass das ein Fehler war, aber es war schon zu spät. Er ergriff ihre Hand und seine Wärme durchströmte ihren Körper mit einer Wucht, die sie straucheln ließ. Sie musste sich am Tisch festhalten und zog deshalb abrupt die Hand zurück. Abdul flüsterte:

»Ich hätte dich gehalten und beschützt. Du darfst nicht stürzen, denn in dieser Stadt gibt es schon zu viele gefallene Engel.«

KAPITEL 14

Kriminelle Abgründe

Als Eligia zu Hause ankam, war Elvin noch nicht da. Sie legte sich sofort auf das Sofa, deckte sich mit einer Decke zu und versuchte, sich zu entspannen. In ihrem Kopf kreisten die Gedanken ungeordnet und ziellos, in ihrem Herzen brodelten unkontrollierbare Gefühle. Sie fühlte sich hilflos und leer. War das die Leere, die Elvin neulich erwähnt hatte oder eine andere? Vielleicht gab es mehrere Arten von innerer Leere und Hoffnungslosigkeit – das war der richtige Ausdruck. Alles erschien ihr plötzlich hoffnungslos und bedrohlich. Abdul musste sein Erbe antreten und das personifizierte Böse werden und sie müsste ihn als Todesengel oder Kampfelfe vielleicht eines Tages töten. Sie hatte es im Lokal gespürt und auch jetzt übermannte sie die Ahnung, dass einer von beiden sterben würde. Er war dazu bereit, hatte er gesagt, aber sie wusste, dass sich Menschen ändern können, zum Guten und zum Bösen. Was heute gefühlt und gesagt worden war, galt nicht für alle Zeiten.

Als Elvin das Wohnzimmer betrat, war sie so erleichtert wie noch nie zuvor.

»Elvin, wo warst du so lange? Komm schnell her und wärm mich! Ich fühle mich so verdammt verlassen, verloren und traurig! Ich brauche deine Wärme!«

Elvin sagte kein Wort. Er zog in Windeseile sein Kostüm aus und verwandelte sich von einer älteren englischen Dame in einen jungen muskulösen Mann in Boxershorts. Er lächelte sein vertrautes, leicht amüsiertes Lächeln und schlüpfte unter die Decke. Sein Körper strahlte die beruhigende Wärme aus, die sie sich gewünscht hatte. Sie spürte seinen heißen Atem und ein sanfter, unbekannter Duft von Parfum oder Mann strömte in ihre Nase und ließ sie an ruhigen Nachthimmel und sanften Mondschein denken. Elvin flüsterte:

»Schlaf gut, mein Engel«, und sie glitt völlig entspannt in ein Wohlfühlparadies.

Am nächsten Tag besprachen sie ausführlich ihre Erlebnisse und Eindrücke. Elvin hatte sie und Abdul ja völlig unbehelligt beobachten können.

»Dieser Abdul ist ein besonderer Junge, da bin ich mir sicher. Ich glaube, er ist sehr religiös. Er hat dich manchmal so ehrfurchtsvoll angeschaut, dass ich dachte, gleich geht er in die Knie und betet. Vielleicht denkt er, du bist ein Engel, gesandt von einer höheren Macht – hat er nichts in der Richtung gesagt?«

»Doch! Er sieht mich als Todesengel an und ist bereit, durch mich zu sterben, weil er sich selbst als böse einordnet.«

Nach einer Pause fügte sie hinzu:

»Was natürlich stimmt. Er kann nicht das Erbe von Onkel und Vater antreten, einen einflussreichen kriminellen Clan als Boss führen, ohne böse zu sein.«

Elvin nickte und schaute aus dem Fenster. Sein Gesicht erschien ihr wie eine undurchsichtige Maske: schön, kühl und gefühllos. Nach langen Minuten des Schweigens schaute er in ihre Augen. Ein Schauer durchfuhr sie. Gehörten diese Augen ihrem Freund Elvin? Oder hatte er sich in einen Teufel verwandelt, wie gestern in die alte, englische Dame?

»Ich habe gestern auch bemerkt, dass er Macht über dich und deine Gefühle besitzt. Du warst seinen tiefbraunen Augen nicht gewachsen, hast du das auch gespürt?«

Sie senkte ihren Blick.

»Ja, klar, habe ich das gespürt. Ich musste ständig auf den Tisch runterschauen, um überhaupt richtig denken zu können.«

Sie wartete auf eine Antwort, aber Elvin schwieg. Sie überwand sich und schaute wieder hoch in sein Gesicht. Diesmal wirkte es freundlich und verständnisvoll wie immer.

»Das ist gut, wenn du das selbst bemerkt hast, dann kannst du die Situation und deine Gefühle kontrollieren.«

Er langte über den Tisch und ergriff ihre Hand. Sofort spürte sie seine beruhigende Wärme und entspannte sich. Den furchtbaren Ausdruck in seinen Augen, einige Minuten zuvor, konnte sie immer noch nicht einordnen.

›Vergiss das einfach, jeder kann mal eigenartig schauen‹, beruhigte sie sich selbst.

»Wie sollen wir jetzt vorgehen, Elvin? Wenn wir abwarten, was er und seine kriminelle Bande machen, könnte das gefährlich für uns werden. Denn klar ist, dass alle mir den Tod an Omar und Abduls Vater geben.«

»Ja, abwarten und Tee trinken wäre die schlechteste aller Möglichkeiten.«

Elvin ließ ihre Hand los und stand auf. Er holte von seinem Sekretär den Laptop und stellte ihn vor ihr auf den Tisch. Nachdem er eingeschaltet hatte, hörte sie die Stimme des Kommissars und kurz darauf erkannte sie ihn von hinten an einem Schreibtisch sitzend. Er zeigte auf eine Akte und die Kamera holte sie nah heran.

»Hallo Eligia, hallo Elvin. Ich habe gehört, dass das Treffen mit Abdul Asmari gestern komplikationslos verlaufen ist. Wir haben inzwischen neue Fakten erfahren. Ob er diese kennt, wissen wir allerdings nicht. Sein Onkel und sein Vater waren nicht nur im Drogen- und Prostitutionsgeschäft erfolgreich tätig, sondern sie haben eine Gruppe von Kindern, vorwiegend Mädchen, im Alter zwischen 11 und 15 Jahren unter ihre Kontrolle gebracht. Diese Kinder stammen durchgehend aus armen, asozialen Familien und werden an pakistanische und ein paar schottische Männer vermietet. Soweit wir wissen, werden diese Mädchen am Gewinn beteiligt und machen freiwillig mit.«

Eligia traute ihren Ohren nicht.

»Halt mal an«, sagte sie zu Elvin. Der stoppte die Aufzeichnung.

»Was soll das heißen: ›freiwillig mitmachen‹? Sie wurden verführt und manipuliert, durch Geld, das ihnen die Hoffnung gibt, aus ihren armen und zerrütteten Familien entfliehen zu können, oder?«

»Ja, so ist es. Deshalb ist sexueller Missbrauch von Kindern auch strafbar. Kinder sind viel beeinflussbarer als Erwachsene und arme Kinder aus gewalttätigen, asozialen Familien noch viel mehr. Lass uns weiter zuhören, es kommt noch schlimmer.«
Und Elvin ließ die Aufzeichnung weiterlaufen.
»Mindestens die Hälfte der über dreißig Kinder sind drogenabhängig und werden mit Drogen bezahlt. Zwei Kinder sind an einer Überdosis gestorben und so sind wir überhaupt auf diese Straftaten aufmerksam geworden. Todesfälle von Kindern müssen auch in diesen Slums von Glasgow genauer untersucht werden. Wir haben herausgefunden, dass dieser Kinderprostitutionsring schon über vier Jahre existiert und alle weggeschaut haben. Die Eltern, die Jugendämter und leider auch unsere Polizisten.«
Er drehte sein Gesicht zur Kamera.
»Ich möchte euch bitten, ganz vorsichtig zu recherchieren. Bud wird sich bei euch melden und euch unterstützen. Ich selbst kann das nicht machen, weil ich in diesen kriminellen Kreisen zu bekannt bin. Vernichtet diesen Stick bitte und gebt eure Berichte nur an Bud weiter, niemals an mich. Ihr wisst, dass es bei uns immer noch einen unbekannten Maulwurf gibt.«

KAPITEL 15

Noch tiefere Abgründe

Zwei Wochen später meldet sich Bud über das Smartphone, das er Elvin geschenkt hatte. Er kündigte nur seinen Besuch am nächsten Abend gegen 19:00 Uhr an. Um diese Uhrzeit war es Ende Oktober bereits dunkel. Pünktlich um 19:05 Uhr klingelte er und Elvin führte ihn ins Wohnzimmer. Eligia saß auf dem Sofa und musste ihren Kopf tief in den Nacken legen, um in seine Augen blicken zu können. Er war eben bulliger Riese, dessen Augen aber sanft und erfreut auf sie herunterblickten.

»Hallo Eligia, schön, dich gesund wiederzusehen. Ich hatte euch schon viel früher besuchen wollen, aber die Dinge haben sich so schnell entwickelt, dass die Fakten nach 24 Stunden schon wieder anders aussahen. Ich hoffe, dass ich heute alles so berichten kann, wie es für die nächsten Tage zutrifft.«

Und dann setzte er sich hin, wurde von Elvin mit Tee und Plätzchen bewirtet und begann seinen Bericht. Eligia war am Ende so erschüttert, dass sie weinen musste. Bud nahm ihre Hand und tätschelte sie. Obwohl er ein fremder, erwachsener Mann war, spürte Eligia kein unangenehmes Gefühl, geschweige denn Angst. War sie inzwischen abgehärteter, was Berührungen von Männern anbelangte oder konnte sie mit ihrem Körper spüren, ob Männer gut oder böse waren? Und wie stand es überhaupt mit Frauen? Außer Abduls Mutter hatte sie seit Jahren keine fremde Frau berührt, auch kein Mädchen. An all das dachte sie bei diesem Streicheln ihrer Hände. Es lenkte sie von dem gerade Gehörten ab und sie konnte aufhören, zu weinen. Allmählich wurde auch ihr Denkvermögen wieder klarer. Bud sprach sie nun allein an:

»Eligia, ich weiß, dass es schwer ist, diesen Bericht zu verkraften. Du hast in deinem bisherigen Leben absolut nichts mit so traurigen Verhältnissen und menschlichen Dramen zu tun gehabt – weder mit Drogen noch mit Missbrauchsopfern und Prostitution. All das gibt es auf dem Lande nicht, von Kinderprostitution ganz zu schweigen. Das ist ein zweifelhaftes Privileg von Großstädten.«

Sie dachte: Scheiß Privileg, Fluch wäre der bessere Ausdruck. Laut sagte sie:

»Ja, das stimmt. Ich kenne nur Ausgrenzung, Mobbing und Gefühlskälte, vor allem aber Armut, die gibt es auch auf dem Land.«

Dann suchte sie den Blick von Elvin, der rechts neben Bud am Tisch Platz genommen hatte. Als sich ihre Augen trafen, erschrak sie. Eisige Kälte, ja mehr eine Art von kalter Wut, erkannte sie in seinen Kraterseen. Ihn hatte das Gehörte anders berührt, er hatte sich wohl an eigene, schreckliche Erlebnisse erinnert. Deshalb schaute sie schnell wieder in Buds eher freundliches Gesicht.

»Wie können wir dieses entsetzliche Geschehen beeinflussen oder stoppen? Kann das überhaupt jemand? Ist die Polizei überfordert?«

»So ist es, Eligia.«

Bud holte einen Ordner aus seiner Tasche und öffnete ihn. Er drehte ihn zu ihr hin, nachdem Elvin einen Blick auf den Inhalt geworfen hatte. Sie sah zwei große Fotos und darunter Namen von Personen.

»Das sind die Verantwortlichen für den Kindermissbrauch in Mittelengland und Schottland.«

Sie sah zwei asiatisch aussehende Männer, die durchaus Pakistaner sein konnten. Bud zeigte auf das eine Foto:

»Dieser heißt Sami und betreut etwa dreißig schottische Mädchen und der andere ist der Boss von Rothenhams Kinderprostitutionsgruppe. Wir wissen nicht, wie viele Mädchen im Alter von 11 bis 18 abhängig von diesen Verbrechern sind. Manche haben ihre sowieso schon zerrütteten Familien verlassen und leben in Unterkünften, die die Pakistaner besitzen oder gemietet haben, andere in Kinderheimen.«

Eligia schwieg und Elvin räusperte sich. Dann holte er tief Luft und sagte:

»Kann die Polizei den Tätern nichts beweisen oder warum sind sie noch in Freiheit? Der Kommissar hat gesagt, es gibt zwei jugendliche Drogentote, sind das die verantwortlichen Dealer im Hintergrund?« Und er zeigte auf die Bilder.

Bud nickte.

»So ist es. Die Kinder sind so eingeschüchtert und manipuliert, dass sie gegenüber der Polizei auswendig gelernte Storys erzählen und keinen Zusammenhang mit diesen Tätern herstellen. Vielleicht kennen sie diese auch gar nicht, sondern nur kleine Helfershelfer, jedenfalls haben wir keine verwertbare Aussage von den geschädigten Kindern. Ich persönlich kenne zwei Mädchen im Alter von 13 und 14 Jahren, beide sind drogenabhängig und wohnen noch daheim bei ihrer Mutter, die selbst Alkoholikerin ist. Diese beiden schweigen bei allen Befragungen, sie sind so verängstigt, weil sie Angst um ihre Mutter und den kleineren Bruder haben. Wenn Kinder nicht spuren, werden sie immer mit Angst um ihre Familien gefügig gemacht – das ist eine alte, sehr wirkungsvolle Methode und wird auch bei all diesen Opfern angewandt, da sind wir uns sicher.«

Elvin nickte.

»Deswegen muss man Jugendliche, die keine Familie mehr haben, also Heimkinder, suchen und interviewen. Sicher sind unter den Opfern auch solche verlorenen Wesen?«

»Ja, ich kenne drei ehemalige Heimkinder, die schon als Zwölfjährige ständig aus den Heimen abgehauen sind, wochenlang von Prostitution gelebt haben, bis sie wieder von der Polizei aufgegriffen und ins Heim zurückgebracht worden sind. Alle drei sind inzwischen 16, zwei sind drogenabhängig, eine schwanger.«

Eligia zuckte zusammen. Daran hatte sie noch gar nicht gedacht.

»Schwanger? Was soll das heißen? Werden die Kinder geboren oder abgetrieben?«

»Das kommt darauf an.«

Buds Gesicht wurde hart.

«Sie werden meistens zur Abtreibung gezwungen und die Kosten übernehmen ihre kriminellen Betreuer oder Zuhälter. Wer nicht abtreiben will, muss flüchten und sich gut verstecken.

Deshalb hat mich dieses Mädchen auch kontaktiert, ich habe sie versteckt und sie könnte der Schlüssel für unsere Ermittlungen und weiteres Vorgehen werden.«

Sie erkannte allmählich, worauf Bud hinauswollte. Sie sollten Kontakt mit diesem Mädchen aufnehmen. Elvin hatte wohl das gleiche Gefühl.

»Sollen wir dieses Mädchen treffen?«

»Ja, das würde ich mir wünschen.«

Und dann trafen seine nächsten Worte sie direkt ins Herz.

»Bis die Polizei irgendetwas herausbringt oder Beweise findet, die den Tätern auch nur ansatzweise gefährlich werden könnten, wärt ihr zwei in der Lage, dem Unheil ein Ende zu bereiten.«

Das wollte er also! Sie sollten mit ihren besonderen Fähigkeiten der Polizei zuvorkommen und Verbrecher eliminieren – ohne Gerichtsverhandlung, ohne Urteil. Er wollte sie durch Beweise überzeugen und sie sollten als Richter das Urteil sprechen und dann als Henker vollstrecken.

Sie fröstelte so entsetzlich, dass sie die Decke suchte und sich über die Schulter legte. Elvin stand auf und seine Stimme klang so kalt, wie sein Blick zuvor.

»Wir überlegen uns das, Bud. Danke für Ihr Kommen. Eligia muss sich jetzt ausruhen und von dem Gehörten erholen. Ich melde mich bei Ihnen, wenn wir eine Entscheidung getroffen haben.«

Bud verstand, dass er sie allein lassen sollte. Er packte den Ordner mit den Fotos in seine Aktentasche, winkte ihr zu und verließ mit Elvin das Wohnzimmer. Eligia hörte, dass sie draußen noch ein paar Sätze wechselten, den Inhalt konnte sie akustisch nicht verstehen. Sie ließ sich zurück auf das Sofa fallen, wickelte sich in die Decke ein und ließ ihren Tränen freien Lauf. Sie war als Todes- oder Racheengel abgestempelt und jeder versuchte, ihre besonderen Fähigkeiten zu nutzen. Nur deshalb war sie begehrt, nicht weil sie als ganz normales junges Mädchen gemocht oder geliebt wurde. Dieses Glück blieb ihr anscheinend für immer verwehrt. Keine Erkenntnis der letzten Wochen schmerzte sie so sehr, wie diese. Sie fühlte sich mehr denn je als Außenseiterin und nur von rachsüchtigen Menschen umgeben.

KAPITEL 16

Julia

Elvin kehrte schnell ins Zimmer zurück. Er bereitete noch mal Tee und eine heiße Suppe zu und streichelte immer wieder Eligias Kopf, der als einziges Körperteil sichtbar war. Sie hatte die Decke bis unters Kinn gezogen und sich eingerollt wie eine Katze. Ihre Gedanken und Gefühle tobten durcheinander. Elvin stellte den Tee auf den Couchtisch und flößte ihr ein paar Löffel der Suppe ein. Nach einigen Minuten setzte sie sich auf und aß die Suppe selbst.

»Ich bin nicht krank, sondern erschüttert und verwirrt, Elvin. Was wollen die von uns?«

»Also, meiner Meinung nach sind sie unfähig, diese kriminellen Arschlöcher hinter Schloss und Riegel zu bringen. Der Kommissar hat vor irgendetwas oder irgendwem Angst. Bud hat gerade beim Hinausgehen gesagt: ›Die Aussagen dieser abgestürzten, drogenabhängigen Mädchen reichen nicht aus, um einflussreiche und bürgerlich erscheinende Pakistaner zu verurteilen. Jeder hat Angst vor Rassismusvorwürfen, aber das Gespräch mit meiner Zeugin reicht vielleicht aus, um Eligias Kräfte zu mobilisieren.‹«

Er machte eine Pause und wartete wohl auf ihre Reaktion. Aber, wie sollte sie reagieren? Sie fühlte sich überfordert und unsicher. War das vertretbar ohne direkte Bedrohung, nur anhand von Akte oder Fakten, gedanklich Todesurteile auszusprechen und sie dann eigenhändig zu vollziehen. Würde die Kraft ihrer Flügel dazu überhaupt ausreichen?

Schließlich sagte sie mit zaghafter Stimme:

»Ich weiß einfach nicht, was gut oder böse ist im Hinblick auf die Rolle, die wir spielen sollen. Aber wir können mal das Mädchen treffen und uns ihre Geschichte anhören, vielleicht wird uns dann eine Entscheidung leichter fallen.«

Elvin wirkte erleichtert und nickte.

»Ja, das wollte ich auch vorschlagen. Wir müssen wenigstens ein Opfer persönlich kennenlernen.«

Sie erzählte ihm bewusst nichts von ihrer deprimierenden Erkenntnis, denn sie wusste, dass er all ihre Bedenken bagatellisieren würde, um ihre Fähigkeiten weiter auszunutzen.

Zwei Tage später trafen sie Bud an einer U-Bahnstation, weit von Elvins Haus entfern. Sie stiegen in sein Auto und er fuhr in einen Außenbezirk von Glasgow. Vor einem kleinen Hotel hielten sie an und gingen am Haupthaus vorbei zu einer Art Pension für Dauergäste. Dort hatte er das Opfer versteckt. Sie öffnete auf ein bestimmtes Klopfzeichen von Bud die Tür und ließ alle drei eintreten. Das Zimmer war für so viele Personen zu klein, aber für ein junges Mädchen ausreichend groß. Ein Fenster ermöglichte ihr den Blick auf eine kleine Gartenanlage und den Himmel. Es war 16:00 Uhr, die Sonne stand tief und tauchte das Zimmer in einen rötlich-gelben Schein, der Wärme und Hoffnung ausstrahlte. Julia sah allerdings weder hoffnungsvoll noch warm aus, ihr Lächeln wirkte verzerrt und unsicher. Ihr Bauch ließ eine Schwangerschaft im vierten oder fünften Monat erahnen. Sie trug eine ausgewaschene Jeans und einen weiten Pullover, der auch ausgebleicht erschien. Ihre Stimme klang noch kindlich:

»Hallo, ich heiße Julia und bin 16. Wer seid ihr?«

Eligia reichte ihr die Hand.

»Ich heiße Eligia und bin auch noch 16. Das ist mein Freund Elvin. Er ist schon etwas älter, aber ungefährlich, weil schwul.«

Julia lächelte zaghaft.

»Ich mag Schwule. Sie sind sanfter und aufmerksamer als normale Männer.«

Bud räusperte sich.

»Na, dann sind ja alle Fakten geklärt. Ich verlasse euch jetzt. Julia weiß in etwa, warum ihr hier seid. Wenn ihr alles besprochen habt, geht ihr genauso aus der Pension, wie wir vorhin reingegangen sind. Etwa 30 Meter vom Hotel rechts ist ein Taxistand, dort nehmt ihr ein Taxi und fahrt nach Hause.«

»Okay, machen wir. Ich rufe dich dann später an«, antwortete Elvin.

Julia zeigt auf zwei kleine, etwas klapprige Stühle und setzte sich selbst auf die Bettcouch. Zwischen ihnen stand ein niedriger Couchtisch, auf dem sie schon Gläser, eine Flasche Cola und eine Schüssel mit Erdnüssen bereitgestellt hatte. Sie begann ohne Einleitung zu reden und schaute mal Eligia und mal Elvin an. Eligia hatte das Gefühl, dass sie ihre Geschichte loswerden wollte, auch wenn sie sicher schon mehrmals erzählt hatte.

»Bud hat gesagt, dass ihr mir helfen wollt, aber nicht wie, und ich kann mir auch nicht vorstellen, wie zwei so junge Typen, wie ihr es seid, eine Bande von ekelhaften und brutalen Kinderfickern vernichten wollen. Sie putzen euch weg wie Nichts.«

Eligia lächelte.

»Ja, es ist immer gut, wenn man in einem Kampf unterschätzt wird.«

Julias Gesichtsausdruck zeigte, dass sie diese Worte verstanden und richtig eingeordnet hatte. Sie stand auf, zog plötzlich aus der Jeans ein Messer und warf es mit voller Wucht und Präzision in die Holzwand hinter dem Stuhl von Elvin – der zuckte minimal zur Seite. Eligia schaute erschrocken auf Elvins Gesicht, aber der lachte.

»Nicht schlecht, Julia, diese Messertricks kann man immer gebrauchen.«

Er griff hinter sich und zog das Messer aus der Wand.

»Ein schönes Teil. Woher hast du das?«

»Ein Freund hat es mir geschenkt. Er ist leider schon tot.«

Eligia drehte ihren Kopf wieder und blickte in Elvins Gesicht. Tränen rannen über seine Wangen, die zuvor noch Lachfalten gezeigt hatten. Sie ergriff seinen Arm und versuchte, ihn zu trösten, ohne zu wissen, warum er überhaupt weinte. Nach einigen Minuten des Schweigens fragte Julia:

»Hast du jemanden gekannt, der solche Messer verschenkt hat? Mein Freund hieß Samuel und war schwer drogenabhängig. Über ein Jahr vor seinem Tod habe ich ihn nicht mehr gesehen, weil er in ein Heim gebracht worden war. Er hat mit seiner jüngeren Schwester zusammengelebt und er war wohl auch schwul, weil er für uns Mädchen immer der beste Freund und Helfer war, aber nie eine angerührt hat.«

Eligia konnte sich eins und eins zusammenrechnen und ihr Herz begann zu rasen, als sie die Veränderung in Elvins Augen sah. Abgrundtiefer Hass hatte alle Traurigkeit verschwinden lassen.

»Erzähl uns von den Männern, die dich zu dem gemacht haben, was du bist, und vergiss nicht, deinen Freund zu erwähnen, wenn du etwas von seinen Erlebnissen weißt!«

Julia wirkte eingeschüchtert, nickte kurz und erzählte dann ihre Lebensgeschichte.

»Mein Vater war ein Säufer, der meine Mutter und mich geschlagen hat. Er ist nicht mein leiblicher Vater, den kenne ich gar nicht. Meine jüngere Schwester und mein kleiner Bruder sind jedoch von diesem zweiten Mann meiner Mutter, und die hat er nie geschlagen. Meine Mutter hatte ständig Angst und das hat mich extrem gestört. Ich habe meinen Stiefvater und sie gehasst und war froh, dass ich mit elf Jahren zu einer Pflegemutter kam. Sie wollte mich fördern und vor meinem gewalttätigen Vater fernhalten. Bei ihr habe ich dann meinen Freund kennengelernt, der mir Liebe, Freundschaft und kleine Freuden geschenkt hat. Anfangs dachte ich, ich sei ein Glückskind, weil er mich so verwöhnt hat. Die Pillen, die er mir gab, haben meine Glücksgefühle noch verstärkt. Ich fand ihn und seine Zärtlichkeiten so toll, bis er eines Tages gesagt hat:

»Wenn du mir keinen großen Gefallen tust, muss ich dich verlassen, weil ich dann weiß, dass du mich nicht liebst, sondern nur ausnutzt.«

Ich habe geweint und gesagt:

»Ich liebe dich mehr als alles auf der Welt und ich tue dir jeden Gefallen.«

Julia machte eine Pause. Sie trank einen Schluck aus dem Cola-Glas.

»Ich kann mich an dieses Gespräch ganz genau erinnern, denn ich habe damals gar nicht kapiert, um was es ging. Er hat dann gesagt, dass ich mit dreien seiner Freunde schlafen solle, weil er ihnen viel Geld schulde. Er bleibe dabei und passe auf mich auf. Er hat mir ein paar Pillen gegeben und etwas Alkohol und dann sind wir etwa eine Stunde im Auto gefahren, zu irgendeinem Haus. Da warteten seine Freunde und er hat jeden begrüßt und zu mir gesagt: ›So, jetzt zieh dich aus und lass es dir gut gehen!‹ Dann habe ich die Augen geschlossen und mich ficken lassen. Ich weiß nicht, ob es nur drei waren, mir kam es so vor, als ob es sechs oder sieben waren. Hinterher tat mir alles weh und mein Freund hat mich getröstet. Er hat mich drei Tagen nicht angerührt und dann wollte er, dass ich das Ganze mit anderen Freunden wiederhole. Ich habe geweint und ihn gebeten, davon Abstand zu nehmen, aber er hat wieder gedroht, mich zu verlassen. Dieses Mal sind wir noch weiter weggefahren, und ich habe mir die Gesichter der Männer eingeprägt. Sie waren alle älter und nicht seine Freunde, ich glaube, er kannte sie gar nicht. Er durfte auch nicht im Zimmer bleiben und diese Typen waren dermaßen grob und pervers, dass ich hinterher direkt verletzt war und geblutet habe. Sie haben mich gleichzeitig zu zweit gefickt, ich hätte sie töten können vor Hass und Wut.«

Eligia lauschte Julias Worten und sah bildlich vor ihren Augen die Szenen. Eine riesige Welle heißer Wut stieg in ihr hoch bis zum Kopf, der zu zerplatzen drohte. Sie spürte einen stechenden Schmerz in der linken Schläfe und sah vor ihrem linken Auge

Blitze in verschiedenen Farben. Elvin stand auf und zog sie vom Stuhl hoch.

»Beruhige dich, Eligia, es ist alles Vergangenheit.«

Sie wurde etwas ruhiger und der Schmerz ebbte ab.

»Hast du ein Foto von deinem Freund oder den Männern?«, fragte er und hielt Eligia fest im Arm. Sie wollte in diesem Moment dasselbe wie er, die Täter vernichten. Ein unkontrollierbarer Hass hatte von ihr Besitz ergriffen, es war ihr nicht mehr möglich, irgendeinen vernünftigen Gedanken zu fassen. Julia ging zu einer kleinen Kommode und holte eine Schachtel hervor, darin befand sich in einem kleinen Plastiktütchen eine winzige SIM-Karte.

»Hier sind Fotos drauf, die diese Männer gemacht haben. Sie haben meinen Freund damit erpresst und uns diese Karte erst gegeben, nachdem ich mit zig anderen geschlafen hatte. Ich habe die Bilder nicht angeschaut, vielleicht hat mein Freund auch alles nur gelogen, um mich zum Sex mit diesen Typen zu überreden. Hier nimm sie, schaut sie an und macht damit, was ihr wollt. Ich bin fertig mit diesem Typen und froh, dass ich da raus bin und Bud mich betreut. Er bringt mich im achten Monat in ein Heim für schwangere Mädchen ohne Familie. In dem kann ich mein Kind entbinden und anschließend ein Jahr mit ihm dort wohnen. Ich werde das alles schaffen, weil ich mein Baby jetzt schon liebe!«

Und sie streichelte über ihren Bauch.

Elvin fragte:

»Weißt du, von wem das Kind ist?«

»Ja! In der Entzugsklinik, in die ich geflüchtet bin, habe ich einen Jungen kennengelernt und ihn mit Sex getröstet und aufgebaut. Ich weiß nicht, wie er hieß, woher er kam und auch nicht, wohin er ging, aber er war in Ordnung.«

Eligia ging langsam auf sie zu und umarmte sie. Dann ließ sie sich von Elvin rausbringen und stützen. Ihr war schwindlig und die linke Kopfseite tobte wie von Messerstichen durchlöchert. Beim Rausgehen hörte sie Elvin zu Julia sagen:

»Wir melden uns wieder, wenn meine Freundin sich erholt hat. Das ist alles etwas zu viel für sie, aber sie wird wieder die Alte und das heißt, eine Kämpferin.«

Eligia dachte, und ein Todesengel!

KAPITEL 17

Die Vollstrecker

Daheim angekommen, legte Eligia sich sofort hin. Der stechende Kopfschmerz im Bereich der linken Schläfe war unerträglich geworden. Sie musste sich übergeben und Elvin war ernsthaft besorgt.

»Ich rufe einen Arzt, Eligia, das ist nicht mehr normal. Vielleicht hast du eine Hirnhautentzündung.«

»Bei mir ist anscheinend gar nichts normal. Schau mal in unserem Buch nach, ich habe in Erinnerung, dass da was von migräneartigen Kopfschmerzen stand.«

Elvin reichte ihr Kühlakkus und verdunkelte das Zimmer so weit wie möglich. Mit einer kleinen Taschenlampe suchte er im Buch nach dem Kapitel »Körperliche Folgen von besonderen Fähigkeiten«. Nach etwa zehn Minuten las er vor:

»Manche Menschen reagieren auf belastende Erlebnisse oder

gequälte, andere Menschen, die sie mit ihren Fähigkeiten beschützen oder deren Leiden sie rächen wollen und nicht können, mit migräneartigen Kopfschmerzen, die bis zum Erbrechen und absoluter Erschöpfung führen können. Die Therapie besteht im Überwinden innerer Skrupel und Ängste und im Handeln gemäß dem tief empfundenen Wunsch.«

Elvin schwieg. Alles war gesagt. Sie musste handeln und alle bremsenden Skrupel ignorieren. Nach dieser Erkenntnis konnte sie sich allmählich entspannen und einschlafen. Sie wurde stundenlang von Albträumen gequält. Sie sah viele junge Mädchen mit schwangeren Bäuchen, die von widerwärtigen Männern festgehalten und auf gynäkologischen Stühlen fixiert wurden. Blut floss in Strömen aus dem Unterleib dieser Mädchen. Immer wieder schnellte sie hoch und klammerte sich an Elvin, der sie streichelte und beruhigende Worte flüsterte.

Am nächsten Morgen waren die Kopfschmerzen verschwunden, aber sie war kaum in der Lage, etwas zu essen und fühlte sich gerädert. Elvin telefonierte mit Bud, sie verstand nicht genau, um was es ging. Immer wieder fiel sie in einen bleiernen Schlaf und erst gegen Abend ging es ihr so gut, dass sie aufstehen konnte. Elvin hatte inzwischen noch mal mit Bud telefoniert und servierte ihr ein leichtes Abendessen.

»Eligia, meine süße Elfenfreundin, bist du soweit fit, dass ich dir über meine Gespräche mit Bud berichten kann?«

»Ja, leg los, solange ich nur zuhören muss und nicht den Todesengel spielen, schaffe ich das!«

Elvin lächelte.

»Dein Humor ist ja schon wieder der Alte.«

Und er holte ihr eine Flasche Cola.

»Hier, trink etwas davon. Das Koffein im Cola ist gut bei Migräne – habe ich im Internet gelesen. Beim nächsten Mal besorge ich spezielle Tabletten, die gibt es nämlich und sie helfen bei Migräne fast immer.«

Dann berichtete er über seine Gespräche und Buds Plan. Julia war bereit, sie zu einem Lokal zu führen, in dem die drei Männer, deren Gesichter sie sich eingeprägt hatte, verkehrten. In diesem Lokal spielten sie jeden Samstag Poker mit anderen Pakistanern, das hatte sie in Erinnerung. Diese Glücksspiele waren zwar verboten, aber im Vergleich zu anderen kriminellen Taten harmlos.

Der nächste Samstag war zwei Tage später. Gegen 21 Uhr fuhr Bud langsam an ihrem Haus vorbei. Neben ihm saß Julia. Eligia und Elvin warteten schon in Elvins Auto, sodass sie Bud in angemessenem Abstand folgen konnten. Nach etwa 40 Minuten Fahrt erreichten sie ein ziemlich heruntergekommenes Nachtlokal im östlichen Außenbereich von Glasgow. Das Lokal hieß »Damned Love« und war wohl auch ein Bordell, jedenfalls gingen mehrere Frauen und Männer ein und aus. Bud telefonierte mit Elvin über das geschenkte Smartphone.

»Wenn Julia einen oder zwei der Männer erkennt, lasse ich es Euch wissen. Wir verschwinden dann sofort – was ihr anschließend macht, ist eure Sache.«

Eligia hatte mitgehört.

»Der ist gut, wir machen gar nichts, wir schauen uns höchstens die Männer genau an und dann fahren wir auch heim, mir ist jetzt schon wieder schlecht.«

Elvin streichelte ihre Hand.

»Ja, wir müssen nichts überstürzen. Es ist nur wichtig, dass die Typen identifiziert werden.«

Sie warteten zwei Stunden, ohne dass etwas passierte. Eligia war so müde, dass ihr immer wieder die Augen zufielen. Elvin saß schweigend neben ihr und ließ das Auto alle 15 Minuten laufen, um die Heizung zu aktivieren. Nach etwa zweieinhalb Stunden standen plötzlich zwei Männer neben ihrem Auto und klopften an die Scheibe.

»Hey, was macht ihr hier? Auf wen wartet ihr, wer seid?«

Elvin ließ sein Fenster zwei Zentimeter runter und sagte:

»Wir warten auf einen Freund, der uns hier treffen wollte. Sein Name ist Abdul.«

Eligia zuckte zusammen. War ihm kein besserer Name eingefallen oder hatte er einen arabisch klingenden Namen gesagt, weil die zwei Männer offensichtlich Pakistaner waren?

Der Mann fragte sofort:

»Du meinst wohl nicht Abdul Asmari, oder? Der verkehrt hier nicht!«

Elvin hatte sich gefangen und antwortete:

»Nein, seinen Nachnamen kenne ich gar nicht, aber anscheinend kommt er nicht mehr.«

In diesem Moment fuhr Bud los und an ihnen vorbei. Eligia sah Julia mit erhobener Hand auf die Männer deuten und mit dem Kopf nicken. Und dann überschlugen sich die Ereignisse. Der eine versuchte, die Autotür zu öffnen und Elvin ließ das Seitenfenster hochfahren, ohne zu sehen, dass die Hand des Mannes eingequetscht wurde. Der schrie wie am Spieß, und der andere holte eine Pistole aus der Jackentasche. Eligia fühlte sich hilflos und so geschwächt, dass sie die Augen schloss und schrie:

»Fahr los!«

Elvin fuhr los. Ein Schuss knallte. Der eine Mann schoss, der andere wurde mitgeschleift. Eligia dachte an ihre Flügel und hoffte auf ein Wunder. Dann sah sie das Blut, das aus Elvins Arm floss.

»Halt an!«, sagte sie und er gehorchte.

Sie stieg langsam aus dem Auto, stellte sich so, dass sie dem nachlaufenden Verbrecher direkt in die Augen sehen konnte und konzentrierte sich auf ihre Flügel. Elvin saß bewegungslos im Auto, der andere Mann hatte immer noch seine Hand in der Scheibe eingequetscht. In diesem Moment sah sie einen gewaltigen Blitz, der die ganze Umgebung erhellte. Der Mann am Fenster schrie laut auf und stürzte wohl zu Boden, denn sie hörte den schweren Aufprall eines Körpers. Eligia fixierte weiter den anderen Mann, der mit der Pistole in der Hand nur noch fünf Meter entfernt war. Wohl geblendet durch den gleißend hellen Blitz, stolperte er und fiel auf die Knie. Er wollte sich mit den Händen abstützen. In diesem Moment hörte sie den Knall aus seiner Pistole. Sie zuckte zusammen. Hatte er sie getroffen? Nein, denn sie spürte keinen Schmerz. Und dann sah sie, wie sich eine Blutlache unter dem Mann bildete, in die er in Zeitlupentempo stürzte. Ihr Atem ging schnell, ihr Kopf war klar und frei von jedem Schmerz. Langsam drehte sie sich um und stieg zu Elvin ins Auto. Aus seinem Arm blutete es weiter. Sie zog ihre Jacke aus und wickelte sie fest um die Wunde.

»Kannst du fahren oder soll ich es probieren?«

»Nein, ich schaffe das bis zum nächsten Krankenhaus, gib das mal in das Navi ein.«

Sie tat, was er gesagt hatte, und Elvin fuhr los. Eine unerklärliche Ruhe hatte sie erfasst und auch Elvin wirkte auf sie, als ob nichts passiert war. Seine Stimme klang entspannt, als er sagte:

»Hast du den Blitz gesehen? Ich bin froh, dass ich das wieder kann, ich habe schon an mir und meinen Fähigkeiten gezweifelt.«

Sie lächelte.

»Blitze sind super, weil sie blenden, verbrennen und nur sekundenlang zu sehen sind.«

Sie beugte sich zu ihm und küsste seine Wange. Nach ein paar Minuten hatten sie das nächste Krankenhaus erreicht und wurden sofort von einer Schwester zum Arzt geführt.

»Das ist ja ein tiefer Streifschuss, was ist passiert? Ich muss das der Polizei melden.«

»Tun Sie das bitte«. Ihre Stimme klang ruhig und selbstsicher als sie dem Arzt den Vorfall berichtete.

»Zwei Typen haben uns vor dem Lokal ‚Damned-Love' überfallen. Es handelte sich um dunkelhäutige Männer, deren Gesichter ich nicht erkannt habe. Ich musste Wasserlassen und deshalb haben wir dort geparkt und ich bin aus dem Auto gestiegen. Sie haben ohne Vorwarnung auf uns geschossen. Wir sind in Panik geflüchtet. Der eine hat versucht, ins Fenster zu greifen, und ist ein Stück mitgeschleift worden, der andere ist wohl gestolpert und in seine Waffe gestürzt, als er uns verfolgt hat.« Der Arzt schrieb schweigend mit und ließ Eligia anschließend das Geschriebene unterschreiben.

Die Schwester hatte inzwischen die Wunde desinfiziert und alles zum Nähen vorbereitet.

Zwei Stunden später waren sie wieder daheim. Elvin umarmte Eligia mit einem Arm und drückte sie fest an seinen Körper. In seinen Augen sah sie ein besonderes Flackern, er wirkte happy und stolz.

»Wir sind zusammen unschlagbar, meine Kampfelfe.«

Und dann küsste er sie auf den Mund. Eligia spürte seine weichen, vollen Lippen und viel Wärme. Sein heißer Atem streichelte sekundenlang ihr Gesicht, bevor er sie wieder sanft von sich schob.

Mein erster Kuss, dachte sie, was für ein wundervoller Tag!

KAPITEL 18

Unklare Verhältnisse

In dieser Nacht schlief sie tief und fest. Trotzdem registrierte sie, dass Elvin unruhiger schlief und sie weniger nah an sich herankommen ließ. Er stand sogar in der Nacht auf und legte sich etwa ein oder zwei Stunden später wieder neben sie. Nach dem Frühstück sprach sie dieses ungewöhnliche Verhalten an.

»Heute Nacht habe ich wunderbar geschlafen. Du auch?«

»Eher nicht. Deine Nähe hat mich eigenartigerweise irritiert und nervös gemacht. Ich kann nicht sagen, warum. Vielleicht hast du mich verzaubert.«

Sie lachte und verschluckte sich beinah am Kaffee.

»Das gehört nicht zu meinen Fähigkeiten.«

Elvin sagte nichts, sondern schaute auf sein Smartphone.

»Bud hat geschrieben, dass wir noch heute im Laufe des Tages Besuch von der Polizei bekommen werden. Er hat wörtlich geschrieben: ›Bleibt daheim und genau bei der Aussage, die ihr beim Doktor gemacht habt. Sie wissen nicht, wie sie euch einordnen sollen. Es gibt eine Aussage von einem Zeugen, der mit den Getöteten unterwegs war und alles von Weitem beobachtet hat‹«

Eligia zuckte mit den Achseln.

»Das wird das dritte Arschloch sein, das Julia erwähnt hat. Vielleicht bekommen wir was über ihn raus, dann können wir uns diesen Typen als Nächsten schnappen.«

Elvin schaute sie entgeistert an.

»Bist du größenwahnsinnig geworden oder hast du Blut geleckt, im wahrsten Sinne des Wortes?«

Sie überlegte sich seine Worte. Er hatte recht.

»Kann sein, dass ich mich wirklich verändert habe. Ich fühle so etwas wie Genugtuung oder Befriedigung. Schau mal in dem Buch nach, ich glaube, da steht drin, dass das normal ist nach erfolgreichen Missionen.«

Elvin nickte und holte das Buch. Er hatte die Passage schnell gefunden, sie war schon markiert.

»Wenn eine Person mit ihren übernatürlichen Kräften einem Opfer helfen oder seine Leiden rächen konnte, ohne Kollateralschäden, erfüllt diese Person ein Gefühl wunderbarer Genugtuung. Keine Zweifel über Recht oder Unrecht trüben dieses Triumphgefühl.«

»Aha!« Sie nickte zustimmend.

»Jetzt haben wir den richtigen Ausdruck. ›Triumphgefühl.‹ Das kommt hin, davon will man mehr. Steht das auch drin?«

»Nicht in diesem Abschnitt, aber vielleicht woanders. Egal, du musst trotzdem vorsichtig bleiben, und ich auch. Wenn wir den Kriminellen vielleicht überlegen sind, bleibt die Polizei noch immer eine Gefahr, und die sind die Guten, die wir nicht bekämpfen oder erst recht nicht ausmerzen dürfen.«

Eligia wusste, dass er recht hatte, und beide bereiteten sich auf das Verhör vor.

Elvin legte das Buch zurück auf seinen Schreibtisch.

»Sag das Gleiche wie beim Doktor. Ich sage, ich war im Schockzustand durch die Verletzung und habe nichts mehr mitbekommen.«

»Na ja, übertreib nicht! Immerhin warst du noch in der Lage, Auto zu fahren und mich später zu küssen.«

Er schaute sie an und das eigenartige Flackern in seinen Kraterseeaugen faszinierte sie erneut.

»Ich kann mich an Nichts erinnern, ich stand unter dem Einfluss von starken Schmerzmitteln.«

»Aha!«, flüsterte sie, er konnte lügen, ohne mit der Wimper zu zucken.

Sein Verhalten war, wie so oft, ein Buch mit sieben Siegeln. Sie mussten das Gespräch unterbrechen, weil es an der Tür klingelte. Elvin öffnete. Sie hörte eine Männer- und eine Frauenstimme. Zwei Polizeibeamte in Zivil traten ein, den Ausweis in der Hand. Die Frau hielt ihn ihr vor die Nase und sagte:

»Hallo, mein Name ist Anna Blackwood und das ist mein Kollege Sam Whole, wir sind von der Mordkommission und bearbeiten den Tod der beiden Pakistaner letzte Nacht vor dem Damned Love. Wir haben Ihre Aussage von Dr. Emmerdinger, bleiben Sie bei diesen Angaben?«

Eligia schaute in die grün-grauen Augen der Frau.

»Die Aussagen habe ich ja gemacht, weil sie der Wahrheit entsprechen. Deswegen bleibe ich auch dabei.«

Die Beamtin nickte und öffnete ihren Laptop. Es war ein kleines Teil, das sie im Stehen bedienen konnte.

»Wollen Sie sich nicht setzen?«, fragte Elvin?

Die Frau deutete ein Lächeln an.

»Nein, ich kann gut im Stehen arbeiten.«

Dann drehte sie sich wieder zu Eligia.

»Haben Sie einen Blitz gesehen?«

»Einen Blitz?«, wiederholte Eligia und tat so, als ob sie überlege.

»Einen Blitz? Nein. Es war auch kein Gewitter zu dieser Zeit, allerdings habe ich einen hellen Lichtstrahl gesehen, der wohl von den Scheinwerfern eines parkenden Autos vor dem Damned Love herkam. Er war nur sehr kurz zu sehen.«

Der Beamte wandte sich an Elvin.

»Was können Sie zu dem Vorfall sagen? Von Ihnen haben wir noch keine Aussage, möchten Sie das nachholen?«

Elvin schaute ihn kühl und distanziert an.

»Leider kann ich mich kaum an etwas erinnern. Nachdem mich der Schuss gestreift hatte, war ich wie im Schock, ich habe nichts wirklich mitbekommen. Auch nicht, dass der eine Typ sich an meinem Fenster festgeklammert hatte. Ich musste ja flüchten und losfahren, weil der andere uns weiter bedrohte.«

Er machte eine Pause und fügte dann noch hinzu:

»Ich wurde immer schwächer und habe dann gestoppt, aber nichts Genaues erkannt.«

Der Polizist war offensichtlich nicht zufrieden.

»Ein Zeuge hat einen Blitz gesehen. Haben Sie den auch bemerkt?«

»Nein«, antwortete Elvin, »und auch keinen Scheinwerfer. Ich habe meine Augen vor Schmerzen geschlossen, glaube ich. Erst, als meine Freundin ins Auto gestiegen ist und den Arm verbunden hat, bin ich wieder richtig zu mir gekommen. Sie hat mich gefragt, ob ich noch Auto fahren kann, und ich hatte das Gefühl, dass das noch möglich war.«

Anscheinend wussten die beiden Kriminalbeamten nicht, welche Fragen sie Elvin noch stellen sollten. Deshalb fragte sie nun ihrerseits nach dem unbekannten Zeugen.

»Wer ist der Zeuge? Warum hat er nicht eingegriffen?«

Der Polizist hüstelte.

»Wir dürfen keine Angaben über andere Beteiligte machen. Wir legen Ihre Aussagen der Staatsanwaltschaft vor und die entscheidet, wie es weitergeht. Sie werden schriftlich informiert.«

Dann verabschiedeten sich beide. Als sie wieder allein waren, sagte Elvin:

»Deine Aussage war schon wie beim Doktor: cool und perfekt.«

»Weil sie die Wahrheit war, drum war sie perfekt. Ich habe genau das erzählt, was ich gesehen habe, und auch der Ablauf war unverfälscht. Aber ich wollte dich noch etwas fragen: Hast du Flügel an mir gesehen?«

Elvin lächelte.

»Nein, sicher nicht, aber du standst ja schräg hinter mir und ich konnte mich nicht umdrehen mit meiner schmerzhaften Schusswunde.«

Sie musste lachte.

»Eben! Und ich habe nur einen kurzen Lichtstrahl gesehen.«

Dann stand sie auf und ging zum Fenster. Elvin folgte ihr langsam. Er stellte sich nah hinter sie und sie spürte wieder seinen heißen Atem, diesmal in ihrem Nacken. Vorsichtig hob er ihre langen Locken hoch und drückte seine weichen, warmen Lippen auf ihren Hals. Sie blieb stehen, ohne sich auch nur einen Millimeter zu bewegen. Sie spürte, wie ihr Puls schneller wurde und sein Pochen in ihren Kopf stieg. Elvin flüsterte:

»Vielleicht bin ich gar nicht schwul!«

In dieser Nacht schliefen sie getrennt in ihren Zimmern, zum ersten Mal seit vielen Wochen. Eligia hatte nach dem Abendessen vorsichtshalber gefragt:

»Wenn du dir nicht mehr sicher bist, ob du nur auf Jungen stehst, ist es vielleicht besser, wenn jeder in seinem Zimmer und Bett schläft, oder?»

«Ja, meine süße Elfenfreundin. Es wäre fatal, wenn wir unsere Freundschaft durch andere Gefühle in falsche Bahnen lenken würden.«

Als sie später allein im Bett lag, fühlte sie sich verlassen und ausgekühlt. Ihr war klar, dass ein Leben ohne Elvins Wärme völlig anders und unangenehm für sie ablaufen würde. Sie überfiel das unerklärliche Gefühl, dass sie abhängig von ihm war, wie von einer Droge, und dass er das wusste und gezielt gefördert hatte. Vielleicht war er doch ein Sohn des Teufels, ein Gefühlsdealer.

Du spinnst, dachte sie, und schlief ein.

KAPITEL 19

Was ist Liebe?

Die nächsten zwei Wochen verliefen ohne besondere Vorkommnisse. Beide waren intensiv mit ihrem Studium beschäftigt und fielen abends todmüde in ihre eigenen Betten. Die Schlafcouch im Wohnzimmer erinnerte Eligia allerdings jeden Tag an wunderbare Kuschelmomente voller Wärme und unschuldiger Umarmungen. Warum war jetzt alles anders, nur weil Elvin vielleicht doch nicht schwul war? Was sollte das überhaupt heißen? Es ging um Sex, das war ihr klar, obwohl sie nie von ihrer Mutter aufgeklärt worden war und sich auch nicht mit besten Freundinnen hatte austauschen können – es gab nie eine beste Freundin. Und jetzt sollte sie ihren besten Freund verlieren, weil er nicht schwul war und vielleicht mit ihr Sex haben wollte? Wieder keimte in ihr der Verdacht hoch, dass Elvin sie mit der Schwulen-Story an seinen warmen Körper und wundervollen Umarmungen hatte gewöhnen wollen – eben wie ein Dealer an eine gefährliche Droge.

An diesem Sonntagmorgen versuchte sie noch mal, mit ihm zu reden:

»Wie stellst du dir unser Zusammenleben überhaupt vor?«, begann sie unsicher das Gespräch.

Elvin lächelte.

»Die Sache ist normalerweise einfach, Eligia, und nur zwischen uns kompliziert, weil wir eben nicht normal sind. Ich habe genauso wenig Erfahrung mit Mädchen und erst recht mit Halb-Elfen, wie du mit Jungen, auch wenn ich älter bin. Es ist sehr oft so, dass Heimkinder sich während der Pubertät in gleichgeschlechtliche Mitbewohner verlieben und dann später erst in andersgeschlechtliche. Das Problem ist, dass ich vielleicht in dich verliebt bin und mit dir schlafen möchte, aber nicht wirklich weiß, ob ich sexuell mit dir glücklich sein könnte. Und dann wäre das eine so extreme Enttäuschung für dich, wenn ich Sex mit dir hätte und dir nachher sagen müsste: ›Tut mir leid, Eligia, das war nichts für mich.‹ Das will ich dir einfach nicht antun. Ich habe massive Angst davor, dir wehzutun.«

Eligia musste seine Worte lange durchdenken. War das nun wahre Liebe, wenn man den anderen nicht verletzen wollte? Wenn man sein sexuelles Verlangen nicht auslebte, nur aus Angst, ihn möglicherweise später zu verletzen? Sie wusste es nicht. Aber sie spürte, dass sie selbst starke Angst davor hatte, verletzt zu werden. Und geradezu furchtbare Angst, dass Elvin sie verlassen oder mit ihr unglücklich werden könnte. Sie saß da und plötzlich schossen Tränen aus ihren Augen. Lautlos weinte sie und bemühte sich nicht, den Tränenfluss zu stoppen. Ihr jahrelanges Leiden, die Entbehrung von Zuwendung, körperlicher Nähe und

Umarmungen, aber auch das Gefühl, nicht geliebt zu werden, bahnten sich mit diesem Tränenstrom den Weg nach oben in ihr Bewusstsein. Sie spürte, dass das gut war. Was einem bewusst war, konnte man bearbeiten, sich damit auseinandersetzen und es auch akzeptieren. Ihr wurde in diesem Moment klar, dass es nichts brachte, mit der Vergangenheit zu hadern. Der erlittene Schmerz ihrer Kindheit würde heute, aber auch in der Zukunft, ihr Verhalten beeinflussen. Das konnte sie nicht verhindern, sondern sich in bestimmten Situationen nur bewusst machen. Und wenn sie jetzt über ihre traurige Kindheit weinen musste, dann war es gut, diesen Tränen freien Lauf zu lassen.

Irgendwann wird das Tränenreservoir schon leer sein, dachte sie. Und vor ihren Augen sah sie eine Art Talsperre, deren Wasserschleusen geöffnet waren. Und dann sah sie plötzlich einen Kratersee, tiefblau wie Elvins Augen, und der hatte keine Ausflussmöglichkeiten, er blieb unverändert tiefblau und starr.

Sie wischte sich die letzten Tränen aus den Augen und schaute hoch in Elvins Gesicht. Der stand bewegungslos an den Herd gelehnt und hatte das Tränenspiel, ohne ein Wort zu sprechen, beobachtet. Wie sie in seine Augen sah, bemerkte sie, dass sich die blaue Tiefe etwas verändert hatte, eine minimale Bewegung ließ die Oberfläche unruhiger erscheinen. Sie schaute wieder weg.

Ich muss mich auf mich konzentrieren und Elvin sich selbst überlassen, dachte sie. Er ist so, wie ihn seine Familie und Vergangenheit geformt hat und ich so, wie ich geprägt wurde. Erst muss ich mit mir selbst klarkommen, bevor ich mich um ihn kümmern kann.

Sie stand auf, zupfte ihre Jacke über die Hose und räumte den

Tisch ab. Ihr Weinanfall hatte verhindert, dass sie ihr Frühstück aufessen und genießen konnte. Sie trug ihre Tasse und den Teller mit der halben Toastbrotscheibe zum Waschbecken, das sich neben dem Herd befand, an dem Elvin lehnte. Er berührte leicht ihren Arm.

»Gib her, ich esse das Toastbrot auf. Und dann machen wir einen kleinen Ausflug. Die letzten schönen Tage vor dem grauen und regnerischen November müssen wir ausnutzen. Es soll heute noch mal 16° warm werden. Fahren wir mit dem Motorrad in die Highlands – warst du schon mal da?«

»Nein, ich habe meinen Vorort nie verlassen.«

Eligia gab ihm den Teller mit der halben Toastbrotscheibe und er ließ sie mit zwei Bissen verschwinden. Dann räumte sie alles in die Spülmaschine und schaute ihn erwartungsvoll an.

»Ganz zu Beginn der Highlands, vielleicht eineinhalb Stunden Fahrt von hier, kenne ich einen wunderschönen Platz mit einer Aussicht, die deine Seele beflügeln wird.«

Sie nickte.

»Ja, das ist eine gute Idee, vielleicht kann ich auf und davon fliegen mit meinen unsichtbaren Flügeln am Rücken.«

»Das würde ich nicht zulassen. Auch wenn wir kein normales Liebespaar sind, gehörst du zu mir, Eligia. Das heißt, du kannst mich nicht mehr verlassen.«

Ihr Herz machte einen Freudensprung im ersten Moment nach diesen Worten. Dann aber begann ihr Gehirn zu arbeiten und sie dachte: Ich gehöre niemandem und niemand kann mir vorschreiben, ob ich bleibe oder nicht. Als sie in Elvins Augen blickte, sah sie, wie das Kraterblau sich dunkel verfärbte. Sie fühlte sich von ihm und seiner Wärme angezogen, wie von einem magnetischen

Kraftfeld. Fast krampfhaft hielt sie sich an der Spülmaschine fest und bewegte sich nicht. Tief in ihrem Inneren spürte sie, dass sie ihn gar nicht verlassen konnte, auch wenn sie gewollt hätte.

Als sie in Crieff, einer Kleinstadt am Anfang der Highlands ankamen, waren schon einige Touristen vor Ort. Sie fuhren durch die sauberen, engen Straßen des Ortes und erreichten bald die Hügel, die so typisch für diese raue Gegend waren – keine hohen Bäume, kein Laubwald, nur Büsche, maximal eineinhalb Meter hoch. Zahlreiche Bodendecker, verwandelten die Gegend in ein grünes Meer mit sanften Wellen. Kleine Wanderwege durchzogen diese hügelige Landschaft und die Touristen bewegten sich auf ihnen wie auf einer Perlenschnur aufgereiht. Manchmal sah man Schafe in friedlichen Gruppen grasen und ab und zu bahnten sich Seen und Bäche ihren Weg durch das grüne Meer und verhalfen der Farbe Blau zu unübersehbarer Geltung. Nach etwa zehn Minuten, auf sehr schmalen Wegen, erreichten sie eine Hütte, die sich in einer Mulde an ein paar Büsche schmiegte. Wer sie nicht kannte, würde sie übersehen. Eligia parkte das Motorrad nah an diesen Büschen und Elvin ging zur Eingangstür.

»Ich war das letzte Mal vor drei Jahren hier, da ging die Tür noch auf, wenn man sich dagegenstemmte«, und das tat er.

Die Tür öffnete sich mit Quietschen und er betrat die Hütte. Langsam folgte sie ihm. Er drückte von innen die hölzernen Fensterläden auf und durch das kleine Fenster fiel ein Lichtstrahl in den einzigen Raum.

»Wer hat diese Hütte benutzt?«

»Keine Ahnung, wahrscheinlich haben früher Schmuggler oder Schäfer hier genächtigt. Jedenfalls ist sie ein idealer Ort, um unauffindbar zu sein, wenn es erforderlich wird. Wie ich merke, haben wir hier aber kein Internet oder eine Telefonverbindung.«

Er hielt sein Smartphone in der Hand und ging damit nach rechts und links im Raum herum. Dann hielt er es aus dem Fenster und tatsächlich hörten sie einen leisen Klingelton.

»Bud hat uns eine SMS geschrieben«, sagte Elvin. Und dann wurde sein Gesicht blass.

»Was hat er geschrieben?«, fragte Eligia erschrocken.

Er las vor:

»Einer meiner Informanten hat mich gerade davon unterrichtet, dass euch Pakistaner in die Highlands gefolgt sind. Passt bitte auf!«

Elvin schloss die Fensterläden wieder und sagte:

»Auf diesen schmalen Wegen konnte uns auf jeden Fall kein Auto folgen, ich habe überhaupt nicht gesehen, dass jemand hinter uns her war.«

»Vielleicht haben sie uns ja aus den Augen verloren.«

Allerdings sollte sich diese Hoffnung schnell in Luft auflösen. Nachdem sie die Hütte genauer inspiziert hatten, hörten sie draußen das Geräusch von schweren Motorrädern.

»Sie sind uns tatsächlich mit Motorrädern gefolgt und sie werden zu viert sein.«

Vorsichtig schaute er aus einem winzigen Spalt zwischen den Fensterläden.

»Ja sie sind zu viert und ihre Maschinen sind Hondas, mit mindestens 750 Kubik. Auch wenn wir flüchten könnten, sind sie schneller als wir.«

Eligia hatte sich innerlich schon auf eine Auseinandersetzung eingestellt.

»Vielleicht kann ich mehrere gleichzeitig eliminieren, wenn wir in Lebensgefahr sind«, flüsterte sie. Elvin schaute sie überrascht an.

»Willst du vor die Tür gehen und einen Frontalangriff wagen?«

»Nein. Versuchen wir uns hier, im Schutz der Hütte, auf sie zu konzentrieren. Ich bete, dass wir überleben. Ich will dir noch etwas sagen, Elvin: Ich liebe dich, und das über unseren Tod hinaus.«

Elvin zuckte leicht zusammen und schaute sie an. Seine Kraterseeaugen strahlten wie 1000 Wattbirnen und eine ungeheure Wärme und Kraft durchflutete ihren Körper. Sie konnte sich nicht bewegen, nur diese magische Kraftübertragung genießen. Nach unendlich langen Sekunden drehte er sich zur Tür und öffnete sie. Er ging hinaus und ein paar Schritte vor die Hütte. Dort blieb er stehen, frei und völlig ungeschützt.

»Sucht ihr jemanden?« Seine Stimme erschien ihr kraftvoller und ungewohnt selbstbewusst.

»Ja, schick das Mädchen raus, von dir wollen wir nichts.«

Eligia erstarrte. Das war Abduls Stimme. Das konnte nicht wahr sein, was wollte er?

Durch den schmalen Spalt am Fenster sah sie urplötzlich eine aufziehende Nebelwand. In unwahrscheinlicher Geschwindigkeit tauchte sie alles in eine dunkelgraue, milchige und undurchsichtige Suppe. Sie spürte ein Frösteln, obwohl sie im Inneren der Hütte viel geschützter war als die anderen draußen. Ein gleißend heller Blitz zerriss für Sekunden die Düsternis. Sie erkannte Elvin aufrechtstehend, viel größer als gewöhnlich und aus seiner linken Hand sprühte ein Feuerstrahl, der sie so blendete, dass sie ihre Augen schließen musste. Als sie sie wieder öffnete, sah sie einen der Motorradfahrer zu Boden stürzen. Nur ein Gedanke schoss ihr durch den Kopf: Bitte töte nicht Abdul, geliebter Elvin.

Ohne zu zögern trat sie vor die Tür und stellte sich neben ihren Freund.

»Elvin, lass sie leben. Wir wissen nicht, ob sie den Tod verdient haben und was sie wollen. Ich habe Abduls Stimme erkannt.«

Es war so dunkel, dass sie Elvins Gesicht nur als undeutlichen Umriss erahnen konnte. Sie ging nah an ihn ran. Die Kälte nahm zu und ließ sie erzittern.

»Elvin, wenn du Unschuldige tötest, kann ich dich nicht mehr lieben. Lass mich mit ihnen reden.«

Sie versuchte, seinen Geist oder Verstand zu erreichen. Er stand da wie eine Statue, unbeweglich, die linke Hand erhoben bis zur Waagerechten. Die Motorradfahrer sah sie überhaupt nicht mehr, sie wusste noch nicht einmal, ob sie noch da waren. Sekunden später hörte sie dann das tiefe Dröhnen einer Maschine. Es entfernte sich schnell. In der beklemmenden Stille löste sich eine Silhouette aus der Nebelwand und Abdul sagte ruhig und sachlich:

»Ich bin alleine und unbewaffnet. Ich will nur mit dir reden, Eligia. Dein Freund kann bei uns bleiben und zuhören. Sage ihm, dass ich aber durch dich sterben will, nicht durch seinen Blitzstrahl. Wenn er nicht ein Teufel in Menschengestalt ist, wird er meinen Wunsch respektieren.«

Diese Worte lösten Elvin aus seiner Starre. Eligia hatte das Gefühl, dass er aus einer anderen Welt in die Realität zurückkehrte. Eigenartigerweise lichtete sich der Nebel und sie sah Abdul klar und deutlich, ebenfalls in einer Lederkombi, etwa zehn Meter vor ihnen stehen. In der rechten Hand hielt er seinen Motorradhelm und durch das Visier erkannte sie, dass in seiner Hand etwas Metallisches, Silbernes blitzte. Sie konnte nicht erkennen, was es war. Es konnte die Klinge eines Messers sein, aber auch der Lauf eines Revolvers. Sie war sich nur sicher, dass er nicht unbewaffnet war.

Sie schaute zu Elvin. Der hatte seine Hand gesenkt, in seinen Augen sah sie noch den abklingenden Hass.

Zwei Sekunden später war auch dieser Ausdruck verschwunden. Er drehte seinen Kopf leicht in ihre Richtung, seine Augen fixierten weiterhin Abdul.

»Eligia, eine unvorstellbare Macht hat mich erfüllt. Ich fühlte mich eins mit einem Wesen, das nur hier in den Highlands existiert. Ich glaube, ich hätte eine Armee von fünfzig Verbrechern töten können. Ich hoffe, dieser eine war kein Guter.«

Dann hörte sie Abduls Stimme.

»In meinem Umfeld gibt es keine Guten, jeder hat den Tod verdient – auch ich.« Und er bewegte sich langsam auf beide zu.

Sie entspannte sich. Elvin war wieder der Alte. Zusammen würden sie wohl mit einem Abdul fertig werden, egal, was er in seiner Hand hielt.

»Abdul, was willst du von mir? Wir haben ausgemacht, dass wir uns nicht mehr sehen wollen. Hältst du dich nie an Abmachungen?«

Abduls Stimme klang jetzt freundlich und sanft.

»Doch, wenn es mir möglich ist. Aber in unserem Fall geht das nicht. Ich musste Dich warnen, bevor es zu spät ist. Du bist in großer Gefahr, Eligia. Meine Großfamilie und andere befreundete Clans wollen dich unbedingt töten. Ihre Angst vor dir ist unermesslich angewachsen seit dem Vorfall am Damned Love. Ein dritter Pakistaner, dieser Mann hier, der gerade vom Blitz getötet wurde, hat euch damals beobachtet. Er hat behauptet, dass nur du den Blitz geschleudert und seine beiden Freunde zeitgleich getötet hast.«

Er machte eine Pause, und weder sie noch Elvin antworteten.

Elvin nahm ihre Hand und zog sie so nah an sich heran, dass sich ihre Körper berührten. Abdul redete weiter:

»Ich habe vor den wichtigsten Männern des Clans behauptet, dass sie sich alles nur einbilden, dass ich dich persönlich kenne und du ein braves Mädchen bist, das noch nie etwas Böses oder für Pakistaner Gefährliches getan hat. Sie wollten dich trotzdem eliminieren, weil sie meinen Worten ohne Beweise nicht glauben. In ihren Augen spricht schon gegen dich, dass du unverheiratet mit einem Jungen zusammenlebst. Ich musste deshalb zum letzten Mittel greifen, um sie zu überzeugen. Ich habe ihnen erklärt, dass ich dich heiraten will und Elvin ein guter Freund und dein Beschützer ist, solange du noch nicht in unser Haus gezogen bist.«

Er nahm den Helm in die linke Hand und hielt in der rechten einen glitzernden Brillantring in die Höhe. Auch wenn sie sich mit Schmuck nicht auskannte, war ihr klar, dass dieser Ring etwas Besonderes und sehr Teures war. Abdul hielt ihn in der Hand wie ein rohes Ei.

»Dies ist der Verlobungsring meiner Mutter. Er darf nur von meiner zukünftigen Frau getragen werden und nur mit dem Segen meiner Eltern. Meine Mutter hat mich unterstützt, als ich ihr deine und meine Geschichte erzählt habe. Sie glaubt auch, dass Allah Engel in Menschengestalt auf die Erde schickt, um uns zu testen, zu helfen oder zu bestrafen. Sie würde lieber selbst sterben, als dass jemand aus ihrer Familie einen Engel sterben lässt.«

Er ging noch näher an Eligia und Elvin heran. Der hatte sich keinen Millimeter gerührt. Sie schaute in sein Gesicht. Konnte Elvin so eine Story glauben? Sie selbst glaubte Abdul schon, denn sie hatte die Wärme und die Ernsthaftigkeit seiner traurigen, braunen Augen geradezu körperlich gespürt.

Elvin sagte mit eigenartig ruhiger Stimme:

»Jeder andere würde deine Story nicht glauben. Wir können auch die Echtheit des Ringes nicht überprüfen, aber der Ausdruck deiner Augen ist für uns ausschlaggebend.«

Dann trat er auf Eligia zu, umarmte sie sanft wie ein guter Freund und flüsterte in ihr Ohr:

»Geh mit ihm. Das ist eine große Chance, für alle Beteiligten, und du weißt, wie viele das sind.«

Dann löste er sich von ihr und schaute wieder Abdul an.

»Du weißt, was auf dich zukommt. Wenn du und deine Mutter es nicht schaffen, Eligia als deine Ehefrau zu beschützen, werden viele Menschen sterben, auch wenn ich nicht an ihrer Seite stehen kann.«

Abdul nickte.

»Ich habe deine Kraft gespürt, als Nebel und Blitz dir gehorcht haben. Ich weiß, dass du auch ohne bei uns zu sein, viele Menschen vernichten kannst. Aber ich habe vorgesorgt: Ich werde dich als Chauffeur meiner Mutter einstellen, wenn du dich so verkleidest und veränderst, dass dich niemand erkennen kann.«

Er machte eine Pause und sie sah, wie er sich seine Worte überlegte. Sie spürte seine Angst vor Elvin.

»Den du gerade getötet hast, der Zeuge vom Damned Love, hat dich heute nicht wiedererkannt und die anderen haben dich wegen des Nebels überhaupt nicht gesehen.«

Ohne zu zögern antwortete Elvin:

»Ich nehme dein Angebot an und es zeigt mir, dass du es ernst meinst. Ich weiß allerdings, dass Ehefrauen möglichst bald ein Kind bekommen sollten. Wie stellst du dir das vor, du kannst sie nicht länger als zwei Jahre als Scheinehefrau schützen.«

»Ja, das ist mir klar. Bis dahin müssen wir eine gute Lösung gefunden haben. Obwohl meine Mutter nur die Hälfte weiß, will sie, dass ich die kriminellen Machenschaften unseres Clans herunterfahre und wenn möglich, völlig beende. Vielleicht kann Eligia mir dabei helfen und du uns Rückendeckung geben. Ich weiß es nicht, einen Plan habe ich jedenfalls noch nicht, aber im Moment ist Überleben das Wichtigste und das ist nur durch eine schnelle Scheinheirat möglich.«

Eligia leuchteten Abduls Argumente ein. Ja, sie erkannte, dass das der einzige Weg war, um die misstrauischen Clanmitglieder zu besänftigen. Sie musste plötzlich lachen.

»Abdul, deine kriminelle Energie ist gewaltig, aber du fährst mit ihr in eine gute Richtung.«

Dann ging sie langsam auf ihn zu und betrachtete den Ring aus der Nähe. Er war wunderschön und zum ersten Mal keimte in ihr ein Gefühl von Stolz auf. Abdul war ein Mann, der würde einem schönen Engel alles Mögliche schenken, um seine Gunst zu erlangen, aber dieser Ring war von seiner Mutter. Sie schenkte ihn ihr als Verlobte ihres ältesten Sohnes und das bedeutete höchste Wertschätzung, da war sie sich sicher. Allerdings hatte Abdul ihr vielleicht gar nicht gesagt, dass es sich um eine Scheinhochzeit und Scheinehe handelte. Sie würde ihn das später fragen müssen. Im Moment fühlte sie sich einfach nur geehrt.

»Ich danke dir und deiner Mutter. Du weißt, dass ich null Ahnung von pakistanischen Bräuchen und Hochzeiten habe. Das heißt, du führst Regie und wir werden deine Schauspieler sein.«

Und sie küsste ihn vorsichtig auf beide Wangen. Abdul ging auf ihre Worte nicht ein, sondern steckte den Ring in einen kleinen Samtbeutel und in seine Hosentasche. Dann schaute er Elvin an.

»Ich lasse die Leiche dieses Bekannten abholen. Er wurde vom

Blitz erschlagen und drei Personen sind Zeugen. Die zwei Freunde, die zurückgefahren sind, werden schweigen, weil sie mir treu ergeben sind. Ich nehme sehr bald mit euch Kontakt auf. Bitte bleibt, wenn möglich, immer erreichbar.«

Mit einem angedeuteten Lächeln setzte er sich auf seine Honda und verschwand. Elvin nahm ihre Hand und zog sie zurück in die Hütte. Er sagte nichts, aber sie spürte, dass ihn Abdul erstaunt hatte. Sein dominantes Verhalten war unübersehbar und beeindruckend und irgendwie auch angsteinflößend.

KAPITEL 20

Die Trennung

Zurück in der Hütte, öffnete Eligia die Fensterläden und baute sich dann so nah vor Elvin auf, dass er dem Augenkontakt nicht ausweichen konnte.
»Elvin, schau mich an! Was hast du dir bei diesem Spektakel gedacht? Hast du überhaupt etwas gedacht?«
Elvin lächelte.
»Reg dich nicht so auf! Auch wenn ich wahllos einen von vier Verbrechern eliminiert habe, verdient hatten sie es alle, das hat sogar Abdul bestätigt.«
»Nein, so kannst du dich nicht aus der Verantwortung ziehen. Ich kann nicht mit dir zusammenarbeiten, wenn du deinen Rachegelüsten unkontrolliert freien Lauf lässt. Ich verstehe zwar, dass du die Kraft, die dir die Highlands-Atmosphäre gibt, aus-

leben wolltest und scharf darauf warst, Macht- und Triumphgefühle zu erleben. Ich weiß ja selbst, wie wundervoll das ist, aber trotzdem müssen wir uns beide kontrollieren können. Wir werden sonst selbst böse, Racheengel des Teufels, genau das Gegenteil von guten Elfen.«

Elvins Gesicht hatte das Lächeln verloren. Er wirkte ernst und traurig, als er flüsterte:

»Ich glaube nicht, dass ich gut bin, Eligia. Du musst das akzeptieren, und mich so lieben, wie ich bin: ein gefährlicher Rache-Elf - oder mich verlassen. Ich gebe dich frei, Abdul ist ein guter Mensch und kann dich vielleicht besser beschützen als ich. Wenn ich ständig mitansehen müsste, wie du mit ihm zusammenlebst, würde ich mich selbst quälen und vielleicht vor Eifersucht allen gefährlich werden, vorrangig Abdul.«

Sie wusste, dass er recht hatte und dass er seine eigene Gefährlichkeit richtig einschätzte. Wenn er Abdul als Rivalen ansehen würde, der durch seinen guten Charakter ihn selbst noch schlechter aussehen ließ, wäre Abduls Leben wirklich gefährdet. Ein kurzes Heben seines Armes und ein Blitz von weniger als einer Sekunde und ihr Scheinehemann konnte seine guten Vorhaben, nämlich das Runterfahren krimineller Aktivitäten, nicht mehr ausführen. Und als sie an die traurigen und doch so warmen Augen seiner Mutter dachte, die nach dem Tod ihres Mannes den Tod ihres Sohnes nicht verkraften würde, da stand ihr Entschluss fest:

»Du hast recht, Elvin. Abduls Idee ist nicht realisierbar. Ich ziehe allein zu seiner Mutter und wir bleiben telefonisch in Kontakt. Persönlich treffen können wir uns nicht, das wäre zu gefährlich. Die männlichen Clan-Mitglieder werden mich mit Argusaugen beobachten und nur auf einen Fehler von mir warten. Sie werden Abduls Beteuerungen sowieso nicht glauben und mich weiter als Bitch einordnen.«

Sie trat noch näher an Elvin heran, legte ihren Kopf auf seine Brust und ihre Arme um seinen schlanken Körper. Sie spürte, wie sich seine Muskeln anspannten und ihr Freund sich in eine durch und durch verhärtete Statue verwandelte. Seine Wärme war zu unangenehmer Hitze geworden und als er sie sanft auf die Stirn küsste, kamen ihr auch seine Lippen hart und heiß, wie glühender Stahl, vor. Er schob sie von sich weg und sie war froh, dass sie von Hitze und Härte befreit war. Sie konnte es nicht fassen, dass Elvin sich so verändert hatte. Er nahm ihre Hände und so standen sie fast einen halben Meter voneinander entfernt und Eligia wartete auf ein Wunder. Das Wunder sollte ihr den alten Elvin, den Kuschel-Freund und liebevollen Betreuer früherer Zeiten zurückbringen. Elvin wusste wohl, was sie sich wünschte. Er hatte ja schon öfters ihre Gedanken lesen können.

»Die alten Zeiten, in denen wir wie Kinder auf unserer Couch gekuschelt haben, werden wir nicht zurückholen können. Wir sind nur Halbelfen und können uns nicht unsere eigenen Wunschträume erfüllen. Wir müssen wie Menschen mit der Realität fertig werden und die ist, dass ich ein Mann geworden bin, der sich mit seinen Kräften und Fähigkeiten, aber auch mit seinen dunklen Seiten auseinandersetzen muss. Und das geht nur allein. Deswegen hast du recht, meine süße Elfe, wir gehen vorerst getrennte Wege und ich greife nur ein, wenn du mich rufst, weil du in Gefahr bist.«

Dann schloss er die Fensterläden und beide verließen die Hütte. Sie konzentrierte sich während der Rückfahrt auf die Wege und Straßen und versuchte, jedes Gefühl von Trauer und Verlassenheit zu verdrängen. Daheim angekommen aßen sie schweigend ein paar Brote und zogen sich anschließend in ihre Zimmer zurück. Elvin drehte sich an seiner Zimmertür um und sein altes, warmes Lächeln erwärmte wieder ihr Herz.

»Eligia, die Trennung wird für uns beide schwer werden, aber ich kann mich mit deinem Satz trösten ›Ich liebe dich über unseren Tod hinaus‹ und eine vorübergehende Trennung ist absolut kein Tod. Damit du auch eine schöne Erinnerung in traurigen Momenten hervorholen kannst, sage ich dir: ›Ich liebe dich auch, Eligia, mehr als du dir vorstellen kannst.‹«

Dann verschwand er in seinem Zimmer und sie ließ sich erschöpft auf ihr Bett fallen.

Was für ein Tag, dachte sie. So viele Erlebnisse, das können nur Halbelfen verkraften. Und sie musste lächeln, bevor sie einschlief.

In den nächsten 14 Tagen absolvierten sie ihre Klausurprüfungen erfolgreich. Sie schliefen getrennt, aßen zusammen und sie sprach Elvin nicht mehr wegen seines abweisenden Verhaltens an. Sie ging davon aus, dass ein verliebter Mann, nicht problemlos mit dem Mädchen kuscheln konnte, ohne sexuelles Verlangen zu verspüren. Sie selbst spürte auch einen immer stärker werdenden Wunsch nach Elvins Umarmungen und seiner Körperwärme, aber sie konnte diese Sehnsucht kontrollieren und unterdrücken.

Elvin hatte Abdul schon am Tag nach ihrer Rückkehr aus den Highlands telefonisch mitgeteilt, dass er nicht als Chauffeur seiner Mutter arbeiten wolle. Abdul hatte diese Absage akzeptiert und mit Eligia vereinbart, dass er sie am 15. November abholen würde. Sie solle bis dahin alles für einen Umzug vorbereiten. Unter Tränen hatte sie ihren Rucksack gepackt. Warum hatte sie sich auf diesen neuerlichen Umzug überhaupt eingelassen? Sie gab sich selbst die Antwort: um zu überleben.

Am 15. November, ein Samstag, stand, wie vereinbart, um 10:00 Uhr vormittags eine schwarze Limousine mit verdunkelten Scheiben vor Elvins Haus. Er begleitete sie bis zum Fahrzeug. Abdul war ausgestiegen und hatte ihren Rucksack auf den Rücksitz gelegt. Dann wartete er schweigend in angemessenem Abstand. Sie umarmte Elvin und flüsterte in sein Ohr:

»Ich komme bald wieder und hoffe, dass du bis dahin weißt, ob dich Sex mit einem Mädchen glücklich machen kann.«

Elvin erstarrte in ihrer Umarmung. Sie drückte ihn so fest an sich, dass er sich wieder entspannen musste.

»Ich warte auf dich und werde dir über meine Erfahrungen berichten«, antwortete er. »Aber egal, wie die ausfallen, wir werden immer Freunde bleiben.«

Abdul stand so weit entfernt, dass er diese Worte wohl nicht verstanden hatte. Letztendlich war das aber auch egal, denn sie war nur bereit, mit ihm eine Scheinehe einzugehen, um ihr Überleben und die Beendigung krimineller Verhaltensweisen seines Familienclans zu erreichen. Sie stieg in die Limousine – ohne eine Träne im Auge, aber mit der Entschlossenheit einer Kampfelfe im Herzen. Elvin winkte ihnen nach und verschwand hinter dem Gartentor.

GUT UND BÖSE – SO NAH!

KAPITEL 21

Warmes Braun

Eligia saß neben Abdul und versuchte angespannt einen Small Talk zu beginnen.
»Ist das dein Auto?«
»Ja, es gehört zum privaten Besitz meiner Familie, ist also kein Geschäftsauto.«
Minutenlanges Schweigen.
»Ich habe zwar einen Autoführerschein, aber keinerlei Fahrpraxis mit so einer großen Limousine. Dafür beherrsche ich mein Motorrad sehr gut. Das muss ich übrigens noch nachholen.«
Abdul räusperte sich.
»Eligia, das tut mir so leid, aber als Ehefrau eines Pakistaners kannst du keine Lederkombi tragen und auch nicht Motorrad fahren. Ich gebe dir gerne Übungsstunden mit dem Auto, ich

habe noch ein kleineres, handlicheres, mit dem wird dir das Fahren Spaß machen.«

Eligia schluckte und sagte nichts. Klar, er hatte recht, Frauen, die ihre Haare mit Kopftüchern bedeckten und lange, weite Gewände trugen, schwangen sich nicht auf ein Motorrad und saßen breitbeinig auf dem Sattel.

Ich habe mir das selbst eingebrockt, hoffentlich schaffe ich dieses Scheinehe-Leben, dachte sie. Aber jetzt ists schon Spätherbst, dann Winter und viel zu kalt, um Motorrad zu fahren. Mit einem Auto Erfahrung zu sammeln ist auch nicht schlecht, tröstete sie sich selbst.

Abdul steuerte das riesige Fahrzeug souverän durch immer enger werdende Straßen. Sie hatte nicht aufgepasst, wohin sie fuhren, aber diese Gegend kam ihr unbekannt vor. Sie konzentrierte sich auf die Straßennamen und gab einen in ihr Navi des Smartphones ein. Schnell wurden die genaue Stelle und Fahrtroute von Elvins Haus aus angezeigt. Sie befanden sich schon ziemlich weit weg, wohl in einem Pakistaner-Viertel.

Abdul räusperte sich wieder.

»Eligia, es wird sich Vieles für dich ändern. Meine Mutter und ich werden mit aller Kraft versuchen, dein Leben bei uns so angenehm wie möglich zu gestalten, aber nur in unseren vier Wänden kannst du so sein, wie du bist und wie du sein willst. Wenn wir unter Pakistanern auftreten, als Paar oder Familie mit meiner Mutter und meinen Geschwistern, gelten besondere Regeln, die ich dir in den kommenden Stunden oder auch Tagen genau erklären werde. Es wird am Anfang schwierig für dich sein, aber ich bin immer an deiner Seite und helfe dir. Egal, was ich sage oder signalisiere, du musst mir vertrauen und folgen.«

Sie dachte sekundenlang daran, die Zündung des Autos auszuschalten oder die Handbremse zu betätigen und mit einem

Sprung aus dem Auto die Flucht anzutreten. Aber sie wusste weder, wo sich der Anlasser befand noch der Handbremsenschalter. Bei dieser Hightech-Limousine war alles elektronisch und überhaupt, Flucht war einfach keine Option. Sie war eine Kampf- und keine Fluchtelfe.

»Ich werde das schon hinkriegen. Ich sehe es als Ausbildung zur Schauspielerin an und wer weiß, wofür ich dieses Training noch mal brauchen kann.«

Abdul lachte leise.

»Ja, das ist eine gute Einstellung. Wir spielen einen Krimi, in dem du die Ehefrau des Hauptverbrechers bist und zum Schluss alle besiegen und viele beseitigen darfst.«

Sie drehte ihren Kopf und schaute sein Gesicht an. Er lächelte amüsiert vor sich hin. Er hatte Humor.

Abduls Haus glich einem kleinen Palast. Großräumig der Salon, eingerichtet mit wertvollen Möbeln und Teppichen. Beim Betreten des Salons fiel der Blick sofort auf eine große Treppe, die zu einer Art Balkon und Galerie führte. »Hell, offen, großzügig« waren die Worte, die ihr beim Betreten in diese andere Welt einfielen. Abduls Mutter stand in der Mitte des Salons und lächelte. Die Wärme, die ihre dunkelbraunen Augen ausstrahlten, ließen Eligia tief im Inneren ein Wohlgefühl spüren, das sie so noch nicht kannte. Wieder drängte sich ihr der Wunsch auf, diese Frau »Mutter« nennen zu dürfen. Und gleichzeitig durchzuckte sie der Gedanke, dass das jetzt möglich werden würde, aber leider nur zum Schein. »Schein-Ehe, Schein-Schwiegermutter und Schein-Leben«, diese Worte umnebelten ihr Gehirn. Sie starrte Abduls Mutter an wie eine Fata Morgana in einer Welt voller Verbrechen. Sie zwang sich das Gedanken- und Gefühlchaos zu verdrängen und sich auf die Willkommensworte zu konzentrieren. Sie klangen so sanft, wie sich das lange, edle Seidenkleid in dunklem Grün bewegte, als Abduls Mutter auf sie zu schritt. Ihr zartes Gesicht war von einem kunstvoll bestickten Tuch, das ihre Haare verdeckte, umrahmt.

»Eligia, willkommen in meinem und Abduls Heim. Wir freuen uns so sehr, dich als unseren Gast und unsere Freundin bewirten, ja, verwöhnen zu dürfen.«

Und sie ging auf sie zu und umarmte sie wie eine gute Freundin. Eligia genoss ihre mütterliche Wärme. Ihr fielen keine angemessenen Worte ein, so flüsterte sie nur:

»Danke, ich freue mich auch, hier zu sein.« Das war jedenfalls in diesem Moment nicht gelogen.

»Meine Mutter hat dir ein Zimmer im ersten Stock des Hauses hergerichtet. Du hast ein eigenes Bad und einen Balkon. Ich trage dir noch schnell den Rucksack hoch und lasse euch dann allein. Wir treffen uns zum Lunch.«

Sie nickte und folgte Abdul und seiner Mutter die Treppe hoch zur Galerie. Er trug ihren Rucksack und öffnete eine der zahlreichen Türen, die von diesem flurähnlichen Raum ausgingen. Er stellte den Rucksack schnell in das Zimmer und verließ es noch, bevor beide Frauen an der Tür ankamen.

»Bis nachher«, waren seine letzten Worte, dann war sie mit seiner Mutter allein.

»Nenne mich Saira. Ich möchte, dass wir uns duzen und näher kennenlernen«, begann Abduls Mutter das Gespräch. Sie setzte sich auf einen Sessel und zeigte auf einen zweiten, der ihrem gegenüberstand. Dazwischen bemerkte Eligia einen zierlichen Couchtisch mit verführerisch aussehenden Plätzchen, Wasser- und Saftkaraffen sowie einer Schale mit Obst.

»Ich fühle mich wie in Tausendundeiner Nacht«, sagte sie und entspannte sich zunehmend.

»Ich kenne diese Märchen, liebe Freundin, aber in unserem Haus und Leben geht es absolut nicht märchenhaft zu. Wir wollen offen reden: Du weißt, dass Abdul das Erbe seines Vaters angetreten hat und Chef einer Verbrecherorganisation geworden ist?«

»Ja, das weiß ich, allerdings nichts Genaues, also die Ausmaße und speziellen Verbrechen sind mir nicht bekannt.«

»Mir war bis vor Kurzem noch nicht mal bekannt, dass ich die Ehefrau eines Verbrechers war, das musst du mir glauben. Mein verstorbener Mann hat mir gegenüber nur über seine Geschäfte vorwiegend im Transport- und Handelswesen gesprochen. Wir besitzen acht Lastwagen und transportieren die verschiedensten Güter durch halb Europa.«

»Ja, das ist eine gute Tarnung für kriminelle Aktivitäten jeder Art.«

Eligia schaute aufmerksam in Sairas Gesicht, als sie diese klaren Worte aussprach. Wie wird sie reagieren, dachte sie?

Abduls Mutter zuckte leicht zusammen, dann wurden ihre Augen tiefbraun, fast schwarz und strahlten eine Trauer aus, die Eligias Kehle zuschnürte.

»Entschuldigung, ich wollte Sie nicht verletzen.«

»Du hast mich nicht verletzt, Eligia, mir nur die Wahrheit gesagt. Das Problem ist, dass diese Wahrheit für mich noch so neu ist, dass ich sie jedes Mal wie einen Schlag in die Magengegend empfinde. Aber klar ist, dass wir uns dieser Wahrheit stellen müssen, wenn wir irgendetwas ändern wollen.«

Sie goss Eligia und sich selbst etwas Wasser ein, das in den wunderschön geschliffenen Kristallgläsern leichte Perlen bildete.

Eligia schaute erwartungsvoll in ihr edles Gesicht. Es war dezent geschminkt.

»Abdul hat selbst erst das ganze Ausmaß des Verbrecherimperiums erfahren, als der Notar ihm die Erbunterlagen erläutert hat. Dieser Notar ist die einzige männliche Vertrauensperson, die wir haben, und die uns helfen will und kann. Weil Abdul Alleinerbe ist, besteht die Möglichkeit, Teile des Geschäftes zu verkaufen und damit die kriminellen Tätigkeiten herunterzufahren. Anderer Bereiche müssen aber direkt ausgetrocknet werden, zum Beispiel die Prostitution. Wir könnten natürlich andere männliche Familienmitglieder als Teilhaber aufnehmen, damit wäre aber nichts gewonnen. Abdul möchte die Prostituierten in einer neuen Textilfabrik beschäftigen und hofft, dass genügend Mädchen bereit sind, körperlich zu arbeiten, wie sie es bisher nicht gewohnt waren. Diejenigen, die weiter als Prostituierte arbeiten wollen, will er in eine Art Gewerkschaft eingliedern, damit sie geschützt sind und nicht von anderen kriminellen Clans eingeschüchtert und eingefangen werden können. Das Ganze ist ein Experiment und wir hoffen, es finden sich starke Frauen, die bereit sind, für ihre Freiheit und Selbstbestimmung zu kämpfen. Die Prostituierten sind zu achtzig Prozent Schottinnen oder Engländerinnen und die sollten kämpferischer sein als Pakistanerinnen. Allerdings sind viele drogen- oder alkoholabhängig und müssen erst entzogen werden. Das kostet Zeit und Geld.«

Sie pausierte und trank aus ihrem Glas. Eligia bewunderte die ruhige Sachlichkeit, mit der sie von Themen redeten, mit denen sie sich bis vor kurzen noch nicht mal im Ansatz beschäftigt hatte. Und sie selbst hatte auch keine Ahnung, ob diese Vorhaben realisierbar waren.

»Ich sehe viel Arbeit auf uns zukommen und ich will Ihnen

gerne helfen, so gut ich kann. Im Moment weiß ich allerdings zu wenig von den Besonderheiten Ihres Lebens. Abdul hat versprochen, mich zu unterrichten und mir alles Wichtige zu erklären. Ich stamme aus einer Arbeiterfamilie, die weder mit Pakistanern noch mit Kriminellen oder Prostituierten etwas zu tun hatte.«

Saira lächelte verständnisvoll.

»Ja, das habe ich gehört. Aber du bist intelligent und mutig, du wirst dich in jede neue Aufgabe einarbeiten.«

Und dann stand sie auf und küsste Eligia auf beide Wangen.

»Räume deine Sachen ein, fühl dich wie zu Hause und entspann dich etwas. Wir essen den Lunch um 13:00 Uhr, komm dann einfach runter.«

Sie verließ das Zimmer und lächelte dabei, als ob sie nur über das schöne Wetter geredet hätten.

Pünktlich um 13:00 Uhr verließ Eligia ihr Zimmer, nachdem sie ihre paar Hosen, Blusen, Jacken und das hellblaue Leinenkleid in den Schrank gehängt hatte. Es hätten drei- oder viermal so viel Kleider oder Jacken hineingepasst. Der Salon hatte einen offenen Nebenbereich, der als Esszimmer benutzt wurde. Ein riesiger Esstisch war liebevoll gedeckt und mit Blumen geschmückt. Zum ersten Mal begegnete sie hier Abduls Geschwistern. Seine etwa 10-jährige Schwester namens Fatima und ein ungefähr 13-jähriger Bruder, der sich höflich als Abid vorstellte. Sie gab ihnen freundlich die Hand und sagte:

»Ich bin Eligia und eine gute Freundin von Abdul.«

Fatima schien ein bisschen vorlaut zu sein.

»Du wirst ihn heiraten, stimmt's? Andere Freundinnen sind bei uns nicht erlaubt.«

Saira lächelte und wies ihre Tochter humorvoll zurecht:

»Ja, und so freche Mädchen, die fremden Gästen unangebrachte Fragen stellen, finden nie einen Mann.«

Fatima ließ sich nicht beirren.

»Ich freue mich schon auf eure Hochzeit, da wirst du ausschauen wie eine Königin, jetzt schaust du schon aus wie ein Engel.«

Eligia räusperte sich.

»Ausschauen wie ein Engel ist das eine, aber viel schwieriger ist das andere, zu leben wie ein Engel.«

Fatima schwieg und dachte offensichtlich über ihre Worte nach. In diesem Moment betrat Abdul das Esszimmer. Er setzte sich ans Kopfende des Tisches, wie es sich für das Familienoberhaupt gehörte. Zuvor hatte er seine Mutter auf die Stirn geküsst und seinen Geschwistern liebevoll über die Haare gestreichelt.

»Hast du dich in deinem Zimmer schon eingerichtet, Eligia? Gefällt dir die Aussicht auf den Garten?«

»Ja, er ist wunderschön. Habt ihr einen Gärtner?«

Saira kam ihrem Sohn mit der Antwort zuvor.

»Der Garten ist mein Liebling. Ich pflege ihn zusammen mit zwei weiblichen Gärtnerlehrlingen. Ich habe nach der Schule eine Ausbildung zur Gärtnerin abgeschlossen, weil ich das unbedingt wollte. Ich musste damals meinen Vater beknien, denn da war es wirklich unüblich, dass Mädchen eine Lehre in Berufen machten, in denen hauptsächlich Männer arbeiten.«

Nach einer kleinen Pause, in der sie jedem eine köstlich duftende Suppenschüssel reichte, fügte sie hinzu.

»Ich war immer froh, diesen Beruf erlernt zu haben, weil man ihn zum Geld verdienen und als Hobby ausüben kann. Nun lasst es euch schmecken!«

Und dann warteten alle, bis sie ein kurzes Gebet in fremdartiger Sprache gesprochen hatte.

Eligia genoss sowohl die Suppe als auch die später gereichten Speisen.

»Alles schmeckt so wundervoll nach Tausendundeiner Nacht, nur eben zur Mittagszeit«, lobte sie das Essen und Saira bedankte sich für das Kompliment.

»Kochen ist mein zweites Hobby und auch das kann man zum Überleben oder zum Genießen verwenden.«

Sie ist eine praktische und zielstrebige Frau, dachte Eligia, ein Vorbild für jede Tochter.

Nach dem Lunch führte Abdul sie in eine Art Arbeitszimmer. Groß, edel eingerichtet, mit Hunderten von Büchern in einer sehr hohen Schrankwand und einem riesigen Schreibtisch. Er zeigte auf eine Sitzecke.

»Wir wollen uns hier ein bisschen hinsetzen und alles besprechen, Eligia. Mache es dir so bequem wie möglich und ich erkläre dir zuerst meinen Plan, dann können wir darüber diskutieren.«

Dieser Vorschlag klang vernünftig. Sie selbst hatte nicht den Hauch von Vorstellung, was auf sie zukommen könnte. Sie lauschte konzentriert seiner wohlklingenden, männlichen Stimme und nach wenigen Minuten wurde ihr klar, dass Saira recht hatte: Sie befand sich im Land von tausendundeinem Verbrechen.

KAPITEL 22

Hochzeitsvorbereitungen

Das Gespräch mit Abdul dauerte drei Stunden. Sein Plan erschien Eligia ausgereift und er hatte sogar schon mit der Umsetzung begonnen. Er zeigte ihr, vom riesigen Fenster seines Büros aus, ein Gebäude in etwa 600 Metern Entfernung, das als Hochhaus im Rohbau zu erkennen war. Sie zählte vier Stockwerke.

»Wie hoch soll diese Fabrik werden?«

»Na ja, geplant sind sechs Stockwerke, aber man könnte den Bau auch nach vier beenden. Wir wollen dort drei Produktionsfirmen unterbringen, die Textilfabrik für die Ex-Prostituierten, eine Kabel- und Elektrokleinteilefabrik und eine Halle für Teile einer Autozulieferfirma. Die anderen Clans stehen diesem Vorhaben natürlich sehr skeptisch gegenüber, aber mein Vater hat mir so viel Geld vererbt, dass ich weder auf ihre Zustimmung noch auf ihre finanzielle Unterstützung angewiesen bin.«

Eligia konnte nicht verhindern, dass sie ihn bewunderte. Er war eine äußerst zielstrebige Persönlichkeit, obwohl er nur zwei Jahre älter als sie war. Er stand am Beginn eines erfolgreichen Lebens, zumindest beruflich, da war sie sich sicher. Und er brauchte auf diesem Gebiet auch nicht ihre Hilfe. Seine nächsten Sätze bestätigen diese Ahnung:

»Ich habe zwei Sozialpädagoginnen und einen Psychologen gewinnen können, die seit zwei Wochen versuchen, unsere Prostituierten zu überzeugen, das neue Arbeitsangebot anzunehmen. Gleichzeitig habe ich meine Sicherheitskräfte verdoppelt. Im Moment wissen die Chefs der anderen Clans noch nicht, dass auch ihre Prostituierten aussteigen könnten. Wir stellen jede Bewerberin in unseren Fabriken ein. Allerdings hält sich derzeit die Zahl der Interessentinnen in Grenzen. Gestern waren es 24, aber wir haben ja noch ein paar Monate Zeit, zwingen kann man niemanden.«

»Was ist mit dem Drogenhandel?«

»Na ja, den lasse ich einfach einschlafen, wenn ich das Transportgeschäft verkaufe. Wer ihn dann übernimmt, das kann ich nicht beeinflussen, Hauptsache, wir machen uns die Hände nicht mehr schmutzig.«

Eligia gab ihm recht. Es würde unmöglich sein, ein jahrelanges Drogenimperium so zu vernichten, dass es niemand weiterführen könnte. Abdul konnte nur versuchen, einen Käufer für seine Lastwagen zu finden, der mit Drogenhandeln nichts zu schaffen hatte und das war wohl der Fall.

»Der Notar hat bereits einen Käufer gefunden, der sauber ist, und sechs Lastwagen erwerben wird. Auch den Gemüsehandel wird er übernehmen, allerdings andere Abnehmer beliefern und damit auch andere Routen befahren.«

»Das hört sich gut an«, erwiderte Eligia und konnte ihre Bewunderung nicht verstecken.

»Was soll eigentlich meine Aufgabe sein?«, fragte sie unsicher.

»Tja, liebe Scheinehefrau, das weiß ich selbst nicht so genau.« Abdul lachte.

»Ich habe dich eigentlich hier bei mir erst mal in Sicherheit gebracht. Ob ich deine Hilfe irgendwann brauche, weiß ich im Moment noch nicht.«

In der nächsten Stunde erläuterte Abdul ihr dann ausführlich das weitere Vorgehen im Hinblick auf ihre Scheinhochzeit. Da kamen einige Aufgaben auf sie zu. Er gab ihr einen Ordner, in dem alle Verhaltensregeln, Vorbereitungen und erforderlichen Maßnahmen aufgelistet und begründet waren. Sie warf einen kurzen Blick hinein.

»Das schaut ja richtig nach Arbeit aus, Abdul. Hier steht: Gespräch mit einem Imam. Muss ich konvertieren?«

»Ja, offiziell schon. Anders ist eine Hochzeit nicht möglich. Deshalb musst du auch von einem Imam unterrichtet und vorbereitet werden, auf diese Aufgaben einer guten Ehefrau im Sinne unserer Religion. Bist du katholisch?«

»Ich glaube nur an Gott, egal, wie er genannt wird, aber ich gehöre keiner Religionsgemeinschaft an. Deshalb ist Religionsunterricht etwas völlig Neues für mich. Ich bin schon gespannt, was der Imam mir erzählen wird.«

Abdul lächelte amüsiert.

»Ja, liebe Eligia, du hast wirklich eine völlig andere Welt betreten und ich wünsche dir, dass du nicht stolperst und sicher deinen eigenen Weg findest. Ich kann dir nur Hilfe anbieten und bei den meisten Fragen auf meine Mutter verweisen. Was die Hochzeitsvorbereitungen betrifft, ist sie die Spezialistin. Übrigens, hatte ich schon den Termin erwähnt?«

»Nein.«

»Also, wir haben den 15. Dezember ausgewählt. Passt dir dieses Datum?«

Sie überlegte. Das war schon in vier Wochen! Aber gut, anscheinend reichte diese Zeit, um eine Braut aus einem anderen Kulturkreis vorzubereiten. Eligia dachte: Ich habe ja schon immer nach dem Motto gelebt: Bring das Unangenehme schnell hinter dich, dann kannst du das Angenehme länger genießen.

Und sie nickte zustimmend.

»Ich schiebe Unvermeidliches nie vor mir her, das bringt einfach nichts.«

Die vier Wochen vergingen wie im Flug. Sie war jeden Tag damit beschäftigt, sich in ihr zukünftiges Leben einzuarbeiten, Neues zu lernen und sich mit fremden Ansichten, Verhaltensweisen, aber auch Traditionen auseinanderzusetzen. Tausendundeine Nacht erschien ihr bei Tageslicht gesehen zwar fremd, aber klar durchdacht und eher unromantisch. Jede Kleinigkeit war geregelt, alles menschenfreundlich vorprogrammiert. Sie lernte die Ansichten und Überlegungen Mohammeds kennen und schätzen und sie war eine gelehrige Schülerin des Imams. Er war nach mehreren Gesprächen und einer kleinen Prüfung sehr zufrieden mit ihr.

Zwei Wochen vor dem Hochzeitstermin wurde ihr Hochzeitskleid maßgeschneidert. Sie durfte aus mehreren wunderschönen Stoffen auswählen und entschied sich für ein wollweißes, reich besticktes Seidengewand im traditionellen Stil: lang, weit und doch so geschnitten, dass man ihre schlanke Figur erahnen konnte. Der Schleier verdeckte nicht nur die Haare, sondern auch das Gesicht, war aber so durchsichtig, dass sie alles erkennen konnte. Er wurde mit einem Diadem und anderen Schmuckspangen auf ihren Haaren befestigt.

Als sie sieben Tage vor der Hochzeit alles anprobierte und sich vor dem Spiegel stehend betrachtete, durchschoss sie nur ein Gedanke: Ich bin nicht nur eine Elfe, ich sehe auch so aus, sogar ohne Flügel. Denn die hatte sie schon wochenlang nicht mehr gesehen, ja, gar nicht mehr an sie gedacht. Das sollte sich allerdings in den nächsten Stunden ändern!

Saira hatte sie jeden Tag über alle Abläufe und Gebräuche unterrichtet. Wie sie nun so wunderschön verkleidet vor dem Spiegel stand, sagte sie mit ihrer warmen, mütterlichen Stimme:

»Eligia, du bist die schönste Braut, die ich jemals gesehen habe. Aber äußere Schönheit vergeht, nur die innere ist wertvoll und muss gepflegt und geschützt werden. Schon wie ich dich im Krankenhaus zum ersten Mal gesehen habe, war mir klar, dass du etwas Besonderes bist: Ein schönes Mädchen mit einer schönen Seele. Ich habe mir für meinen ältesten Sohn so eine Frau immer gewünscht. Als er mir von euren Zusammentreffen erzählt hat und alle Einzelheiten des Unfalls, war ich noch mehr überzeugt, dass du ein Engel bist. Ich weiß nicht, ob mein Sohn einen Engel heiraten darf, aber mit dieser Scheinheirat bin ich einverstanden, weil sie zu deinem Schutz absolut erforderlich ist. Wenn ich dich jetzt so vor mir sehe, vermischen sich Braut und Engel zu einer Person und mein Wunsch, dich als echte Frau meines Sohnes lieben zu dürfen, wird übermächtig.«

Nach ein paar Minuten des Schweigens, in denen Tränen ihre Wangen benetzten und Eligia starr dastand, fuhr sie fort:

»Ich lege euer Schicksal in Allahs Hand. Nur er weiß, was gut für Abdul, für dich und für uns alle ist. Unsere Aufgabe ist es, seine Wünsche zu erahnen und immer das Gute im Auge zu behalten. Manchmal kann Töten sogar gut sein, wenn es Allah gefällt.«

Und Eligia hatte das Gefühl, dass sie an ihren Ehemann und die anderen getöteten Verbrecher dachte.

Erst am nächsten Tag wurde ihr klar, dass sie eine andere Gefahr vor Augen hatte, die auf sie alle zukommen sollte.

KAPITEL 23

Das Glück der anderen

Während all der Unterrichtsstunden und Vorbereitungen hatte Eligia nur selten an Elvin gedacht. Eigentlich nur abends, wenn sie allein in ihrem Bett lag und dieses am Anfang mit unangenehmer Kühle ihren Körper und ihre Seele frösteln ließ. Niemand hatte es vorgewärmt oder sie beim Aufwärmen unterstützt. Dann erinnerte sie sich an die Zeiten, in denen sie eng umschlungen auf ihrer Schlafcouch in Elvins Wohnzimmer gelegen hatten und sie die vermisste Wärme der Kindheit so wunderbar in sich aufsaugen konnte. Und jeden Abend nahm sie sich vor, Elvin am nächsten Tag anzurufen. Zweimal hatte sie das auch gemacht, allerdings ohne Erfolg, er hatte entweder sein Smartphone nicht dabei oder keinen Empfang. Er hatte dann später eine Nachricht hinterlassen, dass er im Moment sehr beschäftigt sei, weil er ein

Praktikum absolviere. Er werde sie zurückrufen, wenn er nicht mehr so gestresst sei.

Eligia hatte die Nachricht als eigenartig abweisend empfunden. Für ein paar Minuten und freundliche Worte hatte man immer Zeit. Ihr war klar, dass er im Moment nicht mit ihr reden wollte, und das musste sie akzeptieren.

An diesem Morgen, sechs Tage vor der geplanten Hochzeit, war Abdul verspätet zum Frühstück erschienen. Seine Augen waren von tiefen, dunklen Ringen umschattet und sein Gesicht blass, als er sich an den Frühstückstisch setzte. Er hatte offensichtlich kaum geschlafen. Nach ein paar kurzen, begrüßenden Worten aß er schweigend sein Toastbrot und trank eine Tasse Kaffee. Seine Geschwister waren schon vom Chauffeur in die Schule gefahren worden, im Raum befanden sich nur Saira und sie. Nach dem letzten Schluck Kaffee holte er tief Luft und schaute ihr in die Augen.

»Dein Freund Elvin hat zusammen mit einer ehemaligen Prostituierten mindestens drei pakistanische Zuhälter umgebracht. Er steht auf der Abschussliste der Clans, wir werden ihm nicht mehr helfen können.«

Eligia durchfuhr ein Schmerz von ungeheurer Stärke, beginnend im linken Schläfenbereich und sich langsam ausbreitend über die Schulter zur Herzgegend. Ihr wurde schlecht und mit Müh und Not erreichte sie die Küche, die an das Esszimmer angrenzte. Sie griff sich eine Schüssel und erbrach das gesamte Frühstück, gleichzeitig flossen Tränen über ihre Wangen und in ihren Mund. Nach einigen Sekunden betrat Saira die Küche.

»Eligia, meine Liebe, kommst du zurecht? Sollen wir einen Arzt rufen?«

»Nein, ich habe wieder einen Migräneanfall, weil mich diese Nachricht so aufgeregt hat.«

»Ja, das verstehe ich. Seit Tagen hört Abdul von anderen Clans, dass ein rächender Teufel in Gestalt eines jungen, schlanken Mannes und in Begleitung eines Mädchens, die mit Messern werfen kann, pakistanische Zuhälter umbringt. Zuerst hieß es, du wärst diese Messerwerferin, aber Abdul hat ihnen glaubhaft bestätigt, dass du unser Haus keine Minute verlassen hast. Dieses Mädchen wurde dann auch von Zeugen als eine Julia identifiziert. Sie hat eigenhändig einem Pakistaner die Kehle durchgeschnitten, nachdem ihr Freund, also dieser Elvin, ihn durch einen Blitz gelähmt hat.«

Saira wollte offensichtlich diese Schauergeschichte loswerden und nahm auf Eligias Zustand keinerlei Rücksicht. Eligia entleerte die Schüssel mit dem Erbrochenen in der Gästetoilette. Zurück in der Küche, spülte sie die Schüssel aus und stellte sie in die Spülmaschine. Sie erledigte alle Handgriffe wie in Trance, der Schmerz in ihrem Kopf wurde unerträglich und sie musste sich auf einen Küchenstuhl setzen, weil ihr schwindlig wurde. Es war ihr unmöglich, auch nur einen klaren Gedanken zu fassen.

Dann betrat Abdul die Küche. Er blickte sie besorgt und mitleidig an.

»Eligia, komm, leg dich auf das Sofa im Salon. Da ist es kühler und dunkler, wenn wir die Jalousien etwas runterlassen.«

Er half ihr beim Aufstehen und führte sie zum Sofa. Sie spürte die beruhigende Wärme seines Körpers und in einem Moment völliger Schwäche und Traurigkeit drehte sie sich etwas um und umarmte ihn. Er reagierte sekundenlang überrascht, dann erwiderte er den Druck ihrer Umarmung und presste ihren Körper eng an seinen. Er flüsterte in ihr Ohr:

»Ich bleibe an deiner Seite, Eligia, egal, was passiert. Und ich versuche, deinen Freund zu retten, versprechen kann ich dir aber leider nichts.«

Eligia durchflutete Wärme und Ruhe. Sie löste sich langsam aus seinen Armen und legte sich auf die Couch. Abdul deckte sie mit zwei Decken zu und Saira brachte ihr ein Glas Wasser.

»Du musst Kühles trinken, meine Liebe, sonst wird dir wieder schlecht. Sollen wir dich etwas allein lassen? Hast du Migränetabletten?«

»Nein, der erste Anfall, den ich hatte, war vor Wochen und ich dachte, es würde der einzige bleiben. Anscheinend nicht.«

Saira nickte und wählte auf ihrem Phone eine Nummer.

»Guten Morgen Dr. Osmann, könnten Sie die Sonnen-Apotheke anrufen und bitten, dass jemand mit Migränetabletten vorbeikommt? Meine zukünftige Schwiegertochter hat einen Migräneanfall und keine Tabletten mehr.«

Eligia hörte die Antwort nicht, aber Saira bedankte sich höflich und beendete das Gespräch. Der Schmerz ließ langsam nach, sie versuchte, tief aus- und einzuatmen und schlief nach einigen Minuten ein. Als sie wieder aufwachte, war es etwa 10:30 Uhr. Im Raum befand sich niemand. Sie versuchte, Elvin anzurufen. Die Verbindung klappte in Sekunden.

»Hallo Elvin, ich bin's, Eligia. Geht es dir gut?«

»Ja, meine süße Elfe, ich bin in Sicherheit. Ich rufe dich gleich von einem anderen Handy zurück.«

Und zwei Minuten später tat er das. Sie genoss seine Stimme, weich und schmeichelnd. Seine Worte wurden dadurch abgemildert.

»Hast du von Abdul gehört, dass es uns gelungen ist, weitere drei Verbrecher auszuschalten? Wir sind stolz und glücklich und bereit zu sterben, wenn es sein muss.«

Eligia schwieg. Sie konnte noch immer nicht klar denken.

»Ist alles in Ordnung mit dir?«

Elvins Stimme ließ einen Hauch von Besorgnis erkennen.

»Ja, aber ich habe gerade einen neuen Migräneanfall bekommen, als ich von deinen Taten erfahren habe. Abdul hat gesagt, sie werden euch beide erwischen und töten.«

»Ja, klar, das planen sie. Bis zur Umsetzung können wir vielleicht noch zwei oder drei von den Typen eliminieren. Julia hat Kontakt zu Missbrauchsopfern aufgenommen und die haben heimlich die Täter gefilmt oder fotografiert. Wir haben nicht einen einzigen Unschuldigen getötet, das kannst du mir glauben, Eligia. Und ich gestehe, dass ich so happy bin, wie noch nie in meinem Leben.«

Er machte eine kurze Pause und fügte leise hinzu:

»Auch, weil ich weiß, dass mich Sex mit einem Mädchen befriedigt und glücklich macht.«

Eligia zuckte zusammen. Sie hatte es geahnt. Julia war auf anderer Ebene eine Seelenverwandte für Elvin. Keine übernatürlichen Fähigkeiten, sondern schreckliche Kindheitserfahrungen und tiefer Hass auf ihre Peiniger, das verbanden die beiden. Sie spürte plötzlich ein eigenartiges Gefühl von Zufriedenheit. Ja, sie gönnte Elvin dieses Glück mit Julia. Zwei Seelen, die als ungeliebte Kinder viel mehr als sie selbst leiden mussten, konnte sich gegenseitig all die vermisste Liebe und Wärme geben. Und auch wenn es nur für eine unbestimmte Zeit wäre, waren diese Wochen, Monate oder Jahre wertvoll für beide.

Sie verabschiedete sich von Elvin und er versprach, dass er sie wieder anrufen werde, wenn es Neuigkeiten gäbe. Sie legte sich entspannt zurück und dachte, dass es vielleicht gut war, wenn sie frei war und sich auf Abdul konzentrieren konnte. Seine Wärme war anders als die von Elvin, irgendwie natürlicher, fast urwüchsiger. Abdul hatte unbemerkt den Raum betreten und räusperte sich, als er neben dem Sofa stand.

»Alles in Ordnung, Eligia? Mit wem hast du telefoniert?«

»Mit Elvin.«

Eligia schaute hoch und ihre Blicke trafen sich. Sie erschrak. Diesen Ausdruck in seinen tiefbraunen Augen hatte sie noch nie bemerkt. Was für eine eigenartige Mischung, schoss ihr durch den Kopf und ein leichtes Frösteln ließ sie erzittern. Abdul hatte sich schnell gefangen und sie war sich nicht sicher, ob sie den Ausdruck in seinem Blick richtig gedeutet hatte: Eifersucht und Wut.

»Es ist gefährlich für Elvin, wenn er telefoniert. Sie können sein Telefon orten lassen, weil sie bei der Polizei einen Spitzel haben.«

»Ja, er hat ein anderes genommen. Er kennt sich mit diesen Dingen aus«. Sie versuchte vorsichtig aufzustehen. Der Schwindel hielt sich in Grenzen.

»Was hast du vor, Abdul? Was können wir überhaupt machen?«

Abdul half ihr, sich auf einen Stuhl zu setzen und reichte ihr das Wasserglas.

»Die Clan-Mitglieder weihen mich nicht mehr in ihre Pläne ein. Ich kann nur ab und zu etwas durch gute Freunde erfahren, aber auch die sind vorsichtig. Die gesamte Situation ist äußerst gefährlich und außer Kontrolle geraten. Ich habe allerdings erfahren, dass morgen Abend ein Treffen stattfinden wird, weil Elvin und seine Freundin sich mit einem Mann verabredet haben, der nicht aus den hiesigen Clans stammt, sondern aus einer ganz anderen Stadt kommt. Dieser Mann ist, soweit ich weiß, eine Art Pflegevater von einem Jungen gewesen, mit dem Elvin später im

Heim befreundet war. Ich kenne die Zusammenhänge nicht, aber der Mann ist bereit, sich mit Elvin zu treffen und zu unterhalten. Unsere Clan-Mitglieder wollen ihnen auflauern und versuchen, Elvin und Julia auszuschalten. Im Moment ist mir der Treffpunkt nicht bekannt, vielleicht kann ich ihn rausbringen. Ich weiß aber nicht, Eligia, ob du mit mir dorthin fahren solltest und versuchen, Elvin zu beschützen.«

Eligia überlegte ein paar Sekunden. Wenn sie morgen wieder fit wäre, würde sie das auf jeden Fall versuchen. Was sollte ihnen schon passieren?

»Ja, Abdul, das muss ich versuchen. Wenn ich morgen wieder gesund bin, dann könnten wir uns am Treffpunkt irgendwo verstecken und erst mal alles beobachten. Vielleicht müssen wir gar nicht eingreifen.«

KAPITEL 24

Unbekannte Nähe

In der Nacht schlief Eligia so schlecht wie noch nie. Sie wälzte sich von einer auf die andere Seite und sah im Halbschlaf immer wieder Elvin und Julia, wie sie zusammen frühstückten, sich umarmten und küssten. Und sie sah sie im Bett liegen und sich gegenseitig wärmen. Gegen Morgen wurde sie von Albträumen gequält. Sie erkannte Elvin und Julia eng umschlungen in ihrem Blut liegen und Elvins tiefblaue Kraterseeaugen starr werden, wie nur ein totes Auge erstarren kann. Sie fuhr hoch, am ganzen Körper schweißgebadet und von Panik geschüttelt. Sie wäre jetzt so gern in Abduls Bett gekrochen und hätte sich trösten lassen, aber Abdul war nicht Elvin, er hatte sie nicht in sein Zimmer eingeladen, wenn sie Angst bekommen sollte. Ja, sie wusste noch nicht einmal, welche von den zahlreichen Türen im Flur in sein

Zimmer führte. Ihr fiel seine Handynummer ein. Ja, das war eine Möglichkeit! Auch wenn es viel zu früh war, sie brauchte jemanden an ihrer Seite, jemand, der ihr die Angst vor Elvins Tod ausredete, sie beruhigte. Sie rief seine Nummer an. Nach dreimaligem Klingeln hörte sie Abduls verschlafene Stimme.

»Was ist los, Eligia? Hast du wieder Migräne?«

»Nein, ich habe im Traum Elvin und Julia sterben sehen. Ich habe so viel Angst. Kann ich zu dir kommen?«

Am anderen Ende herrschte sekundenlanges Schweigen.

»Ich komme besser zu dir rüber, ich bin gleich da«, hörte sie seine Stimme flüstern. Sie kuschelte sich fest in ihre Decke, ließ das Licht an und die Augen offen. Die Angst, bei geschlossenen Augen Elvins sterbendem Blick zu begegnen, war ungeheuer. Dann schlich sich Abdul ins Zimmer. Er schloss die Tür fast lautlos.

»Eligia, ich verstehe deine Panik, aber wir dürfen nicht nachts in einem Zimmer sein. Auch nicht, wenn wir in ein paar Tagen heiraten.«

Er setzte sich an den Tisch und zog den Bademantel enger um seinen Körper. Eligia zitterte trotz ihrer warmen Bettdecke.

»Es ist so furchtbar, dieser Todesblick, ich traue mich nicht mehr einzuschlafen oder nur die Augen zu schließen.«

Abdul stand vom Stuhl auf und in seinen Augen sah sie Mitleid und Wärme.

»Leg dich bitte zu mir«, flüsterte sie, »ich friere ganz schrecklich.«

Abdul zog den Bademantel aus und schlüpfte unter ihre Decke. Er hatte nur eine Boxershorts an und sein nackter Oberkörper strahlte eine Wärme aus, die Eligias Frösteln in Minuten verschwinden ließ.

»Abdul, ich danke dir, ich fühle mich schon so viel besser. Deine Wärme vertreibt meine Angst.«

Und sie kuschelte sich an ihn, wie sie es von Elvin in den ersten Wochen ihres Zusammenlebens gewohnt war. Abduls Körper verspannte sich und sein Atem wurde schnell. Unerklärlicherweise wollte sie seinen heißen Atem auf ihrem Gesicht spüren und dann immer mehr von ihm. Sie ging mit ihrem Mund ganz nah an sein Gesicht und eine wundervolle Wärme durchströmte ihren Körper.

»Deine Hitze ist so übermächtig«, flüsterte sie. »Ich verbrenne fast, aber das ist so viel schöner als Erfrieren.«

Ganz vorsichtig berührte Abduls Mund den ihren. Sie hatte das Gefühl, dass er seine aufgestauten Gefühle in diesem Moment immer stärker spürte und nicht mehr kontrollieren konnte. Er flüsterte Worte, die sie nicht verstand und er küsste ihr Gesicht, ihren Hals und ihre Brust. Noch nie hatte ein Mensch diese Stelle ihres Körpers berühren oder küssen dürfen. Sie war in den ersten Sekunden zurückgezuckt, dann aber verspürte sie ein erregendes Kribbeln und ein unbeschreibliches Wohlbefinden. Nie hätte sie gedacht, dass sich die körperliche Nähe zweier Menschen so magisch anfühlen könnte. Sie vergaß alle Ängste, alle Leiden ihrer Kindheit und jeden Hauch von Misstrauen. Sie glaubte in diesem Moment an die wahre große Liebe, die Abdul ihr gegenüber empfand, weil sein Körper all diese Gefühle in ihr auslöste. Sie war sich sicher, dass er auch an diesen magischen Liebesmoment glaubte, denn er flüsterte:

»Ich liebe dich, Eligia. Und auch, wenn ich für dich oder durch deine Hand sterben müsste, ich werde dich bis zu meinem letzten Atemzug lieben.«

Und die Zeit blieb stehen, weil beide ineinander versanken.

Eligia wusste, dass sie ihren ersten Sex mit dem Mann hatte, den sie in vier Tagen heiraten würde und dass diese Hochzeit deshalb nicht nur eine Schein-Hochzeit werden würde. Aber sie wusste nicht, was das für ihr weiteres Leben bedeuten würde.
Abdul war in jeder einzelnen Sekunde ihres Beisammenseins zärtlich und liebevoll, sodass sie ihm vertrauen und alle Ängste vergessen konnte. Sie hatte das Gefühl, dass sich seine Wärme in ihrem Körper ausbreitete und sie für immer von ihrer inneren Kälte befreien würde. Völlig entspannt und ohne den Hauch eines Albtraumes schlief sie noch mal ein.

Sie wachte um 07:30 Uhr auf und sah, dass Abdul verschwunden war. Sie wusste nicht, wann er sich aus ihrem Zimmer geschlichen hatte, aber sicher, bevor seine Mutter und seine Geschwister aufgestanden waren. Sie duschte ausgiebig, zog eine helle Bluse und einen langen Rock an. Obwohl es im Haus warm war, legte sie eine Strickjacke um die Schultern. Diese hatte Saira selbst gestrickt und ihr vor Kurzem geschenkt. Als sie das Esszimmer betrat, waren Abduls Geschwister schon in der Schule und er hatte bereits gefrühstückt. Er lächelte sie freundlich an.

»Schön, dass du so gut und lang geschlafen hast. Ich habe noch auf dich gewartet, aber jetzt muss ich zum Notar, um einen wichtigen Kaufvertrag zu unterschreiben. Von ihm werde ich den Ort erfahren, an dem sich dein Freund mit dem Pakistaner treffen wird. Und nebenbei vielleicht ein paar hilfreiche Neuigkeiten für unser Vorhaben heute Abend. Oder hast du es dir anders überlegt, Eligia? Wir müssen nicht dorthin fahren und uns in Gefahr bringen.«

Eligia wusste, dass Abdul es vorgezogen hätte, wenn sie daheimgeblieben wären, aber sie würde es sich nie verzeihen, wenn sie Elvin nicht zumindest im Hintergrund den Rücken stärken und im Notfall eingreifen würde. Und dazu musste sie vor Ort sein. Abdul wusste das und so lächelte sie nur und sagte leise:

»Wir sehen uns heute Abend, mein Entschluss hat sich nicht geändert.«

Abdul streichelte über ihre Haare und küsste seine Mutter auf die Stirn. Dann verließ er das Zimmer.

Diese zärtlichen Gesten unter Familienangehörigen waren immer wieder neu und schön für Eligia. So viel zärtliche Zuwendung hatte es in ihrer Familie zu keinem Anlass und zu keinem Zeitpunkt gegeben. Sie deckte mit Saira den Frühstückstisch ab und diese hielt sie in der Küche am Arm fest.

»Eligia, ich habe Angst vor heute Abend. Musst du wirklich dort hin und deinem Freund zur Seite stehen? Du bringst nicht nur dich, sondern auch meinen Sohn in Gefahr.«

Ihre Stimme klang nicht nur besorgt, sondern auch leicht ungehalten. Eligia schaute in ihr Gesicht. Ja, sie hatte sich nicht getäuscht, jede Wärme war aus ihren dunkelbraunen Augen verschwunden.

»Saira, ich verstehe deine Angst um Abdul, aber ich muss meinen Freund beschützen und auch Abdul. Du weißt, dass ich Kräfte habe, die stärker sind und mehr Schutz bieten als der von normalen Menschen. Du wolltest einen Engel als Frau für deinen Sohn, vergiss das nicht.«

Saira zuckte leicht zusammen, weil Eligias Stimme härter klang als sonst. Sie spürte das selbst und wusste in diesem Moment, dass sie schon in eine Art von Kampfmodus eingetreten war. In den nächsten Stunden musste sie sich in ihr Zimmer zurückziehen, um alle Kräfte, die sie hatte, zu sammeln.

Inzwischen war sie schon geübter und erfahrener im Umgang mit ihren Fähigkeiten. Allerdings, jede Situation entwickelte sich anders als die frühere und diesmal war nicht nur Elvin in Gefahr, sondern auch seine Freundin Julia, die ihm näher war als sie selbst und die sie kaum kannte. Deshalb versuchte sie, sich in Julias Situation hineinzufühlen, erinnerte sich an ihre Erzählung vom sexuellen Missbrauch und dem jahrelangen Leiden. Sie sah wieder die schrecklichen Szenen vor ihrem inneren Auge und spürte den Schmerz dieser gequälten Seele bis in die tiefsten Schichten ihres Bewusstseins. Sie lauschte in sich hinein, aber da war nicht der Hauch von Eifersucht oder Missgunst. Elvin und Julia zwei geschundene, ungeliebte Kinder nahmen jetzt als junge Erwachsene Rache an ihren Peinigern. Das war nach dem Gesetz zwar verboten und schlecht, keine Frage. Aber sie, war nicht das Gesetz, sondern nur eine Halb-Elfe mit übernatürlichen Kräften, die ihren Freunden helfen wollte und konnte. Sie würde nichts Unrechtes tun, wenn sie Elvin und Julia beschützte und ihnen half, Frieden zu finden und möglichst lang miteinander glücklich zu leben.

Abdul war zum Abendessen wieder daheim. Er besuchte Eligia auf ihrem Zimmer, küsste sie nur leicht auf die Stirn und zog sein Smartphone aus der Tasche.

»Eligia, hier ist der Stadtplan. Siehst du das Lokal da, ›Young Devils‹? Dort werden sich Elvin, Julia und dieser Mann treffen. Ich kenne seinen Namen nicht, aber er ist ein Pakistaner und wohl ziemlich einflussreich. Er hat den Clan-Mitgliedern unserer Stadt untersagt, ins Geschehen einzugreifen, ja überhaupt anwesend zu sein, er wird von drei eigenen Bodyguards beschützt. Mehr konnte ich nicht herausbringen. Wir zwei könnten im Lokal sitzen und das Geschehen von dort aus beobachten, oder uns im Flur hinter einer Glastür verstecken. Ich habe die Örtlichkeiten vorhin inspiziert.«

Sie durchdachte kurz die Informationen. Im Lokal zu sitzen, war zwar unauffälliger, aber auch riskanter. Die pakistanischen Clans könnten auch einen Beobachter ins Lokal einschleusen und der würde Abdul dann sofort erkennen.

»Bleiben wir hinter der Tür, das ist sicherer. Ich werde Elvin nicht darüber informieren, dass wir anwesend sind, das könnte seine Handlungen beeinflussen und ihn unvorsichtiger machen.«

KAPITEL 25

Der Tod wartet schon

Saira hatte kurz vor ihrem Aufbruch noch mal versucht, Abdul zurückzuhalten. Ihre Sorgen um den Sohn waren verständlich, und doch spürte Eligia, dass sie ihr die Schuld an diesen Sorgen gab und gefühlsmäßig auf Abstand ging. In Eligia stiegen Verlustängste hoch. Ich werde die mütterliche Freundin, die ich mir immer gewünscht habe, wegen meines rachsüchtigen Freundes verlieren und trotzdem muss ich Elvin helfen, schoss ihr durch den Kopf. Auch sie fürchtete um Abduls Sicherheit, aber sie konnte auf keinen Fall allein in dieses Lokal gehen. Es verkehrten dort vorwiegend Pakistaner und niemals europäische Frauen ohne männliche Begleitung. Pakistanischen Frauen gingen auch nicht allein in so ein Lokal, also verwarf sie den Gedanken, in Vollverschleierung dorthin zu gehen. Wie sie es drehte und wendete, Abdul musste sie begleiten, sie wollte nicht riskieren, schon vor dem Treffen mit dem ominösen Pakistaner aus dem Verkehr gezogen zu werden. Und so schwiegen sie beim gemeinsamen Abendessen und die Stimmung war ungewohnt kühl, fast kalt. Ganz besonders bedrückend empfand sie diese Distanziertheit von Abdul, weil sie sich ihm in der Nacht zuvor noch so nah gefühlt hatte.

Sie wusste nicht, ob er sich ihr gegenüber anders verhalten hätte, wenn seine Mutter nicht anwesend gewesen wäre. Völlig unerwartet sah sie in diesem Moment Saira als ihre Konkurrentin an, ja, fast als Gegnerin, die ihr Abdul nicht gönnte. Sie hatte schon in den Wochen zuvor bei vielen kleinen Gelegenheiten gespürt, wie sehr Abdul an seiner Mutter und seinen Geschwistern hing. Das hatte sie immer als schön empfunden, ja, sich eine ähnliche Familienbindung in ihrem Leben gewünscht.

Jetzt aber hatte sie das unangenehme Gefühl, als Außenstehende und Eindringling abgestempelt zu werden. Abduls Geschwister spielten bei diesen negativen Gefühlen keine Rolle, einzig und allein Sairas Kühle schmerzte und warnte sie. Eine Ehe mit Abdul würde sie auch an seine Mutter binden und sie würde ihr für immer ausgeliefert sein. Andere junge Männer könnten eines Tages zusammen mit ihrer Ehefrau das Elternhaus verlassen. Abdul würde das niemals tun, auch weil seine Mutter eine Witwe war, die männlichen Schutz brauchte.

All diese Gedanken gingen ihr durch den Kopf und irritierten sie. Abdul hatte wohl immer schon ein Problem gehabt, seiner Mutter irgendeine Bitte abzuschlagen, auch diesmal war es ihm ein Anliegen, seine Mutter zu beruhigen. Er versprach ihr, die Aktion sofort zu beenden, wenn es gefährlich werden würde. Er ging sogar auf ihren Wunsch ein, in getrennten Fahrzeugen zum Lokal zu fahren. Saira war eine weitsichtige Frau und Mutter.

»Wenn du mit dem Auto und Eligia mit ihrem Motorrad am Ort des Geschehens seid, könnt ihr in einer Gefahrensituation flexibler entscheiden, welches Fahrzeug für eine Flucht besser geeignet ist. Ihr könntet auch getrennt flüchten!«

Eligia erkannte sofort, dass Saira recht hatte.

»Ja, das stimmt. Danke für den guten Ratschlag, aber leider haben wir keine Zeit mehr, mein Motorrad zu holen. Würdest du mir denn deine Maschine und Lederkombi leihen?«

Und sie schaute in Abduls Gesicht.

»Warum nimmst du nicht das kleine Auto, und ich fahre mit dem Motorrad?«

»Weil ich mich auf einem Motorrad hundertmal sicherer fühle, viel mehr Erfahrung habe und auch zahlreiche Motorrad-Schleichwege in Glasgow kenne.«

Abdul nickte.

»Ja, das stimmt. Im Falle einer Flucht sind diese Fähigkeiten wichtig, ich bin in der Gegend sehr selten gewesen. Zwischen einer 500er Kawasaki und einer 750er Honda ist sowieso kein großer Unterschied.«

Sie verließen beide das Esszimmer und gingen in den ersten Stock. Abdul hatte vorher seine Mutter noch mal beruhigt und umarmt. Er hatte ihr etwas ins Ohr geflüstert, was Eligia nicht verstehen konnte. Sie spürte einen Stich, der schmerzte.

Aha, dachte sie, so fühlt sich Eifersucht an. Tut weh, aber egal, im Moment kann ich Ablenkung nicht gebrauchen. Ich muss mich auf meine Stärken, meinen Mut, meine übernatürlichen Kräfte konzentrieren und alles aktivieren, was in mir steckt. Ich kann mich nicht von schmerzhaften oder negativen Gefühlen runterziehen lassen.

Abdul holte aus seinem Zimmer eine Motorrad-Kombi, die er wohl in jüngeren Jahren getragen hatte. Sie erschien ihr deutlich kleiner als seine jetzige und würde ihr sicher passen.

»Dann ziehe ich mich mal um. Hast du noch eine Gesichtshaube für mich? Mit der wäre ich auch ohne Helm nicht als Frau erkennbar. Deiner Mutter hat hilfreiche Ideen für unser Vorhaben.«

Abdul lächelte. Seine Augen strahlten wieder diese wunderbare Wärme und zärtliche Liebe aus, aber er blieb da, wo er stand, in vier Metern Abstand. Und als sie einen Schritt auf ihn zu machte, ging er einen zurück und legte die Lederkombi auf das Treppengeländer. Offensichtlich wollte er jeden Körperkontakt vermeiden.

Sie zog sich in ihrem Zimmer um. Der Anzug war nur minimal zu groß. Der Helm von Abdul war edel und sah gefährlich schön aus. Auch seine Boots machten aus ihr einen jungen männlichen Motorradfahrer. Deswegen bestand eine gewisse Verwechslungsgefahr. Dieser Gedanke schoss ihr durch den Kopf, aber sie hatte keine Zeit, die Konsequenzen zu analysieren. Abdul klopfte an ihre Tür:

»Bist du fertig, Eligia?«

Sie öffnete ihre Zimmertür.

»Ja, ich schaue ziemlich männlich aus, findest du nicht?«

»Aber irgendwie ungeheuer sexy.«

Er lächelte und sie sah in seinen braunen Augen einen Ausdruck, den sie nicht einordnen konnte. Aber er machte ihr keine Angst, weil er alles andere als distanziert wirkte. Und wieder fiel es ihr schwer, sich auf ihre gefährliche Aufgabe zu konzentrieren.

»Schau mich nicht so an«, flüsterte sie.

»Schauen ist nicht verboten«, flüsterte Abdul zurück und sein Lächeln erschien ihr noch verwirrender.

Sie verließ ihr Zimmer mit schnellem Schritt, ging an Abdul vorbei und rasch die Treppe hinunter. Unten stand Saira.
»Du schaust aus wie Abdul vor zwei oder drei Jahren.«
»Ja, er hat mir seinen Anzug, Helm und seine Stiefel geliehen.«
Saira sagte nichts mehr. Sie umarmte Abdul und legte anschließend kurz ihre Hand auf Eligias Arm.
»Passt auf euch auf und, du bring meinen Sohn heil zurück.«
Eligia nickte und schwieg. Sie öffnete eine große, schwere Stahltür, die den Zugang von der Eintrittshalle in die Garage ermöglichte. Abdul stieg ins kleine Auto, sie auf die Honda. Langsam fuhr sie hinter ihm aus dem Garten auf die Straße. Sie blieb immer dicht hinter Abduls Auto. Die schwere Maschine war angenehm zu fahren und zu lenken, sie würde keine Probleme haben, auch bei einer rasanten Fahrt durch enge Gassen.

Gegen 21:00 Uhr hielten sie in einer Seitenstraße an. Abdul fand einen Parkplatz etwa 20 Meter vom Lokal entfernt. Sie fuhr langsam an den Hintereingang und stellte die Maschine neben einer Mauer ab. Durch die nicht verschlossene Tür gelangten zu den Toiletten. In einer Art Vorraum konnte sie gut warten und durch eine Glastür in den Gastraum blicken. Sie sahen sofort, dass Elvin und Julia schon da waren. Beide saßen nebeneinander, mit dem Rücken zu einer Wand des Lokals. Von dort konnten sie die Eingangstür und den restlichen Teil der Gaststube überblicken.
Außer den beiden sah Eligia noch drei andere besetzte Tische, einer mit einer Familie und an zwei weiteren saßen jeweils drei pakistanischen Männer. Abdul kannte niemanden. Er verkehrte nicht in dieser Gegend. Sie hatten sich so positioniert, dass sie sofort in die Toilette verschwinden konnten, wenn ein Gast auf die Glastür zukam.

Nach etwa fünf oder sechs Minuten ging die Eingangstür auf und zwei Männer, groß, bullig und schwarz gekleidet, das Klischee von Bodyguards erfüllend, betraten den Raum. Sie blickten sich ruhig um und gingen dann zu Elvins Tisch. Eligia verstand hier draußen nichts, aber sie sah, wie Elvin aufstand und von den Männern nach Waffen abgetastet wurde. Er hatte nie Waffen bei sich, weil er keine brauchte. Julia dagegen legte ein Messer auf den Tisch, hatte aber wahrscheinlich zwei andere noch irgendwo am oder im Körper versteckt. Die Männer entfernten sich in Richtung Tür und riefen etwas nach draußen. Dann betrat ein kleiner schmächtiger Pakistaner mit einer etwas größeren und fülligeren Frau den Raum.

»Von einer Frau war gar nicht die Rede«, flüsterte Abdul. »Vielleicht ist sie ein weiblicher Bodyguard, der Julia untersuchen will.«

Am Tisch wurde etwas geredet und die Stimmen lauter. Trotzdem konnte Eligia nichts verstehen. Dann überschlugen sich die Ereignisse. Julia griff unter ihren Rock und hatte ein spitzes, dolchartiges Messer in der Hand und bevor irgendeiner der Bodyguards die Situation erfasst hatte, stach sie der Frau ins linke Auge, zog das Messer heraus und warf es mit voller Wucht auf den schmächtigen Mann. Elvin hob gleichzeitig seine linke Hand und ein Blitz von immenser Helligkeit blendete alle Anwesenden. Eligia benötigte Sekunden, bis sie den Ort des Geschehens wieder klar erkennen konnte. Die Bodyguards lagen am Boden und rührten sich nicht mehr. Die Frau hielt die Hand vor ihr Auge und schrie entsetzlich und der kleine Pakistaner blutete aus einer Wunde am Hals. Ein pulsierender Blutstrahl spritzte auf den Boden und den Tisch. Trotzdem konnte er noch eine Waffe ziehen. In diesem Moment musste Eligia eingreifen, sie öffnete die Tür, kon-

zentrierte sich auf den Mann und der sackte zu Boden. Die Waffe fiel aus seiner Hand. Und dann stürzten völlig unerwartet Polizeibeamte in den Gastraum. Es waren fünf oder sechs schwer bewaffnete Männer. Sie sahen aus wie Polizisten, aber Eligia war sich nicht sicher, ob es auch welche waren. Sie ergriff Elvins Hand und schrie:
»Raus, schnell!«

Julia und Elvin rannten zu der Toilettentür, während Abdul von hinten zwei oder drei Polizisten anschoss. Diese hatten Abdul wohl gar nicht gesehen. Sie gingen zu Boden, die anderen stolperte über ihre Kollegen. Eligia konzentrierte ihre Kräfte auf die letzten zwei Angreifer. Die hatten sie gar nicht beachtet, sondern sich auf Elvin gestürzt. Julia warf sich ihrerseits auf die Angreifer und stach mit einem Messer wild auf die Männer ein.

Eligia betete zu Gott und hoffte, dass er ihre Flügel aktivieren würde. Und dann sah sie in Elvins starr werdende Augen, Blut floss aus seinem Oberarm und Julia wurde von den Polizisten überwältigt. In allerletzter Sekunde ließen die Männer von ihr ab und verkrampften sich mit schmerzverzerrten Gesichtern. Sie hatte zuvor eine Schusssalve gehört, konnte aber nicht sagen, ob Abdul sie abgefeuert hatte. Beide Männer bluteten aus Bauchwunden und ein Dritter zog sie aus der Schusslinie hinter einen Bartresen.

Sie löste sich aus ihrer Starre, sprang zu Elvin und versuchte, ihn mit Julia zusammen in den Toilettenbereich zu ziehen. Er war bewusstlos, aber vielleicht nicht tot. Die Mädchen hatten keine Zeit, irgendwelche Untersuchungen anzustellen. Sie zogen ihn raus auf die Straße und hoben ihn auf den Motorradsitz. Sie setzte sich so weit nach vorne wie möglich und war sich nicht sicher, ob es Julia gelang, Elvin zwischen ihren beiden Körpern einzuklemmen. Anscheinend hatte sie es geschafft, trotz ihres etwas dickeren Bauches.

«Fahr vorsichtig los!», schrie sie, «ich sitze fast auf dem Schutzblech! Elvin ist wieder zu sich gekommen, er kann sich ein bisschen an mir festklammern!» Eligia gab Gas, von hinten und rechts aus den Seitenstraßen kamen Polizeiwagen mit Sirenen auf sie zu. Es gab nur eine Möglichkeit zu entkommen: Sie nahm den Fußgängerweg, der für Autos viel zu schmal war. Um diese Zeit waren nur wenige Menschen unterwegs und die quetschten sich an die Hauswände.

Eligia fuhr mit ihrer Fracht, so schnell sie konnte, in die nächste größere Gasse. Jetzt war ihr Vorsprung so groß, dass sie mit erhöhter Geschwindigkeit aus dem Gesichtsfeld ihrer Verfolger verschwinden konnte.

Sie hatte mit Abdul vereinbart, dass sie sich nicht bei ihm zu Hause, sondern in einem stillgelegten Nachtlokal, etwa einen Kilometer vom «Young Devils» entfernt, treffen wollten. Eligia fuhr zügig und sicher, niemand verfolgte sie und sie erreichten ohne Probleme eine Garage, dessen Tor Abdul schon am Nachmittag geöffnet hatte. Sie schloss das Tor hinter sich, während Julia Elvin auf dem Motorrad festhielt, dann ließen sie ihn zu zweit vom Fahrzeug heruntergleiten und legten ihn auf eine Art Matratze, die in der Garage herumlag. Elvin war kaum ansprechbar, atmete aber gleichmäßig. Er blutete aus einer tiefen Fleischwunde am linken Oberarm. Es war der Blitz-Arm. Möglicherweise steckte noch eine Kugel in der Wunde. Sie legte eine Art Druckverband an und versuchte, Abdul telefonisch zu erreichen. Er hatte gesagt, er kenne einen Arzt, der, wenn erforderlich, operieren und schweigen würde. Abdul ging nicht ans Telefon. Die Blutung war gestoppt, aber sie mussten Elvin unbedingt in ärztliche Behandlung bringen. Natürlich konnten sie nicht zu dritt auf einem Motorrad in belebtere Straßen fahren, irgendwelche Verkehrspolizisten würden sie aufhalten und an der Weiterfahrt hindern.

Ihr Telefon klingelte. Sie sah, dass Saira anrief und Angst stieg in ihr hoch. Hoffentlich ist Abdul nicht in der Gewalt dieser Verbrecher, schoss ihr durch den Kopf.

»Hallo Saira, hast du was von Abdul gehört?«

»Ja, sie haben ihn festgenommen. Ich habe unseren Rechtsanwalt verständigt, er wird sich um alles kümmern. Wo bist du? Geht es dir gut? Sind deine Freunde auch in Sicherheit? Die Polizei sucht euch, bleibt vorerst in eurem Versteck. Ist jemand verletzt?«

»Ja, Elvin braucht einen Arzt, wir Mädchen sind okay. Wir befinden uns im Old Club, einem stillgelegten Lokal von euch.«

Nach kurzem Zögern sagte Saira:

»Ich werde Dr. Wu Bescheid geben. Er ist Chinese und hat im Chinesenviertel eine Privatklinik. Wenn du dein Navi eingestellt hast, gebe ich dir die Adresse durch.«

»Okay«, antwortete Eligia, »ich bin bereit.«

Saira gab ihr die Daten durch.

»Ich rufe ihn jetzt an. Er wird wahrscheinlich ein Taxi losschicken und euch von dem Lokal abholen lassen.«

»Gut, wir warten auf das Taxi. Danke Saira.«

Dann war das Gespräch beendet und sie hoffte, dass sie ihrer zukünftigen Schwiegermutter vertrauen konnte. Es wäre ein Leichtes für Saira, die Polizei in ihr Versteck zu schicken, aber sie ging davon aus, dass Abdul seine Mutter gebeten hatte, ihr und ihren Freunden zu helfen. Julia schaute besorgt.

»Vertraust du ihr? Ich kenne sie ja nicht, aber Mütter von Liebhabern oder zukünftigen Ehemännern sind mit Vorsicht zu genießen.«

»Da hast du sicher recht, aber ich denke, Abdul hat seiner Mutter klare Anweisungen gegeben. Er ist der Boss in dieser Familie.«

15 Minuten später stand das Taxi vor dem Lokal. Am Steuer saß ein älterer Chinese. Sie trugen Elvin ins Taxi und legten alte Decken unter seinen blutverschmierten Körper. Der Taxifahrer hatte schon eine Plastikplane auf die Rücksitze gelegt und half beim Tragen und Hereinheben ins Auto. Er sagte keinen Ton. Nach zehn Minuten Fahrt hielt das Taxi in einer dunklen Gasse. Aus einer Einfahrt kamen zwei Chinesen mit einer Bahre und der Taxifahrer half ihnen, Elvin auf diese Transportliege zu betten.

»Soll ich euch zurückfahren, ich kann 15 Minuten warten?«, fragte er, während Elvin in die Einfahrt getragen wurde.

»Ja, das wäre nett«, antwortete Eligia und zog Julia hinter sich her in die Einfahrt. Sie folgten den Trägern und nach einem schmalen Gang, der schräg links verlief, öffnete sich ein Tor und sie betraten eine Art Krankenhaus-Warteraum. Eine Dame in Schwesterntracht lächelte freundlich.

»Der Doktor wartet schon, alles ist vorbereitet. Ihr dürft mitgehen.«

Eligia lächelte sie dankbar an und zog Julia, die wohl noch unter Schock stand, mit sich. Sie mussten in einem Vorraum mit Glaswand warten. Im OP-Raum standen der Doktor und zwei männliche Krankenpfleger. Der Arzt nickte ihnen nur kurz zu, dann gab er seinen Helfern Anweisungen, wie sie Elvin auf dem OP-Tisch lagern sollten. Er legte als Erstes zwei Infusionen an, dann wurde Elvins Oberkörper freigemacht und der Druckverband entfernt. Sie starrte erschrocken auf den Arm. Er war dunkelblau verfärbt und aus der großen Wunde rann kaum mehr Blut. Der Arzt schaute in ihre Richtung.

»Der Arm wurde zu fest abgebunden, er ist nicht mehr durchblutet worden. Ich glaube nicht, dass er gerettet werden kann.« Seine Stimme war über den Lautsprecher einer Sprechanlage deutlich zu verstehen.

Ihr Herz krampfte sich zusammen und Julias Augen weiteten sich vor Schreck.

»Das ist sein besonderer Arm, seine Waffe, unser Schutz«, flüsterte sie.

Der Doktor schaute kurz zu ihr, zeigte aber keine Reaktion. Sie war sich nicht sicher, ob er Julias Worte verstanden hatte und überhaupt einordnen konnte. Er versorgte die Wunde und ließ den Arm anschließend massieren und in Wärmepackungen legen.

»Ihr könnt nichts mehr machen, im Moment. Wenn der Arm amputiert werden muss, kann das nur in einem größeren, städtischen Krankenhaus durchgeführt werden. Ihr dürft jetzt bei ihm bleiben, bis er von der Kurznarkose aufwacht. Er hat sehr viel Blut verloren, sodass wir ihm eine Bluttransfusion geben müssen. Wenn alles gut verläuft, verlege ich ihnen morgen nach Hause. Gebt der Empfangsschwester noch mal die Adresse an.«

Dann durften beide den Operations-Raum betreten. Sie stellten sich neben die OP-Liege und starrten auf Elvins weißes, weiches Gesicht. Seine braunen Haare umrahmten es und Eligia fühlte den Tod neben ihm stehen und warten. Sie dachte, wenn nicht heute, dann ein andermal. Du siehst ihn als sichere Beute an, aber du hast nicht mit mir gerechnet. Ab heute kenne ich nur noch einen Feind, den ich mit aller Macht bekämpfen werde: Dich Tod, der du nach Elvin greifst.

Und auch für diesen Kampf waren ihre Flügel eine Waffe, die sie nutzen würde.

DER WEG UND JEDER MENSCH, DER DEIN HERZ BERÜHRT, SIND DAS ZIEL

KAPITEL 26

Ohne Abdul

Als Elvin seine Augen aufschlug, konnte Eligia verfolgen, wie die Tiefe des Kratersees zunahm und sie in sein magisches Blau hineinzog. Sie wollte in diesem warmen Wasser für immer baden, sich in ihm geborgen fühlen und an das Schöne und Gute im Leben glauben. Aber schon Sekunden später riss sie die brutale Realität aus diesem Traum.

»Hallo ihr zwei, ist der Bastard tot?«

Das war die erste Frage eines Menschen, der nur ein Ziel kannte: Rache. Rache für einen Jugendfreund und Rache für alle anderen missbrauchten Kinder dieser Stadt und Region. Julia beugte sich über sein blasses Gesicht und bedeckte es mit zärtlichen Küssen, die einem Hauch von Liebe ähnelten. Es waren geatmete Küsse angefüllt mit liebevollen Sätzen, die Eligia nur bruchstückhaft verstand.

»Ich bin froh, dass ich wieder in deine Augen blicken darf … ich dachte, du bist tot … wirst nie wieder mit mir lachen und scherzen … ich kann nicht ohne dich leben …«

All diese Liebesbezeugungen hätte auch sie selbst sagen können, das wurde ihr in diesem Moment schmerzlich klar. Weil sie in Elvins Augen ein Engel war, mit dem er keinen Sex probieren wollte, saß sie nun allein an seinem Bett. Ein anderes Mädchen war seine Geliebte, die ihm auch körperlich nah sein durfte und die er deshalb auf eine andere Art liebte. Ich bin die gute Freundin, mit der man Pferde stiehlt, ihr vertraut, hilft und sie beschützt. Die absolute Nähe, dieses besondere tiefe Verbundenheitsgefühl, das sie mit Abdul hatte erleben dürfen, das blieb ihr mit Elvin wohl für immer verwehrt.

Diese Gedanken schlichen sich durch ihren Kopf. Sie sendeten deutlich das Signal aus: ›Du gehörst nicht zu ihm wie Julia, eure Liebe ist nur freundschaftlich!‹

Und dann schob er Julia ganz sanft und zärtlich zur Seite und sein Blick ließ sie erstarren und erröten.

»Eligia, im Moment des Abtretens von dieser Welt habe ich dich gesehen, dein Engelsgesicht und deine wunderbaren Augen. Ich habe gefühlt, dass ich im Himmel mit dir leben werde, wenn alles Negative meine Seele verlassen hat.«

Er machte eine Pause, weil ihn längeres Reden wohl anstrengte. Dann fuhr er fort:

»Ich weiß nicht, ob ich froh bin, wieder zurück in dieser schrecklichen Wirklichkeit zu sein und zu spüren, wie Hass und Rachegefühle wieder Besitz von mir ergreifen.«

Eligia nahm seine gesunde Hand, streichelte und küsste sie.

»Ich verstehe, dass Aufwachen und in die Realität stürzen nicht schön sind, Elvin. Aber Julia und ich, wir sind so unendlich froh, dass du wieder bei uns in dieser Wirklichkeit bist. Egal wie ekelhaft sie im Moment auch aussehen mag, wir werden sie wieder schön machen.«

In seinen Augen verstärkte sich der Ausdruck von zärtlicher Liebe zu wunderbarer Wärme und die strahlte direkt in ihr Herz. Dann war das Kraterseeblau wieder undurchsichtig tief und unergründlich. Aber in diesem kurzen Moment hatte sie wieder gespürt, dass wahre Freundschaft magisch verbinden kann auch ohne körperliche Verschmelzung. Sie brauchte Sekunden, um sich zu fangen.

»Elvin, der kleine Pakistaner und seine zwei Begleiter sind tot. Wir sind hier in einer Privatklinik von Dr. Wu, einem Freund von Abduls Familie. Er hat deinen schwer verletzten Arm versorgt. Leider habe ich ihn wegen der stark blutenden Wunde zu fest abgebunden, deswegen wird er vielleicht nicht mehr so funktionsfähig sein wird wie vorher, hat Dr. Wu gesagt.«

Elvin versuchte, den Arm zu heben, aber er war so geschient und fixiert, dass das schon deshalb nicht möglich war.

»Na ja, ich vertraue den Ärzten. Es wird schon wieder werden. Ich muss nur etwas schlafen, um wieder zu Kräften zu kommen.«

Und langsam schlossen sich seine Augen.

Eligia stand auf und Julia folgte ihr.

»Wir fahren jetzt zu Abduls Haus und schauen, was seine Mutter für Neuigkeiten zu berichten hat.

»Darf ich da überhaupt mitkommen?«

»Ich hoffe, dass Saira, so heißt seine Mutter, dich nicht rausschmeißt.«

Und sie lächelte etwas, um anzudeuten, dass sie einen Scherz gemacht hatte.

#Der Taxifahrer setzte sie wieder da ab, wo er sie abgeholt hatte, und sie fuhren mit Abduls Motorrad heim zu seinem Haus. Als Eligia die Tür öffnete, stand Saira schon im Flur.
»Da seid ihr ja! Ist die OP gut verlaufen?«
»Ja, alles hat gut geklappt. Danke für deine schnelle Hilfe. Wir müssen jetzt warten, ob sich der Arm wieder erholt. Ich hatte ihn zu fest abgebunden. Vielleicht muss er noch amputiert werden.«
Saira schaute mitfühlend, obwohl sie Elvin nicht kannte.
«Das wäre schlimm für so einen jungen Mann.»
»Was gibt es Neues von Abdul?«, fragte Eligia. Sie wollte unbedingt wissen, ob ihr zukünftiger Ehemann in Sicherheit und wohlauf war. Im Gefängnis war er eindeutig am sichersten aufgehoben, wenn er eine Einzelzelle hatte.
»Ist er in einer Einzelzelle untergebracht und unverletzt?«
»Ja, er ist wohlauf und in einer eigenen Zelle sicher. Allerdings wäre er hier daheim noch sicherer.» Und ihre Augen straften Eligia mit einer Kälte, die sie ihnen niemals zugetraut hätte.
«Vorhin war ein Polizeikommissar hier und hat mir einen Brief für dich gegeben. Er ist verschlossen und versiegelt.« Auch ihre Stimme ließ Eligia frösteln.
Saira zeigte auf ein dickes Kuvert, auf dem Eligia stand, aber kein Absender.
«Das werden wohl Akten sein. Was sagt denn euer Rechtsanwalt?«
»Nun, der kann noch nicht viel sagen, aber er vermutet, dass Abdul eine Gefängnisstrafe bekommen wird, weil er im Verdacht steht, drei Männer erschossen und einen vierten schwer verletzt

zu haben. Ein Mann ist wohl von dir«, und sie schaute Julia an, »getötet worden. Deshalb wirst du gesucht. Außerdem suchen sie nach zwei jungen Männern, einer in Motorradkleidung. Das heißt, sie haben nicht erkannt, dass du ein Mädchen bist, deshalb wird bei der Polizei von einem Bandenkrieg zwischen Drogenhändlern und Zuhältern ausgegangen. Das ist von Vorteil, glaube ich. So etwas passiert fast täglich hier in Glasgow und hat nichts mit übernatürlichen Kräften, Racheengeln oder Ähnlichem zu tun. Der Rechtsanwalt rät Julia, sich bei der Polizei zu melden, weil sie auf Notwehr plädieren kann.«

Julia nickte.

»Ja, das stimmt. Notwehr ist immer gut und die Familie am anderen Tisch kann sicher bezeugen, dass Elvin und ich ruhig auf unseren Stühlen saßen, bevor die Pakistaner an unseren Tisch gekommen sind.«

»Gut. Dann fahre ich dich jetzt zur Polizei.

Die Akten, bringe ich aber erst morgen zurück, ich muss vorher einen Blick hineinwerfen.«

Sie wandte sich an Saira.

»Darf Julia mit mir auf mein Zimmer gehen?«

»Ja, aber so kurz wie möglich. Ich will nicht, dass die Polizei unser Haus durchsucht und sie hier findet.«

Das wollte Eligia auch nicht.

Im Zimmer legte sich Julia auf ein Sofa und Eligia öffnete den Briefumschlag. Wie sie vermutet hatte, waren es Akten, die Akten des kleinen Pakistaners. Oben auf dem Ordner prangte der rote Stempeldruck ›Geheim‹.

Sie las zuerst das kurze Anschreiben von Kommissar Wine:

›Hallo Eligia, bringe die Akten möglichst unauffällig zu Bud, der wird sie an mich weiterleiten. Sie sollen dir nur zeigen, dass

Elvin und Julia keinen Unschuldigen getötet haben und dass der Tod seines Freundes, Samuel, nun endgültig gerächt ist. Außerdem wissen wir jetzt, wer der Maulwurf in unseren Reihen war: die Frau, die ein Auge verloren hat. Sie hat nur als Putzfrau bei uns gearbeitet, war aber als Spitzel von pakistanischen Spionen ausgebildet worden. Das haben wir erst jetzt herausgefunden, weil sie den Pakistaner begleitet hat. Liebe Grüße, John.‹

Sie schaute die Akten durch. Er war ein übler Bursche gewesen, dieser kleine, unscheinbare Mann. Sein Drogen- und Prostitutionsimperium umfasste nur einen minimalen Teil der Glasgower Innenstadt. Seine Tätigkeitsbereiche waren hauptsächlich die riesigen Außenbezirke der Stadt und einige Kleinstädte im Umkreis von etwa 70 Kilometern.

Und er hatte Verbindungen zum Geheimdienst. Das Schlimmste und für Elvin wohl Wichtigste stand auf zwei Seiten, die sie abfotografierte. Sie enthielten die traurige Leidensgeschichte seines Freundes, Samuel Miller, der sich mit 15 Jahren umgebracht hatte, um sich aus den Fingern dieses Monsters zu befreien. Sie konnte nicht verhindern, dass beim Lesen ihre Tränen das Blatt durchfeuchteten. Diese Tränen werden trocknen, dachte sie, aber das Leben eines armen Jungen ist für immer vernichtet.

30 Minuten später lieferte sie Julia auf der Polizeistation ab. Sie hatten besprochen, dass sie Elvins Aufenthaltsort als unbekannt im Chinesenviertel angeben wollten. Beide würden sie aussagen, dass sie von einem fremden, hilfsbereiten Taxifahrer dorthin gebracht worden waren und keine genaue Adresse kennen würden.

Eligia wollte mit Saira das weitere Vorgehen am nächsten Tag besprechen. Inzwischen war es 2:00 Uhr nachts und sie spürte die Müdigkeit in jeder Faser ihres Körpers. Sie hatte Schwierigkeiten, das schwere Motorrad in die Garage zu schieben, und fiel 15 Minuten später in ihrem Bett in einem einen tiefen Schlaf. Sie träumte von Elvin im Krankenbett mit nur einem Arm und Abdul im Gefängnis mit einem Riesen als Leibwächter.

Am nächsten Morgen wachte sie erst auf, als Saira an die Tür klopfte.

»Eligia, wach auf. Die Polizei ist da und will dich verhören.«

»Ich komme gleich runter«, antwortete Eligia, zog sich schnell einen Trainingsanzug an und versteckte die Akten an einem sicheren Ort.

Unten warteten alte Bekannte, das gleiche Polizistenpaar von der früheren Vernehmung in Elvins Haus.

»Hallo, da treffen wir uns wieder, diesmal in einem pakistanischen Luxusdomizil. Anscheinend haben diese Menschen noch nicht erkannt, dass Sie ihnen Unglück bringen«, begann die Frau das Gespräch.

Saira war nicht im Raum, sondern hatte sie am Fuße der Treppe abgefangen.

»Ich gehe hoch, du kommst mit denen wahrscheinlich besser klar, wenn ich nicht dabei bin. Mich haben sie schon ausgefragt, aber ich habe sie an unseren Rechtsanwalt verwiesen.«

Eligia hatte nur genickt. Jetzt war sie froh, dass Saira die Worte der Kommissarin nicht hörte.

»Das sehen Sie so, weil Sie nur das Offensichtliche erkennen können. Andere Menschen sind etwas weitsichtiger oder haben mehr Durchblick.«

Die Frau kniff die Lippen zusammen. Eligia zeigte auf ein paar Stühle und sagte:

»Wenn Sie wollen, können Sie dort Platz nehmen.«

Sie selbst setzte sich an einen kleinen Tisch.

»Danke, wir stehen lieber«, sagte der männliche Kommissar. »Wir wollen nur von Ihnen wissen, ob Sie gestern Abdul Asmari in das Lokal „Damned Love" begleitet haben? Außerdem, wo sich Eric Stone zurzeit befindet?«

Eligia hatte diese Fragen mit Julia ausführlich besprochen und sich entschlossen, bei der Wahrheit zu bleiben, weil sie nicht wusste, was Abdul ausgesagt hatte und Elvin aussagen würde. Im Moment war er offensichtlich noch nicht gefunden worden.

»Das sind zwei Fragen und ich beginne mit der ersten«, antwortete sie.

»Ich war mit Abdul Asmari in diesem Lokal, weil wir das Treffen unserer Freunde Eric und Julia mit den Pakistanern beobachten wollten. Wir standen draußen im Toilettenvorraum und haben die Vorgänge durch die Glastür gesehen. Die pakistanischen Bodyguards haben Eric und Julia nach Waffen durchsucht. Julia fühlte sich von der Frau wohl bedroht und hat sie mit einem Messer verletzt, dann haben die Pakistaner angegriffen und ich bin beiden zu Hilfe geeilt. Es stürmten fünf oder mehr weitere Angreifer ins Lokal. Es herrschte das absolute Chaos. Ich persönlich hatte keine Waffen dabei und habe nur versucht, meine Freunde aus dem Lokal in Sicherheit zu bringen. Das ist mir gelungen, weil ich mein Motorrad gleich am Hintereingang geparkt hatte. Ich habe die uns verfolgenden Polizeiautos abgehängt, weil Eric schwer verletzt war und sofort ärztliche Hilfe gebraucht hat.«

Der Kommissar schrieb in seinem Laptop alles mit und die Frau machte sich Notizen in einem kleinen Block. Sie fragte in unfreundlichem Tonfall:

»Haben sie Abdul Asmari schießen gesehen?«

»Nein. Ich habe nur nach vorn auf die Pakistaner an Erics

Tisch geschaut und bin auch in diese Richtung gegangen. Abdul stand hinter mir, ich habe nicht gesehen, was er gemacht hat. Ich habe diverse Schüsse und viel Geschrei gehört.«

Der Mann fragte dann:

»Können sie den Ort von Erics Aufenthalt genauer beschreiben?«

»Tut mir leid. Ein chinesischer Taxifahrer ist durch zahlreiche Straßen und Gassen gefahren, in einer Gegend, die mir völlig unbekannt war. Ich habe meistens auf Eric und seine Wunden geschaut.«

Nach weiteren belanglosen Fragen verließen die beiden Beamten das Haus. Eligia wartete im Wohnsalon, bis Saira wieder zurückkehrte.

»Wie ist es gelaufen? Sie waren über zwanzig Minuten hier. Hast du Abdul belasten müssen?«

»Nein, ich bin bei der Wahrheit geblieben und die ist, dass ich ihn nicht im Auge hatte, weil er hinter mir stand und eigentlich jeder andere auch hätte schießen können. Ich habe nur Schüsse und Geschrei gehört und das habe ich denen auch gesagt.«

Saira schaute zufrieden aus. Ihr Smartphone klingelte.

»Hallo. Rechtsanwalt Abab. Was haben Sie erreichen können?«

Eligia verstand die Antwort des Rechtsanwaltes nicht. Sie versuchte, in Sairas Gesicht zu lesen und wartete. Nach ein paar Minuten fragte Saira:

»Soll ich ihm irgendetwas bringen, kann ich ihn besuchen?«

Nach weiteren Minuten war das Gespräch beendet.

»Er bleibt vorerst in U-Haft, auch zu seiner eigenen Sicherheit. Inzwischen sind also drei Pakistaner tot, das heißt, drei Familien wollen Rache. Deine Freundin hat ja wohl einen auf dem Gewissen, die zwei Bodyguards könnten von Abdul erschossen worden sein, das muss alles erst untersucht werden. Es ist gut, wenn er im Gefängnis bleibt. Außerdem hat der Rechtsanwalt gesagt, dass andere Angreifer im Lokal keine Polizisten waren, sondern schottische Drogendealer, die mit dem Pakistaner eine Rechnung begleichen wollten. Von denen ist einer an seinen Verletzungen gestorben.«

Eligia dachte, um die ist es auch nicht schade und ein Bandenkrieg ist somit eine viel wahrscheinlichere Möglichkeit als ein Rachefeldzug von Elvin und Julia. Sie entspannte sich. Bis zur Verhandlung würden Monate vergehen und sich die Gemüter aller Angehörigen beruhigen.

KAPITEL 27

Elvins Wunsch

In den nächsten zwei Wochen kämpften viele um Elvins Überleben. Zuerst meldete sich Dr. Wu und erklärte Saira, dass er Elvin in ein öffentliches Krankenhaus verlegen müsse, weil die Durchblutung seines Armes nur unzureichend in Gang gekommen sei. Er werde nur angeben, dass am Vortag ein unbekannter Verletzter von einem chinesischen Taxifahrer bei ihm abgegeben worden sei. Er wäre von zwei Mädchen begleitet worden, deren Namen er nicht kenne. Saira war mit allem einverstanden und Eligia fand diese Lösung gut. Sie hatten nichts zu verbergen, die Polizei wusste ja sowieso schon über alles Bescheid. Im öffentlichen Krankenhaus konnten sie Elvin nun besuchen. Julia wartete schon auf diesen Moment. Sie hatte bereits mehrmals angerufen und nach Neuigkeiten gefragt. Immer wieder hatte sie geweint und Eligia musste sie trösten, obwohl sie selbst verzweifelt war. Viele verschiedene Schuldvorwürfe ließen ihr keine Ruhe.

Einen Tag später trafen sie sich an Elvins Krankenbett im städtischen Krankenhaus. Beide waren entsetzt über sein Aussehen: Noch blasser, noch schmächtiger und mit graublauen, stumpfen Kraterseeaugen.

»Hallo meine süßen Freundinnen.«

Er versuchte, etwas Lockerheit auszustrahlen und wirkte dadurch noch zerbrechlicher. Sie kannte seinen lockeren Charme ja bestens und musste ihre Tränen zurückhalten.

»Elvin, Liebster, es tut mir so leid, dass ich deinen Arm zu fest abgebunden habe. Ich würde alles geben, um das wieder rückgängig zu machen.«

Elvin ergriff mit seiner gesunden Hand die ihre.

»Mach dir bloß keine Vorwürfe, Eligia, du hast mir das Leben gerettet und nur das zählt. Das hat auch Dr. Wu gesagt, lieber ein Arm weniger und dafür am Leben.«

Eligia lächelte unsicher. Sie spürte, dass diese Worte sie beruhigen sollten, aber nicht wirklich das aussagten, was Elvin fühlte. Wahrscheinlich war ihm dieser besondere Arm so wichtig, dass er das Gefühl hatte, kastriert worden zu sein. Dieses Wort fiel ihr ein, weil er sich wahrscheinlich wie ein Mann, ohne die Kraft seiner Männlichkeit, fühlte. Julia hatte sich inzwischen zu Elvin aufs Bett gesetzt und immer wieder sein Gesicht zärtlich geküsst. Sie wirkte so erleichtert, dass sie damit Eligia ansteckte. Ja, Julia hatte Recht, sie sollten all drei dankbar sein, dass Elvin am Leben war.

In diesem Moment betrat ein Arzt das Zimmer. Er war schon etwas älter und wohl der Oberarzt.

»Sind Sie Angehörige von Mr. Stone?«, fragte er sofort.

»Ja, wir sind seine besten Freunde. Andere Angehörige hat er nicht«, antwortete Eligia und Elvin bestätigte:

»Das stimmt, Herr Doktor.«

Dann schaute der Arzt den Arm an und überprüfte die Durchblutung mittels eines Ultraschallgerätes, das neben Elvins Bett stand. Sein Gesicht zeigte professionelle Sorgenfalten.

»Die Werte schauen schlecht aus. Ich weiß nicht, ob der Arm noch mal funktionsfähig wird. Wenn nicht, stirbt er weiter ab und muss entfernt werden, wegen der drohenden, meistens tödlich verlaufenden Sepsis, also einer Infektion, des ganzen Körpers.«

Er sagte noch ein paar belanglose Höflichkeitssätze, die Eligia gar nicht mehr aufnahm. Ihr wurde klar, dass die Lebensgefahr noch lange nicht vorbei war. Elvin und Julia ahnten das wohl auch und tiefe Traurigkeit überfiel alle drei. Dann hörte sie Elvins Stimme und die klang völlig anders als zuvor, tiefer, klarer und dominant.

»Ich warte die nächsten drei oder vier Tage ab, dann werde ich das Krankenhaus verlassen und eigene Maßnahmen ergreifen. Eligia, zieh bitte wieder zu mir ins Haus, Abdul ist ja vorerst nicht daheim, hat mir Dr. Wu erzählt. Dann sucht bitte beide in unserem Buch und im Internet, was ihr über Amputationsverhinderung finden könnt. Wir kombinieren anschließend medizinische Maßnahmen mit übernatürlichen und vielleicht hilft uns die Natur.«

Eligia wusste nicht, was er genau meinte, aber sie würde alles tun, was in ihren Kräften stand und als sie in Julias Gesicht blickte, sah sie darin eine gefährliche Entschlossenheit. Auch sie war bereit, alles für Elvin zu geben.

Nach diesem Krankenbesuch fuhr sie zurück in Abduls Haus. Saira war nicht daheim und das Hausmädchen erzählte ihr, dass sie ihren Sohn im Gefängnis besuche. Eligia richtete dem Mädchen aus, dass sie vorerst in Elvins Haus zurückkehre, um ihn zusammen mit seiner Freundin zu pflegen, wenn er das Krankenhaus in ein paar Tagen verlassen würde. Sie packte wieder ihren Rucksack, rief ein Taxi und hatte das Gefühl, zu flüchten. Sie wollte nicht allein mit Saira zusammenleben und immer das Gefühl haben, dass sie schuld an Abduls Gefängnisaufenthalt sei. Im Moment sind Schuldgefühle meine ständigen Begleiter, dachte sie, aber ich werde mich von ihnen nicht schwächen lassen, es genügt, dass Elvin geschwächt ist.

Sie gewöhnte sich schnell wieder an Elvins Haus und durfte in ihr altes Zimmer ziehen. Julia war spürbar froh, dass sie nicht allein auf Elvin warten musste und über ihre Ängste und Gedanken mit jemandem sprechen konnte.

Drei Tage später fuhr ein Taxi vor und sowohl Elvin als auch sein Klapprollstuhl wurden von zwei Pflegern ausgeladen. Julia und Eligia warteten schon auf der Straße, weil er seine Entlassung telefonisch angekündigt hatte. Schon bei diesem Gespräch hatte er ihnen mitgeteilt, dass es schlecht für seinen Arm aussehe.

»Die Infektion meines Armes hat bereits begonnen, Antibiotika dämmen sie im Moment noch ein, aber wir müssen jetzt zur Tat schreiten, längeres Warten ist sinnlos. Ich bin schon sehr geschwächt.«

Die Mädchen hatten inzwischen alle Informationen, die sie finden konnten, studiert und nur im Buch ihrer Mutter hatte Eligia wertvolle Hinweise finden können. Diese wichen weit von der Schulmedizin ab. Bevor die Pfleger ihnen Elvin übergaben, mussten beide eine Bestätigung unterschreiben, dass sie die Verantwortung für den Patienten und seine Behandlung übernehmen würden.

Im Haus kostete Elvin nur kurze Zeit das Gefühl aus, wieder daheim zu sein. Sie hatten ihn mit seinem Rollstuhl an den Tisch geschoben und ihm Tee und Brownies serviert. Sie spürte fast körperlich, wie er sich entspannte und nach einigen Minuten wieder Kraft und Kampfesgeist entwickelte. Er atmete die heimische Luft tief ein und aus, bevor er ihnen seine Wünsche erklärte.

»Habt ihr das Buch bezüglich schwerer Infektionen und Amputationsgefahr durchforstet?«

Die Frage war an Eligia gerichtet und diese hatte das Buch schon vorbereitet. Sie öffnete es beim ersten Lesezeichen und las vor:

»Wenn bei Infektionen die Schulmedizin versagt, kann die enge Verbindung zur Natur helfen.«

Und ein paar Seiten später stand:

»Die Verschmelzung mit der Erde oder Pflanzen muss so intensiv wie möglich sein. Der Körper kann im Boden versenkt werden und nur der Kopf zum Atmen der gesunden Luft darf frei bleiben. Menschen mit übernatürlichen Fähigkeiten und einer engen körperlichen und seelischen Verbindung zum Kranken sollten anwesend sein und ihn stützend begleiten. Wenn möglich, sollten sie ihre Fähigkeiten einsetzen, um seine Genesung zu fördern.«

Elvin schaute in Eligias Augen und seine Kraterseen zogen sie hinein in diese enge Verbindung, seelisch und emotional. Er war ihr Seelenverwandter, der Mensch, der sie vor dem Erfrieren durch Gefühlskälte gerettet hatte. Jetzt konnte sie ihm helfen, mit allen Kräften, die sie besaß und mobilisieren konnte.

Julia stand neben Elvins Rollstuhl und wusste, dass sie in dieser Situation einfach nur anwesend sein musste. Beide lauschten Elvins Worten.

»Das bestätigt meine Wünsche und Träume. Ich möchte in der Erde der Highlands liegen, die klare Luft und die Kraft meiner Vorfahren spüren, solange bis ich sterbe oder geheilt entlassen werde aus dem Schoß der Natur. Wir brechen sofort auf und fahren zu dieser Hütte, die du ja schon kennst, Eligia. Mach das Auto bereit, nimm genügend Nahrung und Trinkvorräte mit, vor allem für euch beide. Wir bleiben wohl länger als drei Tage.«

Sie gehorchten seinem Wunsch wie einem Befehl. In rasanter Geschwindigkeit und hoch konzentriert packten sie alles, was sie brauchen würden, ins Auto. Schaufeln, Hacken, Decken und Proviant. Eligia versuchte mehrmals Saira zu erreichen, blieb aber erfolglos. Vielleicht besuchte sie wieder Abdul und hatte ihr Handy abgeben müssen. Nachdem sie alles im Auto verstaut hatten, schoben sie Elvin mit seinem Rollstuhl an die hintere Tür des Wagens und halfen ihm zu zweit ins Auto. Er war so schwach, dass er nur kurz alleinstehen konnte, an gehen war nicht zu denken. Julia setzte sich an ein Ende der Rückbank und er legte seinen Kopf auf ihrem Schoß. Elvin hatte die verordneten Antibiotika für die nächsten acht Tage mitgenommen, sowie Schmerztabletten und drei verschiedene Smartphones. Eligia stellte keine Fragen.

Sie fuhr das große Auto vorsichtig aus der Garage und musste sich auch während der Fahrt auf die Straßen konzentrieren. Kurz vor den Highlands rief Saira an. Sie hielt am Straßenrand an, um sich auf das Gespräch konzentrieren zu können.

»Wo bist du, Eligia? Ich verstehe nicht, dass du mich jetzt in dieser schweren Situation allein lässt. Seit Tagen versuche ich dich zu erreichen. Ich kann das Abdul gar nicht sagen, sonst wird er depressiv.«

Eligia wusste, dass sie nicht übertrieb.

»Kann ich ihn denn auch besuchen oder nur du als Mutter?«

»Nur ich darf ihn vorerst besuchen, zweimal in der Woche.«

»Gut, dann sage ihm beim nächsten Besuch, dass ich Elvin helfen muss, weil sein Arm amputiert werden soll und er in Lebensgefahr schwebt. Das wird Abdul verstehen.«

Saira sagte nichts mehr und Eligia beendete das Gespräch mit Grüßen an Abdul. Dann fuhr sie weiter in Richtung Highlands. Elvin schlief während der Fahrt ziemlich entspannt, weil die Schmerztabletten, die er vor Fahrtantritt eingenommen hatte, wohl auch müde machten. Julia hielt seinen Kopf auf ihrem Schoß und streichelte ihn immer wieder.

Nach etwa einer Stunde erreichten sie die Abzweigung zur Hütte. Ab hier konnte kein Auto mehr fahren. Sie parkten die Limousine und setzten Elvin in seinen Rollstuhl. Zu zweit konnten sie ihn ohne Probleme den einen Kilometer bis zur Holzhütte schieben. Das Gepäck und den Proviant würden sie später wiederum mit dem Rollstuhl abholen. Als sie ihr Ziel erreicht hatten, waren sie erschöpft, aber glücklich. Sie erkannte schnell, dass der Zustand der Hütte unverändert war und dass der Boden draußen noch nicht durch Frost verhärtet erschien. Auf den umliegenden Bergen befand sich allerdings schon Schnee, denn es war inzwischen Ende November. Sie legten Elvin auf die breite Schlafcouch im Wohnraum, deckten ihn mit drei Decken zu und heizten den kleinen Ofen mit vorhandenen Holzresten ein. Dann schoben sie den Rollstuhl zurück zum Auto und packten ihn mit allen Nahrungsmitteln und Gebrauchsgegenständen voll. Als sie wieder in ihrer neuen Unterkunft ankamen, war es dort wohlig warm und Elvin wirkte ausgeschlafen und frisch.

»So bedient zu werden von zwei wunderschönen Elfen, das ist wohl der Traum eines jeden Mannes«, waren seine Begrüßungsworte.

Julia gab ihm erleichtert einen Kuss. Eligia hätte ihn auch gerne umarmt, geküsst, gestreichelt, aber sie hielt sich zurück. Julias Liebe zu Elvin bremste ihre eigenen Gefühle und vor allem das Zeigen dieser Empfindungen. Sie begann den Rollstuhl zu entladen und Julia half ihr, ohne zu zögern. Sie räumten alles in einen klapprigen Schrank und auf ein Regal. Erst jetzt bemerkte sie einen kleinen Nebenraum, in dem sich eine Art Plumpsklo befand. Alles war einigermaßen sauber und wohl schon sehr lange nicht mehr benutzt worden. Draußen, neben der Hütte, hatte sie einen Brunnen gesehen. Sie untersuchte ihn und zusammen mit Julia konnte sie einen Eimer mit Wasser hochziehen. Der Eimer war alt und verbeult aber für ihre Zwecke ausreichend. Zum Trinken müssten sie das Wasser sowieso auf dem kleinen Kocher, den sie mitgenommen hatten, abkochen.

Sie richteten dann etwas zu essen her, freuten sich über eine heiße Suppe und den guten Tee, den sie mitgebracht hatten. Nach dem Essen fing Elvin ohne Einleitung an, seinen Plan zu erläutern.

»Ich bin froh, dass wir fast am Ziel sind, meine lieben Freundinnen. Morgen früh werden wir noch mal ein Stück gehen müssen. Mit dem Rollstuhl kann man etwa einen Kilometer fahren, dann müsst ihr mich stützen. Ich will die letzten 200 Meter gehen, um an den Ort zu gelangen, den sich mein Freund damals ausgesucht hatte, um zu sterben. Er war kein Elf, aber er liebte Bäume so sehr wie ich. Und er hat sich eine Stelle ausgesucht, zu der wir zu zweit oft mit unseren Fahrrädern gefahren sind. Im Schutz von ein paar Büschen haben wir in jenem Sommer unter diesem besonderen Baum gelegen, uns geliebt und geträumt. Geträumt von einem wunderbaren Leben in den Highlands als Schäfer oder Fremdenführer. Wir wussten beide, dass wir träumten, und haben es trotzdem genossen, wie einen magischen Urlaub aus dem tristen Alltag des Heimes.

Mich haben diese Freundschaft und dieses Miteinander so glücklich gemacht, dass ich nicht bemerkt habe, dass der Pakistaner wieder Kontakt zu Samuel, so hieß mein Freund, aufgenommen und ihn erneut mit Drogen verführt hat. Ich dachte, er wäre genauso glücklich und sicher wie ich. Als er sich dann zum Selbstmord entschied, war es schon Anfang November und eigentlich zu kühl für Radtouren. Eines Tages ist er allein losgefahren und seine Halbschwester ist ihm mit meinem Rad gefolgt. Ich habe das erst nach vielen Stunden bemerkt und sofort Schlimmes befürchtet. Ich ahnte, dass er zu unserem Baum gefahren war und habe den Suchtrupp, den die Heimleitung zusammengestellt hatte, zu dieser Stelle geführt.

Den Anblick, der sich uns bot, werde ich niemals vergessen. Er hing am Ast des Baumes, so nah am Stamm, dass er ihn umarmen konnte. Nachdem er den Holzstoß, auf dem er stand, weggestoßen hatte, wird er bis zum Ende seiner Kräfte diesen Baumstamm umklammert haben. So sah es jedenfalls aus, als wir ihn gefunden haben. Seine Schwester hing hinter ihm, eng an ihn geschmiegt und hatte wohl ihn umarmt bis zu ihrem Tod. Ihre Gesichter waren entspannt und sie wirkten glücklich. So etwas hatte niemand je zuvor gesehen.«

Elvin machte eine Pause und in der Erinnerung an diesen Anblick erschienen seine Augen nach innen gekehrt. Eligia schaute ihn an, um ihm Kraft zu geben, falls er seinen Blick in ihre Augen versenken würde, aber Elvin schaute in die Ferne und redete weiter.

«Wir haben die zwei vorsichtig runtergeschnitten und zusammen auf das weiche, grüne Moos unter dem Baum gebettet. Erst nach Stunden konnte das Bestattungsinstitut einen Sarg herantransportieren, getragen von vier Männern. Sie legten die zwei dann in enger Umarmung in den Sarg und trugen ihn die zwei Kilometer zum Auto. Ich war so froh, dass ich genügend Geld hatte, um diesen Transport und die spätere Beisetzung in einem Grab am Wohnort seiner Eltern bezahlen zu können.

Nach der Beerdigung bin ich sofort aus dem Heim ausgezogen und hatte nur noch ein Ziel: diesen Pakistaner zu finden und Samuels Tod zu rächen.«

Elvin pausierte wieder und schaute diesmal in Eligias Augen.

»Wir haben ihn gefunden und unsere Mission erfolgreich beendet. Jetzt kann ich entspannt und friedlich abtreten, aber ihr wisst, dass ich das Leben und euch beide liebe. Ich werde mich der Natur und ihren Kräften übergeben und sie entscheiden lassen, ob ich sterben oder weiterleben darf. Ihr zwei werdet mich begleiten und an meiner Seite stehen oder liegen und mich, wenn ich sterben sollte, neben dem Todesbaum meines Freundes beerdigen.«

Eligia hörte seine Worte und geriet in einen eigenartigen Trancezustand. Sie sah einen Baum und die wunderbare hügelige Landschaft vor sich, aber den Tod, den sie neulich noch neben Elvin gesehen hatte, den spürte sie jetzt nicht. Sie würde Elvins Wunsch erfüllen, notfalls auch allein, denn Julia fing in diesem Moment an zu weinen und zu flehen.

»Elvin, bitte tue mir das nicht an. Ich kann und will ohne dich nicht leben. Ich werde deinen Wunsch nicht erfüllen, das wäre wie Selbstmord, den ich nicht begehen will. Das, was du machen möchtest, bei dieser Kälte, ist sowieso Sünde und Selbstmord, egal, an welchem Baum und in welcher Erde. Ich will dir nicht in den Tod folgen, sondern ihn verhindern.«

Sie klammerte sich bei diesen Worten an ihren Freund, küsste sein Gesicht und Eligia verstand ihre Reaktion. Sie war ein einfaches Mädchen aber eine Kämpferin, die auch gegen den gewünschten Tod ihres Freundes kämpfen wollte. Sie konnte nicht verstehen, dass Elvins Wunsch mehr war, als das Verlangen zu sterben. Er legte sein Leben in die mächtigen Hände der Natur in den Highlands mit all ihren Geistern und unsichtbaren Wesen.

Als Eligia in Elvins Kraterseeaugen blickte, erschrak sie über deren Ausdruck. Offensichtlich war das Fieber zurückgekehrt und höher als je zuvor.

»Wo sind deine Tabletten, Elvin? Du hast total fiebrige Augen.«

Elvin lächelte.

»Ich habe sie ins Feuer geworfen. Die Naturgeister brauchen keine Chemie. Im Gegenteil, Fieber kann auch heilen.«

Julia weinte hilflos und leise vor sich hin. Sie hatte wohl erkannt, dass sie allein gegen zwei entschlossene, starke Halb-Elfen keine Chance hatte. Elvin legte sich wieder auf die Liege und Julia legte sich neben ihn. Sie schliefen beide sehr schnell ein, denn der Tag war ungewohnt anstrengend gewesen.

Eligia rückte sich später zwei Sessel zusammen, nahm die letzte Decke und kuschelte sich in diese provisorische Schlafstätte. Sie war noch nicht eingeschlafen, als sie Elvins Stimme hörte.

»Eligia, wo bist du?«, fragte er aus dem Dunkeln der Hütte.

»Hier. Ich habe zwei Sessel zusammengeschoben und liege ziemlich bequem.«

Sie wartete auf seine Antwort. Nach langen Minuten hörte sie seine Stimme wie aus einer anderen Welt, tief, männlich und beruhigend.

»Wenn ich überlebe, will ich Sex mit dir, weil das der Wunsch ist, der mich am Leben hält. Ich will mit dir verschmelzen, nicht nur seelisch, sondern auch körperlich. Du sollst das wissen, falls ich sterbe. In den letzten Tagen habe ich nur an dich gedacht und an diesen übermächtigen Wunsch, mit meiner liebsten Seelenverwandten auch körperlich eins zu werden.«

Eligia schwieg, sie spürte ihren Puls schneller werden und eine heiße Welle erfasste ihren Körper. Sie hatte Abduls Nähe und Körperlichkeit in Erinnerung und Elvin als Freund von Julia verinnerlicht. Seine Worte irritierten sie mehr, als dass sie sie glücklich machten. Dann redete Elvin weiter:

»Mach dir wegen Abdul keine Gedanken. Er wird das alles verstehen, wenn ich es ihm erkläre. Im Moment ist das nur ein Traum, Eligia. Konzentrieren wir uns auf morgen, die nächsten Tage und auf die Kraft der Highlands.«

Er fantasiert im Fieberwahn, seine Worte haben keine Bedeutung, dachte sie.

KAPITEL 28

Die Kraft der Natur

Am nächsten Morgen frühstückten sie in angespannter Atmosphäre. Julia hatte verweinte, geschwollene Augenlider und sagte kein Wort. Eligia versuchte, sich einen Plan zurechtzulegen. Wie konnte sie Elvin helfen, ihn vor dem Tod schützen? Was hatte er überhaupt vor? In der Erde vergraben zu werden? Sie wusste nicht, was das für einen fiebrigen Körper bedeutete. Angenehme Kühlung oder Erfrieren? Nach wie viel Stunden oder Tagen? Und die Infektion – ohne Antibiotika würde sie den ganzen Körper erfassen. Sie fühlte sich hilflos wie noch nie in ihrem Leben.

Elvin frühstückte mit eigenartigem Appetit. Sein Fieber war wohl so früh am Morgen noch etwas niedriger.

»Für wie viel Tage sollen wir Proviant und Trinken mitnehmen? Schlafen wir draußen, in den Schlafsäcken?«, fragte sie schließlich mit eher trotziger Stimme.

Elvin lächelte sie an.

»Ja, die Schlafsäcke müsst ihr unbedingt mitnehmen und alle Decken. Etwa dreißig Meter vom Baum entfernt steht eine sehr kleine Hütte, die bietet Schutz, falls es regnen oder schneien sollte. Essen und Trinken würde ich für zwei oder drei Tage mitnehmen.«

Dann aß er weiter, als ob er über ein geplantes Picknick geredet hätte.

Um zehn Uhr brachen sie auf. Der Rollstuhl war mit Elvin, zwei Schlafsäcken und Decken schwer beladen. Sie mussten ihn wieder zu zweit schieben. Der Weg war uneben, zeitweise aufgeweicht und mündete schließlich in einen Wiesenpfad, den Elvin schon erwähnt hatte. Ab hier musste er selbst gehen. Die Mädchen trugen die Rucksäcke mit Proviant auf dem Rücken und legten sich nun noch jeweils einen Schlafsack um den Hals. Die Decken legten sie um Elvins Schultern. Dann marschierten sie los. Elvin hakte sich bei Eligia ein und konnte unerwartet sicher gehen. Den verletzten Arm hatte Julia genommen und so ein Gleichgewicht hergestellt. Sie erreichten den Baum nach 15 Minuten Marsch. Erschöpft setzen sie sich auf eine Bank, die unter dem riesigen Laubbaum stand. Er hielt nur noch wenige Blätter fest, als ob er dem nahen Winter trotzen wollte. Ein paar Meter entfernt breitete ein kleiner Highland-See seine tiefblaue Wasserfläche aus und einige Bäume an seinen Ufern spiegelten sich in ihr. Vereinzelte, gelbe Blättern wirbelten durch die Luft und erinnerten Eligia an die Vergänglichkeit von Leben. Dies ist ein friedlicher, verträumter Ort, um zu sterben oder ins Leben zurückzukehren, dachte sie. Etwa zwanzig Meter von der Bank entfernt schmiegte sich eine kleine Hütte, ohne Fenster und windschief an eine Wand aus Büschen.

Elvin zeigte auf eine Stelle links vom Baum.

»Wenn ihr euch erholt habt, dürft ihr hier mit dem Graben anfangen. Auf diesen Platz haben wir Samuel und seine Halbschwester gebettet, bis das Beerdigungsinstitut ihre Leichen abtransportiert hat.«

Sie sah einen mit Moos und Bodendeckern bewachsenen Bereich, der einladend weich aussah. Aber Elvin wollte ja in der Erde liegen, also müssten sie diese grüne Fläche verletzten, abtragen und mindestens fünfzig Zentimeter tief graben.

»Also gut, fangen wir mal an, Julia. Bist du bereit?«

Julia nickte nur und griff sich eine Klappschaufel, die sie im Rucksack transportiert hatte. Eligia nahm sich die Hacke. Elvin blieb, in zwei Decken gehüllt, auf der Bank sitzen und döste vor sich hin. Der Boden ließ sich unerwartet leicht aufgraben. Nach circa fünfzig Minuten war eine Mulde in Elvins Körpergröße und etwa fünfzig Zentimeter tief ausgehoben. Sie legte ihre Hand auf Elvins gesunden Arm.

»Elvin, wach auf! Passt diese Grube so oder willst du sie tiefer?«

»Nein, sie ist wunderbar! Ich danke euch für diesen anstrengenden Dienst. Wenn ich überlebe, werde ich euch eines Tages auch helfen, egal, bei welcher Aufgabe.«

Und als Eligia in seine Augen blickte, erkannte sie, dass ihr Blau dem des Sees neben ihnen glich und nicht einem Kratersee. Das war also ein Trugschluss gewesen, weil sie noch nie einen Kratersee gesehen hatte und dieses tiefe, unergründliche Blau einem unbekannten Gewässer zugeordnet hatte.

»Deine Augen haben das Blau dieses Sees«, sagte sie sanft.

»Ja, ich bin aus der Erde geboren und der See war mein Fruchtwasser.«

Er wirkte wieder hochfiebrig und zitterte am ganzen Körper. Inzwischen war es 14:20 Uhr. Sie schaute auf ihre Uhr, um später zu wissen, wie lange Elvin in der Erde gelegen hatte, denn jetzt führten sie ihn beide zu dem Grab. Er stieg allein in die Vertiefung und legte sich auf die Erde. Es war klar, dass sie weder eine Decke unter noch über ihn legen durften. Er zitterte so stark, dass er kein Wort mehr herausbrachte.

Julia wimmerte vor sich hin und Eligia ließ ihren Tränen freien Lauf. Sie schaufelten die Erde über ihn, so schnell sie konnten, weil sie hofften, dass er dann weniger frieren würde. Noch war die Außentemperatur um die drei oder vier Grad, schätzte Eligia, aber in der Nacht würde es auf null Grad abkühlen, da war sie sich sicher.

Nach zehn Minuten war er mit Erde bedeckt und sie legten zum Schluss die abgetragenen Moos- und Bodendeckerteile über die Erdschicht seines Grabes. Julia legte sich neben ihn auf die weiche, grüne Pflanzenschicht und berührte mit ihren Lippen seine Wange. Elvin hatte aufgehört zu zittern und sagte leise:

»Ich friere kaum noch und die Erde auf meiner Haut fühlt sich weich wie Seide an. Die Schwere beruhigt mich wie die Hand eines Vaters auf meinem Kopf. Ich habe mir diese schwere Hand eines Vaters immer gewünscht, aber nie gespürt. Jetzt fühle ich sie am ganzen Körper, einfach wunderbar!«

Nach einer Pause, in der er tief aus- und einatmete, flüsterte er:

»Ich bekomme genug Luft, muss mich aber etwas anstrengen, damit mein Brustkorb die Erdschicht hebt. Julia, bleib mit deinem Gesicht nah an meinem, damit ich den Atem deiner Liebe spüre, aber berühre mich nicht.«

Eligia stand neben den beiden und wartete auf irgendetwas, das Elvin zu ihr sagen würde. Wenn sie gedurft hätte, wäre sie mit ihm in dieses Grab gestiegen, um ihn zu wärmen. Sie hätte ihm so gerne all die Wärme zurückgegeben, die er ihr am Anfang ihrer Freundschaft gespendet hatte. Damals, als sie sich innerlich so einsam und ausgekühlt gefühlt hatte. Aber sie wusste, dass er das nicht wollte, dass er nicht menschliches Berühren und menschliche Wärme brauchte, sondern die heilende Kraft der Erde.

Dann hörte sie seine Worte, leise und doch bestimmt.

»Eligia, liebste Freundin, du bist als Elfe die wichtigste Verbindung von mir zur Natur. Bitte konzentriere dich mit jeder Faser deines Geistes und Herzens auf deine Flügel und ihre Kräfte, suche dir einen Platz, der dich inspiriert und inneres Wachsen ermöglicht.«

Und sie wusste sofort, was er meinte, beugte sich zu ihm und atmete in sein Gesicht. Sie war so erleichtert, dass er sie brauchte und sie ihm helfen durfte, bei diesem magischen Heilungsversuch.

»Ich stelle mich mit dem Rücken an den Baum und lasse meinen Blick über das tiefblaue Wasser gleiten, dann bete ich zu Gott, der alles Leben erschaffen hat, erhalten kann oder nehmen wird, wann er will.«

Und die Tränen in Elvins Augen zeigten ihr, dass er ihren Atem und ihre Worte in sich aufsog.

Sie ging zum Baum, lehnte sich an ihn, streckte die Arme etwas von sich, sodass auch die Rückseiten ihrer Hände den dicken Stamm berührten. Dann ließ sie ihre Augen über die Wasseroberfläche gleiten, sie in ihr versinken. Tiefe Ruhe erfüllte sie und ermöglichte ein meditatives Konzentrieren auf ihre Flügel. Diese hatte sie in den letzten Wochen weder gesehen noch gespürt. Aber sie wusste, dass sie existierten. In Gedanken redete sie zu ihnen, als ob sie lebendige Wesen wären:

»Wenn ihr die Macht habt, das Leben böser Menschen zu vernichten, dann solltet ihr erst recht gute Menschen retten können. Sonst seid ihr nichts wert, ja, nicht Gottes Flügel, sondern Fake-Flügel des Teufels.«

Und sie wiederholte wohl hundertmal in Gedanken die gleiche Bitte:

»Helft Elvin, lasst die Infektion und das Fieber verschwinden, verhindert, dass er erfriert, rettet seinen Arm!« Und immer wieder zischte sie den unsichtbaren Feind, den Tod, an:

»Verschwinde, lass ihn in Frieden!«

Julia lag bewegungslos neben Elvin und gab keinen Laut von sich. Als es dunkel wurde, ging Eligia in die Knie, weil die Kräfte sie verließen. Sie war wohl ohnmächtig geworden oder eingeschlafen, denn als sie aufwachte, war es dunkle Nacht und Julia berührte sie am Arm, bibbernd vor Kälte.

»Eligia, wach auf! Ich friere so furchtbar und höre seit Längerem ein eigenartiges Geräusch. Ich glaube, der See geht über sein Ufer.«

Eligia setzte sich auf und lauschte. Ja, sie hörte ein leises Plätschern und es roch sehr eigenartig.

»Das ist nicht der See, das ist eine Quelle.« Sie tastete in ihrem Rucksack herum und fand eine Stirnlampe. Nachdem sie sich das Band um den Kopf gebunden hatte, nahm sie Julias Hand, weil sie Angst hatte, vor dem, was sie vorfinden könnten. Sie gingen langsam zu Elvins Grab. Die Erde war völlig durchnässt, weich wie Lehm und heiß. Sie konnte es nicht glauben, neben seinem Grab sprudelte eine winzige, heiße Quelle und ihr Wasser hatte den gesamten Bereich durchfeuchtet. Es roch nach Schwefel. Elvin atmete und schlief wunderbar friedlich. Sie weckte ihn nicht, sondern zog Julia aus dem feuchten Bereich zur Bank.

»Du bist völlig durchnässt, hast du das nicht bemerkt? Zieh dich aus und den trockenen Trainingsanzug an, sonst holst du dir den Tod.«

Julia gehorchte wie ein kleines Kind. Eligia suchte nah am Baum eine etwas höhere Stelle, die völlig trocken war und gab ihr den einen Schlafsack. Sie selbst stülpte sich den anderen über und legte sich neben Julia. Sie konnten nichts anderes mehr tun, die Natur hatte ihre Kräfte mobilisiert. Eine heiße Schwefelquelle würde Elvin heilen oder sanft sterben lassen, sie mussten diese Entscheidung Gott überlassen.

Gegen fünf Uhr morgens wachte sie auf, weil Elvin stöhnte.

»Eligia, wo bist du?«

»Hier, gleich drei Meter neben dir.«

»Komm bitte her und hilf mir aus meinem Grab. Es wird mir hier zu heiß und zu nass. Warum liege ich im Wasser?«

»Weil gleich neben dir eine heiße Schwefelquelle aus dem Boden sprudelt. Wir haben ihr wohl den Weg geebnet durch das Aufhacken des Bodens.«

Elvin schwieg ein paar Sekunden.

»Schwefel ist gut für die Wundheilung, Hitze für die Durchblutung.«

Sie hatte vorher das Gleiche gedacht. Die Natur hatte ihre Kräfte spielen lassen und Elvin durfte von ihnen profitieren.

»Sollen wir dir jetzt heraushelfen?«

»Ja, ich glaube, für heute ist es genug. Meine Haut weicht sonst zu sehr auf.«

Sie weckte Julia und beide schoben die feuchten Erdmassen zur Seite und von seinem Körper. Sie musste ihn gemeinsam hochziehen und minutenlang stützen. Dann stand er vor ihnen, von Erde bedeckt, nackt und leicht zitternd. Ihre Stirnlampen leuchteten seinen mit Erde bedeckten Körper an und ein elektrisierendes Vibrieren durchströmte ihren eigenen Bauch und breitete sich aus bis hoch in ihren Kopf. So fühlt sich Erleichterung und magische Freude an, dachte sie. Er ist aus dem selbstgewählten Grab befreit worden und sein schöner, schlanker Körper dem Sterben entkommen und bereit, zu leben und zu lieben, egal wen, Hauptsache nicht den Tod.

Sie marschierten zu dritt ans Ufer des Sees und Elvin stieg allein bis zu den Hüften in das eiskalte Wasser. Er kniete sich hin und wusch sich die Erde mit der gesunden Hand herunter. Er prustete und lachte abwechselnd.

»Das ist eine wunderbare Schocktherapie gegen Durchblutungsstörungen.«

Nach ein paar Minuten verließ er den See und Julia hüllte ihn in eine Decke, die sie von ihrem Schlafplatz mitgenommen hatte.

»Wo gehen wir jetzt hin? In diese kleine Hütte? Kann man da Feuer machen?«

Die Fragen machten ihre Erleichterung deutlich. Eligia fühlte das Gleiche und dachte: Für den Moment ist der Tod besiegt, vertrieben durch eine göttliche Macht und meine Flügel.

Elvin entschied, dass sie zurückkehren sollten, in ihre große Hütte und dort dann frühstücken. Die paar Meter zum Rollstuhl konnte er jetzt gut mit ihrer Hilfe gehen. Er ließ sich erschöpft hineinfallen und sie deckten ihn sofort mit den Schlafsäcken und Decken zu.

In ihrer Hütte angekommen zündeten sie schnell Feuer an und bereiteten heißen Tee zu. Dann genossen sie süße Kekse und das heimelige Gefühl der gewohnten Umgebung. Anschließend legten sie sich noch mal hin und schliefen bis weit in den Vormittag hinein.

Als Eligia aufwachte, und musste sich erst an das schummrige Licht in der Hütte gewöhnen. Sie sofort, dass Elvin nicht mehr auf der Couch neben Julia lag. Schnell sprang sie von ihrem provisorischen Sessellager hoch und weckte Julia.

»Wach auf! Elvin ist verschwunden.«

Julia war in Sekundenschnelle wach und auf den Beinen.

»Ich habe so tief geschlafen und gar nichts bemerkt.«

Eligia öffnete die Tür und trat vor die Hütte. Und dann sah sie Elvin ausgestreckt und nackt im Schnee liegen, offensichtlich hatte es in den letzten Stunden geschneit.

Elvin lag in der weißen Schicht, drehte sich nach rechts und links, um seinen Körper von allen Seiten mit Schnee zu bedecken. Er genoss das offensichtlich und sie musste lächeln, weil er so gesund und glücklich aussah. Anschließend trockneten sie ihn in der Hütte ab.

«Jetzt wäre ein heißer Guss gut, vielleicht könnt ihr den Topf mit Wasser erhitzen und über mich schütten.» In der Hütte befand sich nur ein größerer Topf, doch der reichte für diese Wechseldusche aus.

Nachdem er den Trainingsanzug angezogen und sie ihn in zwei Decken eingewickelt hatten, sprach er Eligia an:

»So, jetzt gehts mir gut und ich kann auch eine unangenehme

Nachricht vertragen. Bitte schau dir meine Wunde an. Siehst du etwas, das wie Eiter oder Infektion aussieht?«

Die Wunde befand sich an der Rückseite des linken Oberarmes und er konnte sie nur teilweise selbst sehen. Er streckte ihr den Arm hin, nachdem er den Ärmel seiner Trainingsjacke wieder ausgezogen hatte. Sie betrachtete die etwa 15 Centimeter lange, mit zahlreichen Fäden verschlossene Wunde. Es traten weder Flüssigkeit noch Eiter aus. Sie war keine Ärztin, aber sie hatte schon selbst infizierte Schürf- oder Schnittwunden an den Knien gehabt. Dieser Schnitt war gut verheilt und völlig unauffällig. Er hatte allerdings vor der Erdbehandlung auch nicht wesentlich anders ausgeschaut. Der Arm selbst dagegen sah verändert aus: Heller, rötlicher und er fühlte sich wärmer an.

»Die Wunde scheint nicht das Problem zu sein, sondern der abgestorbene Arm, und der schaut jetzt viel besser aus als gestern. Hast du noch so starke Schmerzen?«

»Nein, ich fühle nur ein zunehmendes Kribbeln und Jucken. Das wird wohl die Durchblutung sein, die wieder in Gang kommt.«

Fieber hatte er zu diesem Zeitpunkt nicht mehr, denn das hätte sie an seinen Augen erkannt.

»Gut, dann warten wir den Abend ab, vielleicht bekomme ich noch mal Fieber, dann müssen wir morgen möglicherweise die Prozedur wiederholen.«

Die Mädchen nickten und waren so erleichtert, dass sie die Hütte putzten, Holz aus dem umliegenden Gebüsch zusammensuchten und dann das Mittagessen zubereiteten. Am Abend stieg das Fieber wieder an, allerdings traten keine Schmerzen mehr auf und der Arm sah weiterhin rosig aus. Das Kribbeln hatte zugenommen.

»Fieber ist ja auch heilend«, tröstete Elvin sich und die Mädchen, «wir legen uns jetzt früh zum Schlafen hin, weil auch Schlaf eine natürliche Medizin für den Körper ist.»

Am nächsten Morgen stand Elvin wieder früh auf, nahm sein Schneebad und ließ sich anschließend erneut mit heißem Wasser überschütten. Dann frühstückten sie ausgiebig und Eligia musste noch einmal seinen Arm inspizieren.

»Er schaut ein bisschen besser aus als gestern und die Wunde ist weiterhin top!«

Elvin wirkte glücklich und Julia wagte erstmals einen hoffnungsvollen Blick in die Zukunft.

»Bleibst du bei uns wohnen, Eligia?«, fragte sie später beim Zubereiten des Mittagessens.

»Wenn du nicht eifersüchtig reagierst, gerne. Ansonsten ziehe ich wieder zu meiner zukünftigen Schwiegermutter.« Und sie wusste, dass sie log. Lieber würde sie sich Arbeit mit Unterkunft suchen.

Julia umarmte sie.

»Ich darf und werde nicht eifersüchtig auf dich sein, Eligia. Ohne dich würde Elvin nicht mehr leben. Du hast außerdem ältere Vorrechte. Ich bin bereit, zurückzustehen, wenn ihr euch als Paar lieben wollt. Hauptsache, ich darf für immer in Elvins Nähe bleiben. Er freut sich auch auf mein Baby und wird ein wundervoller Stiefvater sein.«

Eligia nickte.

»Das glaube ich auch. Wer nie eine Familie besessen hat, wird Sehnsucht nach familiärer Geborgenheit spüren. Und du Julia, mach dich nicht zu klein! Du bist eine Kämpferin und wirst auch um deinen Freund kämpfen.«

»Ja, und wie! Gegen jede andere Frau, aber niemals gegen dich!«

Und Eligia spürte, dass Julia genau das fühlte, was sie sagte. In diesem Moment drängte sich ihr eine Frage auf, die sie seit dem Vorfall im «Damned Love» beschäftigte.

«Warum hast du eigentlich dieser pakistanischen Frau das Messer so brutal ins Auge gestoßen? Ich war schockiert, weil du das so knallhart durchgezogen hast!»

«Diese Frau hat mich praktisch meiner Mutter abgekauft, damals mit 11 Jahren. Sie hat 200 Pfund für mich bezahlt und meiner Mutter versprochen mich in allen Hausarbeiten auszubilden und auf eine gute Schule zu schicken. Meine Mutter war mit uns drei Kindern überfordert und tablettenabhängig. Mein Stiefvater hat sie und mich ständig in besoffenem Zustand geschlagen. Sie hat alles geglaubt, was ihr das Leben einfacher gemacht hat!»

Eligia konnte sich die Situation gut vorstellen. Tablettenabhängige Mütter waren sicher auch nicht in der Lage normale Gefühle für ihre Töchter zu empfinden.

«Hat dich diese Frau dann an die Männer vermittelt?»

«Ja und mir immer Lügen erzählt und mich ein Jahr auf den Job vorbereitet, indem sie mich auch sexuell missbraucht hat!»

Eligias Magen verkrampfte sich. Das sind die scheinheiligen Muttertypen, die schlimmer sind als triebhafte Männer, dachte sie und wünschte sich in diesem Moment einen qualvollen Tod dieser Frau. Julia erinnerte sich weiter.

«Als Kind ohne deine Mutter liebst du dann so ein Monster, weil du hilflos bist, dich so verlassen fühlst und nur Liebe und Zuwendung brauchst. Du merkst es nicht, dass sie dir alles vorspielt, um deinen kleinen Körper auszunutzen. Du vertraust ihr, weil niemand anderes mehr da ist, dem du vertrauen könntest.

Als sie dann neulich vor mir stand und ich ihr bekanntes, scheinheilig-liebevolles Lächeln wiedersah, da konnte ich nicht anders! Ich wollte sie eigentlich töten!»

Und in diesem Moment spürte Eligia, Julias Wunsch, als ob es ihr eigener wäre. Die Wucht des Rachedranges eines zutiefst verletzten Kindes ließ sie erschauern. Sie brauchte Minuten, um sich aus diesen Gefühlen zu befreien.

«Weiß deine Mutter inzwischen von deinem Leidensweg?»

«Nein, ich bin nie mehr nach Hause gefahren und werde sie wohl erst vor Gericht wiedersehen, wenn es überhaupt zu einer Gerichtsverhandlung kommt. Bud hat gesagt, die Polizei will nicht gegen Pakistaner ermitteln, weil sie fürchten, als Rassisten abgestempelt zu werden. Und auch weil wir aus asozialen Familien stammen, nichts wert sind, Geld von den Männern erhalten hätten und so wie so Nutten geworden wären.»

Eligia spürte den Hass in sich hochkriechen wie die Flamme an einer Zündschnur. Ja, sie hatten richtig gehandelt! Jeder Kinderficker musste aus dem Verkehr gezogen und wenn möglich vernichtet werden. Wenn die Behörden versagten, mussten sie das selbst in die Hand nehmen. Und wie eine Erleuchtung schoss ein Gedanke in ihr Gehirn: Nur deshalb waren Elvin und sie selbst mit so besonderen Fähigkeiten ausgestattet worden! Es wäre Sünde, wenn sie ihre Kräfte nicht für diesen guten Zweck einsetzen würden.

Elvins Zustand blieb weiterhin stabil. Am Abend trat kein Fieber mehr auf und er wirkte entspannt und zuversichtlich.

«Ich glaube der Arm und ich sind gerettet. Das Kribbeln ist fast weg und ich spüre, wie die Empfindungen und meine Kraft sich normalisieren. Wenn alles so bleibt, fahren wir morgen nach Hause.» Sie lächelte ihn an und Julia umarmte und küsste ihn.

«Eligia zieht zu uns, wenn ich nicht eifersüchtig bin. Und ich bin froh darüber und in keiner Weise eifersüchtig!» Eligia schaute Elvin an und wartete seine Reaktion ab. Das tiefe Blau seiner Augen wurde noch tiefer und ließ ihren Puls schneller und unruhiger werden. Das Wasser des Highland-Sees zog sie wohl magisch an. Sie zwang sich, ihren Blick abzuwenden und konzentrierte sich auf die Teetasse, die vor ihr stand. Dann hörte sie ihre eigene Stimme, fremdartig verzerrt, wie aus weiter Ferne.

«Ich werde erst mit Abdul reden, bevor ich eine endgültige Entscheidung treffe. Wenn er eifersüchtig reagiert oder noch schlimmer, traurig, dann ziehe ich lieber zu seiner Mutter. Er muss im Gefängnis schon genug leiden, da kann ich ihn nicht auch noch quälen.»

In diesem Moment klingelte eines von Elvins Handys. Es war Bud. Elvin stellte den Lautsprecher an, damit sie mithören konnten.

«Hallo Elvin, bist du noch am Leben? Das freut mich sehr! Es gibt Neuigkeiten, die euch gefallen werden. Ihr seid alle aus dem Schneider. Abdul hat gestanden, dass er mit dem Pakistaner eine alte Rechnung offen hatte und geschossen hat, weil seine Freunde bedrängt und bedroht wurden. Er darf jetzt auch von Eligia besucht werden.» Elvins Gesicht verfinsterte sich für Sekunden, dann lächelte er wieder sein charmantes Elfenlächeln.

«Da wird sich Eligia freuen, sie hat schon Sehnsucht nach ihm. Ab morgen wohne ich mit Julia wieder in meinem Haus.»

KAPITEL 29

Neue Entwicklung

Sie erreichten Elvins Haus am Nachmittag des nächsten Tages. Eligia schlief die nächsten zwei Nächte in ihrem alten Zimmer und bestand darauf, dass Elvin sich von einem Arzt untersuchen ließ. Der stellte verwundert fest, dass die Durchblutung des Armes normal und die Infektion abgeklungen war. Jeder war erleichtert. Eligia hatte sich am dritten Tag um zehn Uhr mit Kommissar Wine verabredet, sie wollte den Stand der Dinge von einem Menschen erfahren, dem sie vertraute.

Er traf sich mit ihr in einem kleinen Café, das vormittags geöffnet hatte. Warum sie nicht in sein Büro kommen durfte, war ihr unklar. Sie nahm sich vor, diese und andere Fragen offen anzusprechen. Als sie das Café betrat, saß der Kommissar schon an einem

Tisch im hintersten Bereich der Räumlichkeit, mit Blick auf die Tür. Er winkte ihr zu.

»Hallo Kommissar Wine, schön, Sie wiederzusehen.«

»Ich freue mich auch, Eligia, dass du wohlauf bist und alle Abenteuer gut überstanden hast. Was willst du von mir wissen?«

Eligia setzte sich während seiner Worte ihm gegenüber und mit dem Rücken zur Eingangstür.

»Ich will viel von Ihnen wissen, zum Beispiel, warum durfte ich nicht in Ihr Büro kommen, da hätte ich mich sicherer gefühlt.«

»Ja, vor den Pakistanern wärst du vielleicht sicherer gewesen, aber auch hier kann ich dich beschützen. Der Wirt ist mein Freund und überwacht die Straße und den Eingangsbereich.«

Eligia entspannte sich. Das war eine plausible Erklärung.

»Ist sonst noch jemand gefährlich für mich, außer den pakistanischen Clan-Mitgliedern?«

»Nein, nicht für dich, sondern für mich. Ich darf in keinem Fall mehr tätig werden, der mit Kindesmissbrauch zu tun hat.«

Eligia schaute in sein Gesicht. Der Drei-Tage-Bart ließ ihn eigenartigerweise jünger erscheinen und irgendwie abgestürzt. Vielleicht war er drogen- oder alkoholabhängig. Als ob er ihre Gedanken lesen könnte, lächelte er amüsiert.

»Keine Angst, ich bin keine verkrachte Existenz und nicht gefährdet oder gefährlich. Meine kleine Schwester wurde vor über zehn Jahren vergewaltigt und getötet, sie war damals zwölf Jahre alt.«

Seine Stimme klang unverändert freundlich, aber Eligia spürte trotzdem die Trauer und den Schmerz, den er seit Jahren mit sich herumtrug. Und in seinen Augen sah sie Spuren von Hass, als er weiterredete.

»Keiner weiß, ob es Pakistanern waren, aber ich vermute es.

Der Tathergang passt in ihr Schema. Meine Eltern hatten sie verwöhnt und doch vernachlässigt. Ich wusste das und habe mich nicht genug um sie gekümmert, weil ich andere Interessen hatte. Nach ihrem Tod habe ich mich fanatisch auf die Beschattung von pakistanischen Kriminellen konzentriert. Mein Hass und die Fixierung auf diese Aufgabe waren unerträglich für meine Frau. Unsere junge Ehe ist schließlich gescheitert und mein Vorgesetzter hat mich wegen Befangenheit von allen Kindsmissbrauchsfällen abgezogen.«

Er trank von seinem Kaffee und schaute in ihre Augen.

Das ist also seine Geschichte, dachte sie. Er wird sich über jeden getöteten Pakistaner gefreut haben. Sie lächelte verständnisvoll.

»Ich kann ihr Verhalten verstehen und ich bereue nicht, dass wir unsere Fähigkeiten so eingesetzt haben, wie wir es taten. Aber trotzdem müssen wir damit aufhören, sonst nehmen unsere Seelen Schaden.«

Nach einer Pause fügte sie hinzu:

»Und unsere Körper auch. Elvin ist haarscharf dem Tod entwischt.«

Mr. Wines Gesicht wurde noch ernster und fast väterlich sagte er:

»Elvin ist wirklich sehr gefährdet. Ich mag ihn, weil er viel durchgemacht hat und ich seine Rachegedanken so nachfühlen kann. Bud und ich, wir sind unendlich froh, dass er wieder gesund ist. Bud hat mich gleich nach seinem Anruf informiert. Er hat auch eine Schwäche für Elvin. Der hat dir ja inzwischen von dem Suizid seines Freundes erzählt, oder?«

»Ja, das hat er. Und wir waren die letzten Tage an dieser Stelle, an der sein Freund ein paar Stunden tot gelegen hat.«

Der Kommissar erschauderte. Sie sprach beruhigend weiter.

»Elvin hat diesen Tod jetzt überwunden, glaube ich und hoffentlich auch seine Rachegefühle. Schließlich ist der Haupttäter tot.«

»Ja, das ist ein Segen. Die Polizei und Staatsanwaltschaft waren diesem einflussreichen Monster gegenüber machtlos.«

Er schwieg und hing ein paar Minuten seinen Gedanken nach. Dann schaute er wieder in ihr Gesicht.

»Was habt ihr jetzt vor? Darüber würde ich gerne mit dir reden.«

Sie trank aus ihrem Teeglas und überlegte sich ihre nächsten Worte.

»Das hängt davon ab, was Sie mir über Abdul erzählen können.«

»Bist du wirklich mit Abdul verlobt? Liebst du ihn etwa, willst du ihn jetzt noch heiraten?«

Eligia merkte, wie sehr den Kommissar diese Fragen beschäftigten. Sie hatte das dumpfe Gefühl, dass er wirklich rassistisch eingestellt war. Deshalb zögerte sie mit ihrer Antwort und stellte eine Gegenfrage:

»Mit wie viel Jahren muss er rechnen?«

»Nun, das kommt auf den Richter an. Zwischen vier und acht Jahren, denke ich. Er wird wohl noch unter Jugendstrafrecht fallen.«

»Bewährung ist nicht möglich?«

»Nein, bei Tötungsdelikten nicht. Und auf reine Notwehr kann er sich aufgrund seines Geständnisses nicht berufen.«

Eligia nickte. So etwas hatte sie sich schon gedacht. Nun, sie war stark und inzwischen in der Lage, für sich und ihr Kind allein zu sorgen.

»Ich bin von Abdul schwanger.«

Diese Worte erschreckten sie selbst. Sie hatte erst am Nachmittag des Vortages diese Nachricht von einer Frauenärztin erhalten. Schwanger! Keine Sekunde hatte sie an diese Möglichkeit gedacht, als sie mit Abdul ungeschützt geschlafen hatte. Sie hatte sich damals in seinem Haus wohl schon verheiratet gefühlt, aber jetzt, in diesem Moment, wurde ihr klar, dass sie allein war, weder verlobt noch verheiratet. Und der Vater ihres Kindes saß für Jahre im Gefängnis. Und wie sie in die erstaunten Augen des Kommissars schaute, wusste sie plötzlich, dass sie auf keinen Fall mit Abduls Mutter in seinem Haus auf ihn warten wollte.

»Ja, ich werde dann wohl eine alleinerziehende Mutter sein, für mindestens vier Jahre. Das ist in Glasgow ja nichts Besonderes, und ich bin mir sicher, dass ich das schaffe. Leider kann ich nicht weiterstudieren, denn ich werde nicht in Abduls Haus wohnen und mein Kind seiner Mutter überlassen. Auch nicht für ein paar Stunden am Tag.«

Der Kommissar nickte verständnisvoll.

»Wo willst du dann leben? Bei Elvin und Julia? So eine Dreiecksbeziehung ist auch nicht das Gelbe vom Ei.«

Sie musste lachen.

»Ja, aber einen Versuch ist sie wert. Julia ist mir inzwischen nah wie eine Schwester geworden. Aber Elvin kann ich immer noch nicht richtig einordnen. Kann sein, dass er mir gefährlich wird, als Frau meine ich.«

Der Kommissar wusste sowieso, was sie meinte. Das erkannte sie an seinen Augen.

»Eligia, du bist für jeden Mann eine Versuchung, aber kein Mann will einem Engel Schaden zufügen und jeder hat vor einem Todesengel Angst.«

Sie verschluckte sich fast an dem Schluck Tee, den sie gerade trank.

»Ich bin kein Todesengel, ja, überhaupt kein Engel, so etwas gibt es nicht. Und auch Elfen werden nicht schwanger. Ich bin ein normales 17-jähriges Mädchen, das möglicherweise besondere Fähigkeiten besitzt.«

»Und das ist nicht sicher", fügte sie hinzu, als der Kommissar schwieg.

Plötzlich stand ein Mann an ihrem Tisch und sagte kurz und abgehakt:

»Schnell, raus ins Spielzimmer.«

Offensichtlich wusste der Kommissar, was gemeint war. Er zog Eligia hoch und hinter sich her. Gleich neben ihrem Tisch befand sich eine Tür, die sie vorher gar nicht bemerkt hatte. In Sekundenschnelle waren sie hinter dieser Tür verschwunden. Es war so dunkel in dem Raum oder Flur, dass sie zuerst nichts erkennen konnte. Dann sah sie eine zweite Tür, die Mr. Wine öffnete und die in einen anderen Raum führte. Hier herrschte gedämmtes Licht und ermöglichte einen Überblick. Mehrere Spieltische mit gepolsterten Stühlen umstellt, prägten das Bild. An einer Wand befand sich eine Bar und Theke. Die andere Wand war mit einem riesigen Spiegel verkleidet. Offensichtlich befanden sie sich in einem illegalen Spielcasino, klein, aber edel eingerichtet.

»Versteck dich dort in dem Spiegelschrank. Er ist gut belüftet und zwei bequeme Stühle ermöglichen einen längeren Aufenthalt. Auch ein kleiner Kühlschrank mit Getränken steht drin. Ich bleibe hier draußen und warte, ob sie diesen Raum finden und hereinkommen.«

»Wer überhaupt?«, fragte sie erschrocken.

»Die Geheimpolizei. Sie vermuten in mir den Racheengel, der Pakistaner tötet und sie denken, dass ich Helfer habe. Die wollen sie finden. Wenn sie mich hier mit dir erwischen, müssen wir beide mit ihnen gehen und werden stundenlang verhört. Du bleibst deshalb so lange hier, bis mein Freund, er heißt Sam, dich befreit.«

Er schob sie in den Spiegelschrank und sie sah, dass sich hinter der Tür ein wohnliches, kleines Zimmer befand, sogar mit einem Waschbecken und einer Toilette ausgestattet.

»Die Tür kann nur durch einen Code geöffnet werden und die Tastatur befindet sich in Sams Büro. Falls ihm etwas passiert, kennt seine Frau die Zahlenkombination und weiß auch, dass sie dich hier herausholen muss.«

Sie setzte sich auf einen Stuhl und konnte nur noch »Okay, ich verhalte mich still«, flüstern.

Dann schloss der Kommissar die Tür.

KAPITEL 30

Die Gedanken sind nicht frei

Als die Tür leise ins Schloss glitt, versank der kleine Raum in völlige Stille. Eligia setzte sich auf den einen Stuhl und legte ihre Füße hoch auf den anderen. Nach dieser hektischen Flucht spürte sie ihren Puls rasen und nun allmählich langsamer werden. Auch die Stille wirkte beruhigend. Ein schalldichtes Versteck, dachte sie. Man wird draußen keine Schreie hören und drinnen nicht, was vor der Tür abläuft.

Sie öffnete die Kühlschranktür und sah, dass er mit verschiedenen Getränken von Wasser über Bier bis zur halb vollen Gin-Flasche alles enthielt, was eher Männer bevorzugten. Eine Tüte Erdnüsse und Salzstangen lagen oben auf dem Kühlschrank neben sechs verschiedenen Gläsern, ziemlich sauber, auf einem Geschirrtuch. Sie nahm sich eine kleine Wasserflasche und versuchte, ihre Gedanken zu ordnen. Was wurde hier gespielt? Wen beschattete oder verfolgte der Geheimdienst und warum? Plötzlich kam ihr der Gedanke, dass es sich bei Mr. Wine gar nicht um einen normalen Kommissar handeln könnte. Er hatte sie nur daheim aufgesucht und sie durften ihn in jeweils in einem Lokal treffen, nie aber in seinem Büro. Vielleicht war er auch Mitglied einer schottischen Untergrundbewegung. Auf jeden Fall war die Geschichte über seine getötete Schwester wahr, da gab es für sie keine Zweifel. Das hatte sie ja bei der Gerichtsverhandlung schon erfahren. Egal wer er war, er war in Ordnung und sie vertraute ihm weiter. Vielleicht stimmte auch alles, was er erzählt hatte, und sie reagierte nur zu misstrauisch.

Ihre Gedanken verließen den Kommissar und wanderten zu Abdul ins Gefängnis. Seine Zelle war wahrscheinlich größer, dafür weniger gut mit Getränken ausgestattet. Aber auch er saß völlig isoliert in U-Haft. Gleich morgen, wenn sie bis dahin aus ihrem Versteck befreit worden war, würde sie die Besuchserlaubnis beantragen. Der Kommissar hatte gesagt, dass das etwa zwei bis vier Tage dauern könne. Sie überlegte, was Abdul wohl zu ihrer Schwangerschaft sagen würde. Er wird sich freuen, sagte sie leise vor sich hin, um sich selbst zu überzeugen und zu beruhigen. Aber was wird Saira sagen? Diesen Gedanken verdrängte sie und überlegte stattdessen, wo sie leben wollte, jetzt in der Schwangerschaft und nachher mit ihrem Baby. Sie sah vor ihren Augen, wie sie mit einem süßen Baby auf dem Arm irgendwo in den Highlands stand. Ja, sie könnte dahin flüchten, raus aus der verdreckten und verkommenen Stadt. Bestimmt würde Abdul ihr so viel Geld geben, dass sie sich eine kleine Wohnung in einem der sauberen Dörfer mieten könnte.

Dann dachte sie an Elvin und Julia. Elvins eigenartiger Blick und seine Worte im Angesicht des Todes fielen ihr ein. Hatte er wirklich gesagt, dass er mit ihr körperlich verschmelzen wolle und dass ihn dieser Wunsch letztendlich am Leben erhalten habe?

Ihr wurde kalt und sie schaute sich nach einer Decke um. Links neben dem Kühlschrank sah sie einen Stapel von zwei Decken und zwei Kopfkissen. Sie zog sich eine Decke herüber und legte sie sich um ihre Schultern und schon sah sie wieder Elvin vor sich, wie er nackt aus dem Highlandsee stieg und von Julia in eine Decke gehüllt wurde. Der Kommissar hatte recht, eine Dreiecksbeziehung war nicht gut, sie zog Probleme und Konflikte geradezu unvermeidlich im Schlepptau nach sich. Sie spürte, wie sie müde wurde. Hoffentlich hatte der Kommissar alles unter Kontrolle und irgendjemand holte sie bald aus dieser Zelle. Wenn sie bis zum Abend nicht daheim war, würden Elvin und Julia sich Sorgen machen, weil sie nicht erreichbar war. Sie hatte nicht den Hauch von Handyempfang.

Dann schlief sie doch ein. Als sie aufwachte, war es auf ihrer Uhr 20:00 Uhr. Bestimmt hatte Elvin schon x-mal versucht, sie telefonisch zu erreichen, und wahrscheinlich hatte er auch versucht, den Kommissar anzurufen oder Bud. Wer war überhaupt Bud? Ein Freund vom Kommissar. Ihn könnte sie vielleicht um Hilfe bei der Wohnungssuche bitten. Er hatte auch für Julia eine gute Unterkunft gefunden. Und dann öffnete sich die Tür. Eine Frau, etwa vierzig Jahre alt, flüsterte:

»Draußen wartet ein Taxi, schnell, verschwinde. Nimm hier den Hinterausgang und lasse dich zu Elvins Haus fahren. Der Kommissar gibt dir morgen Bescheid über Bud.«

Sie zeigte Eligia den Hinterausgang, vor dem schon ein Taxi mit laufendem Motor wartete. Sie stieg rasch ein und machte

sich auf dem Hintersitz so klein wie möglich. Der Taxifahrer sagte kein Wort und fuhr sofort los. Nach etwa fünf Minuten Fahrt kam ihr die Gegend wieder bekannt vor. Sie blieb weiter in sich zusammengekauert sitzen. Vor Elvins Haus sagte der Mann:
»Die Fahrt ist bereits bezahlt.«

Und Eligia verschwand so schnell sie konnte hinter der Gartentür. Sie öffnete mit ihrem Schlüssel die Haustür und stieß beinahe mit Julia und Elvin zusammen. Beide starrten sie besorgt an.

»Wir haben solche Angst um dich gehabt!«

Julia umarmte sie und Elvin sagte mit rauer Stimme:

»Konntest du nicht anrufen und Bescheid geben, dass es später wird? Du bist seit zehn Uhr vormittags unterwegs. Warst du bei Abdul?«

In diesem Moment wurde Eligia klar, dass Elvin Abdul als Rivalen ansah und dass sie ihn möglicherweise eines Tages vor Elvin beschützen musste.

»Ich hatte leider keinen Empfang, sonst hätte ich euch angerufen. Ich saß bis vor 15 Minuten in einem schalldichten Raum, weil der Geheimdienst hinter dem Kommissar her war und der nicht mit mir gesehen werden wollte. Keine Ahnung, was da genau läuft, aber es war eine brenzlige Situation. Ich bin gerade erst aus dem Raum befreit worden und schnell in ein wartendes Taxi gestiegen. Die Frau, die mich rausgelassen hat, ist wohl die Ehefrau des Café-Besitzers und sie hat gesagt, Bud ruft uns morgen an. Lade mal das Smartphone von Bud auf.«

Elvin schien beruhigt und suchte das Smartphone in einer Schrankschublade. Julia zog einen Stuhl näher an ihren und drückte Eligia darauf.

»Komm, trink etwas Tee und iss ein Sandwich. Du solltest

nicht mehr allein weggehen. Ich habe dich schon gekidnappt gesehen, von irgendwelchen miesen Typen.«

Sie streichelte Eligias Hand und dann kam Elvin mit dem Aufladekabel und Smartphone an den Tisch.

»Vorhin haben wir im Radio gehört, dass die pakistanische Frau vom Damned Love gestorben ist. ›An ihren Verletzungen‹, haben sie gesagt, und zwar schon vorvorgestern, wie wir noch in den Highlands waren. Ich verstehe nicht, wie sie nach so vielen Tagen an einem ausgestochenen Auge sterben kann.«

Eligia zuckte zusammen. Das, was sie schon immer befürchtet hatte, war jetzt eingetreten. Sie konnte nur durch ihre Gedanken Menschen töten, verletzen, krank machen oder vielleicht auch heilen. Sie brauchte ihre Flügel weder sehen noch fühlen und anscheinend auch nicht die Menschen, auf die sie sich konzentrierte. Sie musste ihnen nur etwas wünschen und emotional betroffen sein. Sie erinnerte sich genau an das Gespräch mit Julia und wie sie bei ihrer Schilderung tief in ihrer Seele mitgelitten hatte mit dem kleinen elfjährigen Mädchen, das von dieser gewissenlosen Frau missbraucht und zur Nutte gemacht worden war. Und wie sie sich den Tod dieser Frau gewünscht hatte, von tiefstem Herzen.

Julia schaute sie an und lächelte befriedigt.

»Das kann mir keiner in die Schuhe schieben, und dir erst recht nicht.«

Da wusste sie, dass auch Julia sich an den Moment der Hinrichtung erinnerte.

Am nächsten Tag rief Bud schon um neun Uhr früh an. Er wollte Eligia sprechen und Elvin gab ihr das Telefon.

»Hallo, meine Süße, da seid ihr zwei, also du und der Kommissar, ja gerade noch dem Geheimdienst entwischt. Sie glauben inzwischen, dass es eine Art Untergrundbewegung gibt, die gezielt Pakistaner tötet.«

»Und was hat das mit uns zu tun? Elvin und Julia wurden in einem öffentlichen Lokal von Pakistanern angegriffen, das hat nichts mit Untergrund zu tun.«

»Ja, liebe Eligia, dieser Vorgang ist auch nicht gemeint, aber dass Tage später der weibliche Bodyguard an einer Gehirnblutung stirbt, für die es keine Erklärung gibt, das hat den Geheimdienst auf den Plan gerufen. Der Kommissar wollte dir das erklären, ist aber nicht mehr dazu gekommen. Ich soll dir ausrichten, dass es ihm gut geht und keiner was von eurem Treffen weiß. Offiziell hat er nur einen Kaffee in diesem Lokal getrunken. Du sollst dich an eine Mrs. Storm wenden wegen der Besuchserlaubnis. Die sitzt im Gebäude der Staatsanwaltschaft im 2. Stock.«

Sie bedankte sich und Bud beendete das Gespräch. Es hatte nicht länger als zwei Minuten gedauert, auch er war vorsichtig. Elvin hatte mitgehört, weil sie den Lautsprecher angestellt hatte. Er lächelte.

»Wir müssen etwas zurückhaltender sein. Ehrlich gesagt bist du, liebe Eligia, gefährlicher als ich. Ich brauche meinen Arm und den Gegner vor mir, du kannst anscheinend töten, allein durch die Kraft deiner Gedanken.«

Sie sagte nichts. Diese Fähigkeit war schwerer zu kontrollieren als alles andere.

»Du weißt, dass du diese Fähigkeit ganz besonders gut kontrollieren musst? Bei dir gilt der Spruch ›Die Gedanken sind frei!‹, niemals und unter keinen Umständen!«

Und Eligia nickte nur.

KAPITEL 31

Abdul

Zwei Tage später fuhr sie mit Elvins Auto zum Gefängnis. Sie wusste nicht, ob sie beschattet wurde, es war ihr auch egal. Sie musste sowohl den Pakistanern als auch dem Geheimdienst deutlich zeigen, dass sie mit Abdul verlobt war und hinter ihm stand, auch, wenn er wegen Totschlags im Gefängnis saß. Das würde die Verdachtsmomente und Vermutungen mehr ausräumen als viele Worte.

Als sie Abdul das erste Mal wiedersah, verkrampften sich ihr Magen und ihr Herz. Er sah so sanft und erfreut aus, wie er zum Stuhl hinter der Glasscheibe ging und das Telefon ergriff.

»Eligia, ich bin so unbeschreiblich froh, dich wiederzusehen. Geht es dir gut, mein Engel?«

»Ja, mir geht es gut, auch wenn ich Sehnsucht nach dir habe und weinen könnte, wenn ich dich hier hinter der Trennscheibe sehe.«

Abduls Augen und sein Lächeln erwärmten ihre Seele und ihr Herz in Sekunden. Und sie spürte, wie jede Faser ihres Körpers und ihrer Seele sich mit ihm vereinigen wollten. Nie mehr in den nächsten Jahren würde das möglich sein, nie mehr würde sie seine weichen Lippen auf ihrem Mund und ihrem Körper spüren. Sie hatte das Gefühl, innerlich zu zerreißen vor Schmerz bei dieser Vorstellung und der Ahnung von dem, was auf sie zukommen würde in den nächsten Jahren des Wartens und der Einsamkeit.

»Abdul, ich bin schwanger und werde auf dich warten, egal, wie lange es dauert, damit wir eines Tages eine glückliche kleine Familie sein können.«

Abduls Gesicht durchzog ein ungläubiges Erschrecken, Erstaunen und dann eine Freude, die nur Menschen ausstrahlen können, die sie ganz tief von innen heraus empfinden. Und sie glaubte ihm jedes seiner Worte, die er dann sprach:

»Oh Allah, ich danke dir für diese Freude, dieses wunderbare Geschenk.«

Tränen rannen aus seinen braunen Augen und er konnte kein Wort mehr herausbringen. Sie hatte nicht mit dieser Reaktion gerechnet und ein schlechtes Gewissen überfiel sie. Denn ihr war in den letzten Wochen klar geworden, dass sie mit Saira Probleme bekommen würde und daran konnte auch ein Kind mit Abdul nichts ändern. Abdul dachte in diesem Moment des Glücks sicher nicht an seine Mutter, er strahlte Eligia mit tränengefüllten Augen an und sie musste an Regen denken, der den Regenbogen am Horizont erstrahlen ließ.

»Eligia, ich bin so unendlich froh, dass Allah mich nicht bestraft, sondern belohnt hat. Ich hatte in den letzten Wochen das

Gefühl, ich werde bestraft, weil ich Sex mit einem jungfräulichen Engel hatte, und ich war bereit, jede Strafe demütig zu erdulden. Aber jetzt weiß ich, dass Allah unsere Vereinigung wollte und dass die strengen Regeln unserer Tradition, wenn sie aus Liebe gebrochen werden, mich nicht zu einem Sünder machen.«

Und sie freute sich mit ihm, weil er so glücklich war. Und nach ein paar Minuten des Schweigens und Lächelns wurde sein Gesicht ernster. Sie spürte, wie die Realität in seine Gedanken zurückdrängte.

»Wo willst du wohnen, Eligia? Meine Mutter hat erzählt, dass du ausgezogen bist und bei Elvin wohnst. Hat er seine Infektion gut überstanden?«

»Ja, sein Arm ist gerettet und er selbst auch. Du weißt, dass er mit Julia in tiefer Liebe verbunden ist, ich bin und bleibe seine Freundin. Aber ich weiß nicht, ob ich mit den beiden zusammenleben will.«

Abdul schaute in ihre Augen und wahrscheinlich wurde ihm klar, dass sie auf keinen Fall mit seiner Mutter zusammenleben wollte.

»Ich könnte dir eine Wohnung schenken in einem unserer Mietshäuser. Dann muss dir aber klar sein, dass du in den Augen meiner Mutter und Familie nur meine Geliebte bist und nicht meine zukünftige Frau. Ja, noch schlimmer, ich werde eines Tages eine andere Frau heiraten müssen, so will es die Tradition.«

Sie war froh, dass er Klartext redete. Es brachte nichts, die Augen vor der Realität zu verschließen.

»Niemand weiß, was die Zukunft bringt. Ich lebe nur im Jetzt und Heute, genieße meine Schwangerschaft und bete, dass mein Kind gesund zur Welt kommt. Ich besuche dich jede Woche und überlege mir bis zum nächsten Mal dein Angebot.«

Abdul nickte zustimmend.

»Ja, lass dir Zeit. Im Moment bist du sicher in Elvins Haus, sicherer jedenfalls als bei mir daheim. Meine Mutter hat sich entschlossen, das gesamte Geschäft, also alle kriminellen Aktivitäten zu beenden und zu verkaufen. Wohl oder übel hat sie durch meine Inhaftierung vollen Einblick in die Geschäfte bekommen und war entsetzt. Beim letzten Besuch habe ich sie fast nicht wiedererkannt, sie wirkte hart und verbittert. Sie hasst meinen Vater und verachtet mich, weil ich ihr nicht die volle Wahrheit gesagt habe und bereit war, die Geschäfte weiterzuführen. Sie hat jetzt schwierige Verhandlungen vor sich. Die anderen Familienoberhäupter geben sich bei uns die Klinke in die Hand. Sie sind alle scharf auf unser Imperium und meine Mutter weiß, dass sie nur Fehler machen kann. Noch nie wurde der Besitz einer Familie verkauft oder aufgelöst. Ich selbst wüsste nicht, wie ich das bewerkstelligen sollte, sie aber ist eine starke Frau geworden, so stark, dass viele Angst vor ihr haben und sie deshalb ausschalten wollen. Sie hat drei Bodyguards meines Vaters zu ihrem persönlichen Schutz ins Haus aufgenommen und diese beschützen sie Tag und Nacht. Ein Elektroingenieur hat das Haus in eine Festung verwandelt, es gibt zig Alarmanlagen, Kameras und sogar Schussfallen. Nach dem Verkauf wird zwar alles ruhiger werden, hoffe ich, aber im Moment ist unser Haus kein Ort für dich.«

Eligia dachte: Und deine Mutter keine liebevolle Freundin. Für sie war klar, dass sie die Jahre, die Abdul im Gefängnis bleiben musste, auf keinen Fall mit Saira verbringen würde.

»Ich denke, es ist besser, wenn du deiner Mutter gar nicht sagst, dass ich von dir schwanger bin, sonst könnte sie das Kind wollen und mir gefährlich werden.«

Abdul zuckte zusammen.

»Daran habe ich noch gar nicht gedacht. Aber ja, du hast recht, diese Gefahr besteht. Ich muss ihr sagen, dass wir nur befreundet bleiben und ich mir nach der Entlassung eine gute pakistanische Frau suchen werde.«

Er schwieg und durchdachte wohl die Situation und die Tradition seiner Familie.

»Ich habe von hier keinen Zugriff auf unser Geld. Es wird also schwierig für mich, dich finanziell zu unterstützen, wenn ich meiner Mutter keine plausible Erklärung liefere.«

Eligia sah das sofort ein. Geldzuwendungen oder eine Wohnung würden später, wenn ihr Kind geboren worden war, den Verdacht bestärken, dass Abdul der Vater sein könnte. Nein, sie musste das Kind vor Abduls Mutter als Elvins Kind ausgeben und es ihr möglichst nie zeigen, wenn es Abdul ähneln sollte.

»Ich glaube, es ist besser, wenn du ihr sagst, dass ich von Elvin schwanger bin, und das auch erst kurz vor der Geburt.«

Abdul schaute sie an und war eigenartigerweise einverstanden. Jedenfalls lächelte er zustimmend. Erstmals hatte sie das Gefühl, dass Abdul Angst vor seiner starken Mutter hatte. Er ahnte die Probleme, die auf ihn zukommen würden, wenn er mit ihr, der Mutter seines Kindes, zusammenleben wollte. Er wirkte hier im Gefängnis so viel schwächer als in Freiheit und als Boss eines kriminellen Imperiums. Möglicherweise hatte er sogar Angst vor ihr. Seine nächsten Worte bestätigten ihre Vermutung.

»Ich wollte dir eigentlich etwas anderes erzählen, besser, dich etwas fragen. Also, an dem Abend im Damned Love hatte ich das Gefühl, dass du in mir steckst, ich weiß nicht, wie ich das erklären soll. Ich wusste ja, wie wichtig dir Elvin und Julia waren. Und wie die Situation für beide so gefährlich wurde, habe ich, wie ferngesteuert meine Waffe gezogen und geschossen. Mein

Kopf hat versucht, mich zurückzuhalten, mich dazu zu bringen, abzuwarten, mich nicht einzumischen, aber irgendetwas in mir hat mich gezwungen zu schießen. Versteh mich bitte nicht falsch, Eligia, ich will dir auf keinen Fall die Schuld geben! Ich will nur wissen, ob so etwas möglich ist, also ob du mich gedanklich beeinflussen konntest im Moment des Geschehens?«

Sie war schon während seiner Erzählung innerlich erstarrt. Ja, er hatte richtig gespürt, sie hatte ihn ferngesteuert, das traf den Vorgang perfekt. Sie hatte gewusst, dass er nicht ohne Waffe zu diesem Lokal fahren würde und hatte im Moment der Gefahr mit aller Macht gewünscht, dass er mit dieser Waffe die angreifenden Pakistaner vernichten sollte.

»Ich weiß es nicht hundertprozentig, Abdul, aber ich habe auch diesen Verdacht. Es ist möglich, dass ich mit Gedanken oder Wünschen Dinge geschehen lassen kann und auch Menschen in ihren Handlungen beeinflussen.« Abdul lächelte.

»Ich habe es immer gewusst, dass du ein Engel bist, und jetzt bekommt ein Engel ein Kind von mir. Ich bin auserwählt und der glücklichste Mann der Welt. Alhamdulillah!«

Eligia war sich nicht sicher, ob er wirklich die Glückskarte mit ihr gezogen hatte. Im Gegenteil, sie war sich über vieles völlig im Unklaren. Dinge, die in letzter Zeit geschehen waren, verwirrten sie und sie musste unbedingt mit irgendjemandem darüber reden. Mit jemandem, der sich auskannte mit übernatürlichen Fähigkeiten.

Sie schaute wieder in Abduls glückliches und strahlendes Gesicht, wärmte sich noch mal an seinen tiefbraunen Augen und der Liebe, die sie ausstrahlten und stand dann auf, weil der Beamte signalisiert hatte, dass die Besuchszeit vorbei sei.

»Abdul, ich verlasse dich schweren Herzens und besuche dich

nächste Woche wieder. Ich bin im Moment so verwirrt und muss erst meine Gedanken ordnen. Aber klar ist, dass ich dich - jede Woche besuchen werde.« Eigentlich wollte sie sagen: klar ist, dass ich dich liebe. Aber war das überhaupt klar? Spürte sie Liebe oder doch eher Mitleid, vermischt mit Schuldgefühlen? Manchmal ist es schon schwer, die eigenen Gefühle richtig einzuordnen. Und noch viel schwieriger wird es, die Gefühle anderer zu erkennen und zu glauben, dachte sie.

Abdul nickte und winkte mit der Hand, nachdem er den Telefonhörer eingehängt hatte. Sein Lächeln blieb in seinem Gesicht, bis er hinter der Tür des Besucherraums verschwunden war.

KAPITEL 32

Bud

Eligia erreichte Elvins Haus ohne Komplikationen, allerdings drückte Elvins Gesicht bei der Begrüßung für Sekunden wieder diese eigenartige Mischung aus Eifersucht und Wut aus. Und in den letzten Tagen hatten seine Highland-See-Augen auch immer öfter eine Art von Begehren signalisiert. Sie musste Klartext mit ihm reden. Weiteres Ignorieren dieses Problems zwischen ihnen würde alle nur noch verschlimmern.

»Hallo ihr Lieben. Mein erster Besuch bei Abdul ist sehr schön verlaufen. Wenn man mal davon absieht, dass ich ihn körperlich nicht berühren konnte wegen dieser ekelhaften Trennscheibe. Aber gut, daran werde ich mich vorerst gewöhnen müssen.«

Elvin sagte nichts und Julia umarmte sie voller Mitleid.

»Ich gebe dir einen Umarmungsersatz«, flüstere sie ihn ihr Ohr und Eligia spürte einen sanften Kuss auf ihrem Hals.

»Ach Julia, du weißt, dass ich meine ganze Kindheit und Jugend auf körperliche und seelische Umarmungen verzichten musste. Da bin ich jetzt sowieso noch besser dran, denn seelisch sind Abdul und ich uns sehr, sehr nah.«

Sie schaute bei diesen Worten in Elvins Augen und erschrak. Ja, er war für Abdul eine Gefahr, da war sie sich sicher. Und wie immer entschloss sie sich zum Frontalangriff.

»Ich wollte euch noch eine freudige Überraschung mitteilen. Ich bin schwanger, bestätigt von einer Frauenärztin. Und so was von happy, Abdul natürlich auch. Er war unbeschreiblich glücklich.«

Julia umarmte sie gleich noch einmal.

»Welche Freude, wie wunderbar, Eligia. Mit einem Baby wird dir die Wartezeit leichter fallen und vielleicht berücksichtigt das Jugendgericht sogar diese Wendung.«

Sie musste lächeln. Julia war eine durch und durch pragmatische Freundin. Und dann kam Elvin auf sie zu und umarmte sie. Er drückte ihren Körper fest und fordernd an den seinen. Sie erstarrte innerlich und auch körperlich.

»Keine Angst, liebste Seelenfreundin. Ab jetzt bist du tabu für mich. Du bist jetzt eine Frau, kein Mädchen mehr und du bist die Frau eines Pakistaners.«

Diese Wortwahl ließ sogar Julia zusammenzucken.

»Spinnst du? Abdul ist Abdul und nebenbei ist er pakistanischer Herkunft. Rassisten sind genauso scheiße wie Polizisten.«

Ihre Stimme hatte sich zu einem scharfen Messer verwandelt und Elvin spürte offensichtlich, dass er zwei starke Mädchen gegen sich hatte. Er ließ Eligia los und versuchte, Julia zu umarmen.

»Reg dich ab, Süße! Ich habe euch nur erschrecken wollen. Die Verhältnisse sind ja sowieso klar bei uns. Du bist meine geliebte Freundin und Sexgespielin und Eligia meine seelenverwandte Jugendfreundin.«

Eligia akzeptierte sein Zurückweichen und Einlenken, aber sie wusste, dass sie achtsam bleiben und ihn, wie einen Gegner, nicht aus dem Auge lassen durfte. Vor allem, weil sie seine Gefährlichkeit immer noch nicht hundertprozentig einschätzen konnte.

Sie lächelte leicht und sagte ganz entspannt:

»Gib mir bitte mal das Smartphone von Bud. Ich will versuchen, ihn zu erreichen.«

Elvin nahm wortlos Buds Smartphone von seinem Schreibtisch und gab es ihr. Sie wählte die einzige gespeicherte Nummer und redete auf eine Mailbox.

»Hallo, hier ist Eligia. Bitte ruf mich gelegentlich zurück.«

Zehn Minuten später rief Bud zurück.

»Eligia, ist was passiert?« Seine Stimme klang beunruhigt.

»Nein, nein, alles ist in bester Ordnung. Ich möchte dich aber gerne sprechen, weil ich einige Fragen habe, die du mir vielleicht beantworten kannst.«

»Vor allem wegen Abdul«, fügte sie hinzu, um Elvin nicht misstrauisch zu machen.

»Ja, heute Nachmittag habe ich noch etwas Zeit. So gegen fünf Uhr im gleichen Café wie neulich mit dem Kommissar, dort sind wir immer am sichersten.«

»Okay, ich bin um 17:00 Uhr dort.«

Sie fuhr mit dem Taxi. Während der Fahrt überlegte sie sich, was sie Bud fragen wollte. Vorrangig aber überdachte sie ihre finanzielle Lage. Sie lebte immer noch von den 500 £, die Elvin ihr vor Wochen als Taschengeld zur freien Verfügung gegeben hatte. Und ihr war klar, dass er sie nicht noch mal so großzügig finanziell unterstützen würde, denn damals wollte er verhindern, dass sie von Abdul finanziell abhängig werden könnte. Heute war sie viel mehr von Abdul abhängig, in erster Linie, weil er der Vater ihres Kindes war.

Als sie das Café betrat, saß Bud an dem gleichen Tisch wie der Kommissar vor einigen Tagen, mit Blick auf die Tür.

»Halle Eligia, komm her an unseren Stammtisch.«

Sie setzte sich wieder mit dem Rücken zur Tür und ihm gegenüber.

»Bud, es gibt einige Neuigkeiten, die ich mit jemandem besprechen muss, dem ich vertraue.«

Bud lächelte väterlich.

»Du kannst mir immer vertrauen, genauso wie dem Kommissar.«

Sie dachte: Ja, aber ich weiß nichts von euch. Deshalb versuchte sie ihr Glück mit der ersten Frage.

»Bud, gehören Sie und der Kommissar zu einer Untergrundbewegung?«

Bud lächelte kurz und schien seine Antwort zu überlegen.

»Diese Frage ist nicht so leicht zu beantworten, Eligia, aber ich verstehe, dass du sie stellst. Natürlich verfolgt der Geheimdienst niemanden ohne begründeten Verdacht, aber die Situation ist trotzdem etwas komplizierter. Der Kommissar und ich waren früher zusammen in dem Dezernat für Gewalttaten, auch an Kindern, tätig. Nach jahrelangen, frustrierend verlaufenden Ermittlungen und eindeutigem Vertuschen von Straftaten vonseiten unserer Vorgesetzten haben wir Konsequenzen gezogen. Ich habe den Dienst quittiert, weil ich gesehen habe, dass ich als

Streetworker ohne die Fesseln des Staates viel mehr erreichen und helfen kann, als wenn ich weiter Polizeibeamter geblieben wäre. Heute weiß ich, dass ich richtig gehandelt habe, trotzdem leiden wir weiter unter der Unfähigkeit und Angst des Staatsapparates, also der Polizei und Staatsanwaltschaft. Erst jetzt durch die ungeklärten Tode von Pakistanern mussten sie ihre Scheuklappen abnehmen, vorher haben sie die Aussagen von betroffenen Mädchen oder auch Buben einfach nicht erst genommen und sogar ihre Eltern eingeschüchtert, weil sie ihre Kinder nicht ausreichend beaufsichtigt, beziehungsweise vernachlässigt hätten. Ja, sie ließen über die Jugendämter einige Kinder in Heime einweisen und dort hatten die Kriminellen noch leichter Zugang zu ihnen. Schließlich haben die Heimleitungen Druck gemacht und das hat auch einiges in Bewegung gesetzt, vor allem die Presse. Deshalb also sucht der Geheimdienst nun nach Sündenböcken, Kommissar Wine bietet sich an, weil jeder von dem schrecklichen Tod seiner Schwester weiß. Ich bin der große Unbekannte, der nichts anderes macht, als zu helfen, und das finden sie bei ihren Ermittlungen tagtäglich heraus. Du Eligia, und auch Elvin, ihr seid die Geheimnisvollen, die niemand einordnen kann in dieser Geschichte.«

Er machte eine Pause, trank aus seinem Wasserglas und schaute in ihre Augen.

»Wir haben eure übernatürlichen Kräfte und Elvins Rachegelüste nicht direkt angestachelt, aber doch irgendwie gefördert und gleichzeitig versucht, euch zu beschützen, so gut wir konnten. Und letztendlich habt ihr diesen unglücklichen Opfern, in den wenigen Wochen, mehr geholfen als die ganze Staatsmacht in den letzten sechs Jahren. Ihr habt euer Leben riskiert, Kommissar Wine und ich, wir danken euch dafür, auch im Namen aller Missbrauchsopfer.«

Er pausierte und schaute in die Ferne. Eligia sagte nichts, weil ihr in diesem Moment gar nichts Sinnvolles einfiel. Deshalb fuhr Bud fort:

»Wir vier sind schon so etwas wie eine Untergrundbewegung und man kann durchaus sagen, dass wir Selbstjustiz an Verbrechern verübt haben. Wir sind keine Rassisten. Wir hätten weiße, schottische Pädophile genauso verfolgt. Ich kenne viele sehr brave Pakistaner, Inder und andere Schotten mit ausländischen Wurzeln. Und der Beginn allen Übels liegt sowieso in den desolaten Familien, aus denen die Mädchen stammen. Du und Elvin, ihr seid auch ungeliebte Kinder, Elvin sogar ein Heimkind. Für den Kommissar und mich ist es jetzt vorrangig, dass ihr heil aus der Nummer rauskommt und genauso schnell und unauffällig wieder im Untergrund verschwindet, wie ihr hergekommen seid. Keiner von euch beiden darf noch mal seine besonderen Kräfte einsetzen. Elvin muss alle Rachegelüste unter Kontrolle bringen und du solltest ganz aus Glasgow wegziehen. Ich kann dir dabei helfen.«

Ihr Herz machte einen kleinen Freudensprung. Er war ihrer Bitte zuvorgekommen. Deshalb nickte sie nur zustimmend und Bud überlegte laut:

»Ich habe sehr viele gute Beziehungen, auch zu Eltern, die ihre Kinder verloren haben, und ihr früheres Fehlverhalten als Pflegeeltern noch mal gutmachen wollen. Sie würden nichts lieber tun, als ein braves Mädchen wie dich zu unterstützen, mit Wohnung, Kost und Förderung deiner Berufsausbildung. Willst du noch weiterstudieren?«

»Ja, vielleicht etwas später. Eine Universität in der Nähe wäre schön, aber ich bin nicht so brav, wie Sie denken. Ich bin schwanger, und zwar von Abdul. Es könnte also Probleme geben mit Eltern, die ihr Kind durch Pakistaner verloren haben.«

Sie sah bei diesen Worten sofort, wie sich Buds Gesicht, ja, sein Körper verhärtete.

Er fing sich schnell und setzte wieder sein väterliches Lächeln auf.

»Ja, da hast du recht, das ändert die ganze Situation schon. Wenn dein Kind farbig ausschaut, würden diese armen Eltern tagtäglich an die Täter erinnert werden, das wäre für beide Seiten sehr schlecht.«

Eligia war froh, dass Bud Klartext redete, sonst wäre ihr Vertrauen in ihn erschüttert worden. In dieser Situation mussten sie alle Eventualitäten offen diskutieren. Sie erklärte ihm ihre Wünsche und Bedenken:

»Ich möchte vor Abduls Mutter verheimlichen, dass ich von ihrem Sohn schwanger bin. Sie könnte sonst später Besuchsrechte oder Schlimmeres geltend machen. Deshalb möchte ich in den Highlands untertauchen. Haben sie dort auch Beziehungen?«

Sie verschwieg Bud die Angst, vor ihrer besonderen Fähigkeit, durch Gedanken töten zu können. Irgendwie hatte sie das Gefühl, dass sie niemandem hundertprozentig vertrauen konnte. Sie schätzte sich selbst als gefährlich ein, weil sie noch nicht in der Lage war, ihre übernatürlichen Kräfte zu kontrollieren. Wenn irgendjemand ihr Kind bedrohen, vielleicht nur abschätzend anschauen würde, wer weiß, vielleicht war sie unfähig, ihre Gedanken zu zügeln. Nein, das Risiko war zu groß, sie musste allein leben, zum Beispiel in einem Dorf in den Highlands. Vielleicht würde Bud ihr nicht helfen, wenn er erfuhr, wie gefährlich sie wirklich war.

Bud hatte inzwischen in seinem Smartphone gesucht und tippte jetzt auf eine Telefonnummer.

»Ich rufe diesen Freund mal an, er vermietet Häuser und Wohnungen in den Highlands, vielleicht hat er was Passendes für dich.«

Der leise Besetztton war deutlich zu hören. Bud legte das Handy wieder zur Seite und schaute sie an.

» Er telefoniert anscheinend gerade. Ich könnte dir auch etwas Geld geben, oder eine Arbeit besorgen, was ist dir lieber?«

Sie zögerte. Ihr wäre eine Beschäftigung, die sie auch in der Schwangerschaft ausüben könnte, lieber, damit sie nicht von Bud und seiner finanziellen Unterstützung abhängig war. Sie sagte:

»Wenn du eine Arbeit für mich hättest, die ich auch als Schwangere ausüben kann, wäre mir das am liebsten.«

Bud lächelte.

»Arbeit zu finden, ist eine meiner Spezialitäten.«

KAPITEL 33

Jeremy

In den folgenden Tagen lebte sie in Elvins Haus wie ein Hotelgast. Sie hielt sich meistens in ihrem Zimmer auf und ging nur zu den Mahlzeiten ins Wohnzimmer. Ab und zu bereitete sie mit Julia zusammen den Lunch oder das Abendessen vor. Sie redeten über Belanglosigkeiten und beide wussten, dass Eligia auf ihren Auszug wartete. Sie hatte ihnen nach dem Gespräch mit Bud berichtet, dass sie sich in die Highlands zurückziehen, dort arbeiten und mit ihrem Kind leben wolle bis zu Abduls Entlassung. Julia und Elvin hatten ihren Bericht kommentarlos zur Kenntnis genommen.

Während sie auf Buds Anruf wartete, hatte sie immer wieder mit dem Gedanken gespielt, noch mal daheim vorbeizuschauen. Sie hatte Sehnsucht nach ihrem Vater und Bruder, sogar ihrer Mutter hätte sie gerne von ihrer Schwangerschaft berichtet. Sie wusste nicht, warum, vielleicht, weil sie bald auch eine Mutter sein würde. Zwar spürte sie immer noch eine kalte Schlange über ihre Haut bis in ihr Herz kriechen, wenn sie an zu Hause dachte. Aber schließlich gab sie sich einen Stoß und fuhr an einem zu warmen Tag für Ende Januar mit dem Motorrad nach Hause. Elvin bot ihr zwar sein Auto an, aber sie hatte einfach Lust auf eine kurze Motorradfahrt. Als sie unangemeldet vor der Wohnungstür stand, überfiel sie ein eigenartiges Fremdheitsgefühl und Frösteln.

Ich hätte doch vorher anrufen sollen, dachte sie und wäre beinahe wieder umgekehrt. Es war zwei Uhr am Nachmittag und normalerweise wären ihr Bruder und ihre Mutter jetzt daheim, ihr Vater würde wohl erst gegen 15:00 Uhr kommen. Sie klingelte und überlegte ihre Worte. Ihr Bruder öffnete die Tür und Eligia erschrak. Sie hatte damit gerechnet, dass er sich in der Pubertät verändern und anders ausschauen würde. Aber er hatte sich so verändert, dass ihr ein Schauer über den Rücken lief. Aus müden, stumpfen Augen blickte er sie an und als er etwas zeitverzögert erkannte, wer vor ihm stand, huschte nur ein kleines Lächeln über sein Gesicht.

»Eligia, das ist schön, dass du uns auch mal besuchst. Ich hatte schon vergessen, dass ich eine große Schwester habe.«

Sie hörte den Vorwurf heraus und wusste im ersten Moment nicht, was sie sagen, wie sie reagieren sollte. Vor allem schockierten sie sein Anblick und seine Ausstrahlung. Sie konnte nicht einordnen, was so fremdartig, so anders war wie früher.

»Komm rein, Mutter ist in der Küche, glaube ich.«

Und er ging voran, ohne sie zu umarmen. Sie gingen an ihrem alten Zimmer vorbei und Eligia warf einen kurzen Blick hinein. Offensichtlich war es jetzt Jeremys Reich. Die Tür stand halb offen und leise Musik klang ihr entgegen. Und da wusste sie plötzlich, was los war. Diese Art von Musik, traurig, düster und langsam, hatte sie schon mal gehört. Elvin hatte ein oder zwei Songs dieser Art abgespielt, wenn er depressiv oder abwesend drauf war. Auf ihre Frage hatte er damals gesagt, das ist der typische Junkie-Sound, aber du kannst ihn auch genießen ohne Drogen, wenn dir danach ist.

Sie blieb stehen und hielt ihren Bruder am Pullover fest.

»Warte mal, Jeremy, wohnst du jetzt in meinem Zimmer?«

»Ja, hast du was dagegen? Wenn du wieder einziehen willst, kein Problem, dann gehe ich wieder in meine alte kleine Kammer zurück, ich brauche nicht viel Platz.«

Sie zog ihn ins Zimmer.

»Nein, ich will nur schauen, wie du es eingerichtet oder umgeräumt hast.«

Als sie beide im Zimmer standen, wusste Eligia, dass ihr Verdacht richtig war. Das Fenster war verdunkelt und der ganze Raum schummrig und zu warm. Sie sah einen Heizlüfter und roch den süßlichen Duft von Haschisch, aber sie fühlte, dass ihr Bruder nicht nur Haschisch rauchte. Sie selbst hatte keinerlei Erfahrung mit Drogen. Aber Julia hatte ihr mal erzählt, wie Drogen wirken, bei ihr und jedem anderen. Daran dachte sie jetzt.

»Nimmst du Drogen?«, fragte sie und schaute in Jeremys Augen. Seine Pupillen waren verengt, trotz der Dunkelheit im Zimmer.

»Hast du was dagegen?«, antwortete er wie vorher – kurz, abweisend und leicht aggressiv.

»Seit wann?«

»Seit einem viertel Jahr etwa. Ich konnte das Leben hier daheim nicht mehr anders ertragen.«

»Was nimmst du?«

»Haschisch und ab und zu Heroin, nur durch die Nase.«
Sie setzte sich auf das Bett, Jeremy blieb stehen.
»Davon wird man genauso abhängig, wie wenn man spritzt. Von wem bekommst du das Zeug und womit bezahlst du?«
Jeremy ließ sich auf einen Stuhl sinken. Seine Augen schauten sie teilnahmslos an.
»Ich bin schon abhängig, habe nur Angst vor den Spritzen.«
Nach einer Pause beantwortete er Eligias zweite Frage. Sie sah ihm an, wie schwer ihm das fiel, aber offensichtlich wollte er sie nicht anlügen. Wahrscheinlich war er froh, jemandem das zu erzählen, was ihn bewegte, belastete.
»Ich bekomme es von Pakistanern und zahle mit meinem Körper.«
Sie erstarrte innerlich und fühlte sich wie ein Eiszapfen. Nahm das alles nie ein Ende? Sollte das in alle Ewigkeit so weitergehen? Wie sollte sie sich friedlich in die Highlands zurückziehen und ihr Baby bekommen, wenn ihr eigener Bruder von Verbrechern drogenabhängig gemacht und sexuell missbraucht wurde?
Und dann kroch eine unkontrollierbare Wut in ihr hoch, furchterregend schwarz wie eine giftige Spinne – riesig, mächtig und den freien Blick verdeckend. Mit tausend stacheligen Beinen krallte sie sich in ihrem Gehirn fest. Ich werde verrückt, dachte sie. Die Wut nahm sie in Besitz, verhinderte jeden normalen Gedankengang. Sie wollte den Schuldigen töten – jetzt und sofort. Aber wer war der Schuldige? Sie zwang sich, die Spinne aus ihrem Kopf, ihrer Seele zu verdrängen. Sie brauchte viele Minuten dazu. Ihr Bruder schwieg und wartete. Schließlich war sie wieder in der Lage zu denken und zu reden.
»Wie heißt der, der dich sexuell missbraucht und der, der dir die Drogen gibt? Oder ist es ein und derselbe?«

»Nein, die Drogen bekomme ich von einem Schulfreund, der auch von diesem Geschäft lebt. Er erhält die Ware über einen Zwischenhändler, dessen Namen und Gesicht er nicht kennt. Ich werde von einem Schotten gefickt, dick und eklig wie Onkel Wolter, aber großzügig in Gelddingen. Ich habe schon 1000 £ gespart, trotz des Drogeneinkaufs.«

»Wie oft triffst du den Mann?«

»Ein- bis zweimal die Woche.«

»Und sonst niemanden?«

»Nein, der eine langt mir, aber er will mich beruflich fördern.«

Sie sagte nichts mehr. Wahrscheinlich waren das die üblichen Versprechungen, die, wie das Geld, die Jugendlichen bei der Stange halten sollten. Obwohl die schwarze Spinne ihre Gedanken noch beeinflusste und sie neben Wut jetzt verstärkt Trauer empfand, wollte sie ihren Bruder retten. Sie musste etwas unternehmen, konnte ihn nicht seinem Schicksal überlassen. Gleichzeitig fühlte sie sich hilflos, allein und überfordert. Konnte sie wohnungs- und arbeitslos, schwanger und bald alleinerziehend ihren drogenabhängigen Bruder überhaupt betreuen, ihm sinnvoll helfen? Sie dachte an Bud. Er konnte ihnen beiden helfen.

»Was würdest du dazu sagen, wenn ich dich raus aus dieser ekelhaften Stadt und dem ganzen Sumpf mitnehme, weit weg in die Highlands? Ich werde demnächst dorthin ziehen. Es gibt es da sicher auch Schulen, allerdings keine Drogen. Du müsstest wahrscheinlich einen Entzug durchstehen.«

Jeremy schaute sie an und in seinen Augen konnte sie ein kleines Flackern, einen Hauch von Hoffnung erkennen.

»Würdest du das wirklich machen?«

»Ja. Ich hoffe, Mum und Dad haben nichts dagegen, du bist ja erst 14.«

»Das bekomme ich schon hin. Dad hat sowieso nichts zu sagen und mit Mum komme ich besser zu Recht als du.«
Eligia nickte.
»Wenn ich weiß, wohin ich ziehe, sage ich dir Bescheid. Hast du noch die gleiche Handynummer?«
»Ja. Wir sagen jetzt nichts zu Mum. Dad kommt heute erst um 16:00 Uhr, solange wirst du ja nicht hierbleiben, oder?«
Eligia wusste nicht, was sie wollte. Sie war noch so erschüttert, dass sie immer wieder gegen ihre Wutspinne ankämpfen musste.

Das Treffen mit ihrer Mutter verlief kühl und distanziert wie üblich. Keine Umarmung, keine freudige Reaktion.
»Schön, dass du uns auch mal besuchst. Anscheinend habt ihr die Pakistaner ziemlich alt aussehen lassen, du und dein Freund. Ich habe in der Zeitung jedenfalls von einigen Toten gelesen, die sich in einem Bandenkrieg gegenseitig umgebracht haben. Das schreiben sie immer, wenn sie die Täter nicht kennen!«
Sie setzten sich schweigend an den Esstisch nebeneinander, wie in alten Zeiten. Und trotzdem waren es keine alten Zeiten, sondern absolut andere.
Für mich sind sie viel besser. Für Jeremy müssen sie das noch werden, und wenn das die letzte Tat meiner Flügel sein sollte, dachte sie und trank die heiße Schokolade, die ihre Mutter vor jedes ihrer Kinder gestellt hatte.
»Wohnst du noch bei deinem Freund?«
»Ja, aber nicht mehr lange. Ich werde wegziehen, weiß im Moment aber noch nicht genau, wohin. Ich bin schwanger.«
Ihre Mutter stockte für Sekunden beim Aufschneiden eines Kuchens, dann fuhr sie fort, genau gleich große Scheiben auf einem Teller anzuordnen.

»Und wer ist der Vater? Dein Freund?«

»Nein, jemand anderes, der ist im Moment aber verreist.«

Ihre Mutter stellte den Kuchenteller schweigsam auf den Tisch. Obwohl sie etwas anderes ausgemacht hatten, sagte Jeremy plötzlich:

»Ich ziehe mit Eligia weg. Du weißt, dass ich das schon lange will. Jetzt hat sie mir zugesagt, ich darf bei ihr wohnen. Sie braucht einen männlichen Schutz.«

Ihre Mutter schaute Jeremy abschätzend an.

»Sie wird eher dich beschützen und vielleicht wirklich besser, als wir es gekonnt haben.«

In diesem Moment war Eligia klar, dass ihre Mutter von Jeremys Drogenabhängigkeit und vielleicht auch von seiner Verdienstquelle wusste. Sie war einfach keine gute, richtig Mutter. Eligia streichelte leicht ihren eigenen Bauch, und völlig unerwartet überflutete sie ein Gefühl der Zärtlichkeit.

Ich werde eine andere, liebevolle Mutter sein und dich vor allem Bösen beschützen, dachte sie und lächelte. Ich werde dich lieben mit oder ohne besondere Fähigkeiten, egal ob Junge oder Mädchen. Du bist etwas Besonderes und einzigartig. Vor ihren Augen spielte plötzlich ein kleiner Abdul mit rötlichen Haaren in einem Sandkasten und rutschte dann eine Rutschbahn hinunter. Sie musste laut lachen. Jeremy und ihre Mutter verzogen keine Miene, und sie sah keinen Grund, die beiden an ihrer Freude teilnehmen zu lassen.

Drei Wochen später hatte Bud ein passendes kleines Haus in einem Highland-Dorf gefunden, etwa dreißig Kilometer von Elvins See entfernt und nicht weiter als zwanzig von der nächsten größeren Stadt. Sie besichtigten an einem Dienstagvormittag das

Häuschen. Es hatte etwas geschneit und mit seinem schneebedeckten Dach erinnerte es Eligia an ein Hexenhäuschen. Die braunen Fensterläden aus Holz sahen schon etwas heruntergekommen aus, aber ansonsten machte es einen wohnlichen Eindruck. Ein kleiner Garten mit verwilderten Büschen und alten Blumenbeeten würde im Frühjahr nach Bearbeitung rufen, im Moment deckte die Schneedecke alles zu und ließ ein friedliches, verträumtes Gefühl in ihr hochsteigen. Gleich hinter dem Garten erstreckte sich eine Wiese. Sie ging nahtlos in die mit Bodendeckern bewachsenen, hügeligen Flächen der Highlands über. Ein alter Holzzaun war so morsch und verfallen, dass er größtenteils am Boden lag.

»Die Luft ist hier so klar, so sauber, und ich hoffe, die Menschen sind das auch. Was kostet die Miete? Hast du Arbeit für mich gefunden?«

Bud lachte.

»Die Miete kostet nur 100 £ im Monat, aber du musst für den Besitzer arbeiten. Er hat ein Geschäft im Dorf und wohnt im Stockwerk darüber. Er braucht ein Mädchen für alles, zum Putzen, Kochen und im Geschäft mithelfen. Seine Frau ist vor einem halben Jahr gestorben. Er gibt dir nur ein Taschengeld und ansonsten kannst du dich von dem Essen, das du für ihn kochst, ernähren.«

»Wie alt ist der Mann?«

Eligia war vorsichtig, einen zweiten Onkel Wolter wollte sie auf keinen Fall als Arbeitgeber.

»Er ist fast siebzig, rüstig, aber anständig. Er weiß, dass du schwanger bist, von einem Pakistaner, ich habe ihm das gleich gesagt.«

»Das ist gut, Bud. Wäre ja ganz blöd, wenn er ein Rassist wäre und mich nach der Geburt rausekeln würde.«

»Nein, nein, mach dir keine Sorgen. Das Haus muss im Frühjahr allerdings etwas renoviert werden, hat er gesagt, er wird sich aber darum kümmern. Die Heizung funktioniert und nur das ist jetzt im Winter wichtig, deshalb kannst du gleich einziehen.«

»Das ist schön. Bud, ich will meinen Bruder mitnehmen, er ist leider drogenabhängig und wird sexuell missbraucht.«

Bud erstarrte und drehte sich zu ihr um.

»Kennst du die Händler?«

»Nein, und mein Bruder auch nicht. Aber die Drogen stammen von Pakistanern und der Kinderficker ist ein weißer Schotte.«

Bud hatte sich wieder gefangen.

»Wenn du willst, kann ich rausbringen, wer in eurer Gegend die Drogen vertickt. Mehr kann ich nicht tun, aber beim Entzug deines Bruders kann ich dir wieder helfen. Ich habe Zugriff auf Psychopharmaka, die alles etwas leichter machen, ohne dass er von diesen Medikamenten abhängig wird. Er muss sie nur etwa zehn Tage nehmen.«

Eligia nickte dankbar. Sie vereinbarten den Umzug für den kommenden Freitag und gingen zum Geschäft des alten Mannes. Er war ein freundlicher, sanfter Mensch, der sich noch in einer Trauerphase befand. Sie verspürte Mitleid mit ihm, er erinnerte sie an ihren Vater.

KAPITEL 34

Schwäche und Schlange

Sie hatte Abdul inzwischen zweimal besucht. Er fand die Idee gut, raus und weg von Glasgow zu ziehen. Seine Mutter hatte nach zähen Verhandlungen das gesamte Unternehmen an einen Bruder seines Vaters verkauft und einen guten Preis erzielt. Dieser Onkel war anständiger als die anderen Clanmitglieder und bisher nie an Drogendeals beteiligt gewesen. Vor allem war er bereit, die bereits vorhandenen Ausstiegsmöglichkeiten für Prostituierte weiterzuführen.

Sie hatte für sich und ihren Sohn zwei Geschäfte in der Stadt behalten, die in keinerlei Verbindung zu Drogen oder anderen kriminellen Aktivitäten verwickelt waren, eine Großwäscherei und ein Restaurant. Beide liefen gut und waren früher einmal zur

Geldwäsche aufgebaut worden. Jetzt aber hatte der Onkel keinerlei Interesse an diesen Unternehmen und seine Mutter konnte durch sie ein eigenes Einkommen erwirtschaften. Nach seiner Entlassung würde er das Restaurant und sie die Wäscherei führen. Das waren die Pläne von Abdul und seiner Mutter, Eligia kam darin nicht vor. Sie wusste nicht, ob Abdul das als normal empfand und sie wollte ihn auch nicht fragen. Im Stillen ihrer Seele hatte sie sich entschlossen, allein für sich und ihr Kind und vorübergehend auch für ihren Bruder zu sorgen. Abdul gegenüber spürte sie eine zunehmende Entfremdung, die schmerzte. Sie hatten sich einfach zu kurz und zu wenig gekannt, um eine so völlige Trennung zu verkraften. Ihr Wunsch, den ersten Mann, mit dem sie körperlich so eng vereint war, den Vater ihres Kindes, zu lieben und zu heiraten, würde nicht in Erfüllung gehen. Sie konnten noch nicht einmal zusammenleben, weil das in Abduls religiöser und Familien-Tradition nicht möglich war. Seine fast unverbindliche Freundlichkeit zeigte ihr deutlich, dass auch er keine Liebe, sondern vielleicht Bewunderung oder Beschützer-Gefühle für sie empfand. Diese Einsichten ließen sie bei jedem Besuch trauriger werden.

Sie hatte Abdul nichts von ihrem Bruder erzählt. Jeremy war bereit, seine neue Adresse weder seiner Mutter noch sonst jemandem zu verraten. Er wollte das auch von sich aus nicht. Sie hatte das Gefühl, dass ihm sehr daran lag, ein neues Leben anzufangen und zuerst einmal seine Schule mit guten Noten zu beenden. Bud wollte ihm anschließend eine Lehrstelle suchen.

Eligia hatte auch Elvin und Julia erklärt, dass sie ihren Aufenthaltsort geheim halten müsse. Beide waren überrascht, fragten aber nicht, warum. Sie spürten, dass Eligia aus dem gemeinsamen Leben aussteigen und eigenverantwortlich ihre Zukunft mit Kind in die Hand nehmen wollte. Beim Abschied umarmte Elvin sie diesmal sanft und zärtlich.

»Ich hoffe, dass du allein gut zurechtkommst, Eligia. Du weißt, dass du mich immer um Hilfe bitten kannst und ich sofort und bedingungslos für dich da bin.«

Und seine Augen strahlten die tiefe Wärme aus, die ihr zeigte, dass er immer noch ihr Seelenverwandter und bester Freund war.

Der Umzug erfolgte in Buds Auto. Sie hatte sich einen zweiten Rucksack gekauft und fuhr mit ihrem Motorrad hinter Bud her, Jeremy holten sie an einer Bushaltestelle in der Nähe seiner Schule ab. Auch er hatte nur einen größeren Rucksack dabei. Er wirkte müde und depressiv. Als Eligia ihm Bud vorstellte, sagte er:

»Ich bin froh, wenn ich raus bin aus Glasgow und weg von allem. Eligia hat gesagt, Sie haben Tabletten gegen den Entzug?«

»Ja, sie lindern deine Beschwerden. Du wirst die nächsten Tage müde sein und kaum Schmerzen haben. Die Dosis hängt von Entzugsverlauf ab, ich habe deine Schwester schon genau informiert.«

Sie nickte und schwang sich auf ihr Motorrad. Jeremy stieg in Buds Auto und nach zweieinhalb Stunden Fahrt erreichten sie das kleine Dorf mitten in den Highlands.

Der Entzug verlief ohne größere Komplikationen. Jeremy schlief fast den ganzen Tag und nachts sowieso. Anfängliche Schmerzen und Unruhe verschwanden nach Dosiserhöhung. Sie putzte das Haus, räumte alles ein bisschen um und ließ Jeremy keine Minute allein. Am zehnten Tag wirkte er wacher und aufnahmefähiger. Er hatte die letzten drei Tage schon ferngeschaut und mehr gegessen.

Am Abend des elften Tages klopfte es unerwartet an der Haustür. Eligia hatte sich von Elvin eine Waffe besorgen lassen. In seinem Keller hatten sie noch zu dritt Schießübungen gemacht, sodass sie einigermaßen schießen konnte.

»Versteck dich auf dem WC. Wenn du lautes Geschrei hörst, flüchte aus dem Fenster, da passt du durch.«

Jeremy griff sich seine Schuhe und eine Jacke. Und nach nochmaligem Klopfen hörte sie die Stimme des Hausbesitzers.

»Ich bin es, Eligia. Ein Onkel von Ihnen will Sie besuchen.«

Beinahe hätte sie geantwortet, ich habe keinen Onkel, dann aber fragte sie:

»Wie ist sein Name?«

Sie hörte eine unbekannte Stimme:

»Ich bin Onkel Will und möchte Jeremy sehen.«

Da wusste Eligia, dass es sich um den Kinderficker handelte. Sie entsicherte ihre Pistole und öffnete die Tür. Zum Hausbesitzer sagte sie:

»Danke, Mr. Wulf, dass Sie unseren Onkel hergebracht haben. Bis morgen dann.«

Und Mr. Wulf stieg zufrieden in sein Auto.

Der Mann, der sich Onkel Will nannte, sah harmlos aus, dicklich, verweichlicht und etwas dümmlich.

»Entschuldigen Sie diese Störung, ich habe lange nach Jeremys Aufenthaltsort gesucht und seine Mutter jeden Tag belästigt, bis sie mir endlich die Adresse gegeben hat.«

Eligia hatte sich schon gedacht, dass Jeremy den Wünschen seiner Mutter nicht standhalten würde. Jede Mutter wollte wissen, wo ihr Sohn sich aufhielt. Irgendwie konnte sie ihre Mutter und auch Jeremy verstehen.

Der stand plötzlich wieder im Zimmer.

»Ich habe Wills Stimme erkannt. Was willst du hier? Mit uns ist es endgültig vorbei, kapier das endlich, Mann! Ich fange ein neues Leben an, ohne Drogen und ohne Fake-Väter, die doch nur Sex wollen.«

Der Mann zuckte zusammen. Vielleicht hängt er wirklich an Jeremy, dachte sie, aber deswegen war er trotzdem ein Verbrecher. Er hätte Jeremy anders unterstützen können, ihn nicht missbrauchen dürfen und seinen Entzug veranlassen.

»Ich möchte mich bei dir entschuldigen, Jeremy. Es tut mir so leid, aber ich bin meiner Veranlagung hilflos ausgeliefert. Ich liebe dich, ich brauche dich, um zu überleben, auch wenn wir keinen Sex haben. Bitte komm wieder zu mir!«

Eligia zuckte zusammen.

»Hast du bei dem Typen gewohnt?«

»Vorübergehend, am Wochenende. Ich habe Mum und Dad gesagt, dass ich bei einem Freund übernachte.«

Eligia erkannte, dass sie viel zu wenig über Jeremy wusste. Er war 14, er hatte vielleicht selbst entschieden, sich von diesem Mann aushalten zu lassen. Konnte man das mit 14? Sie wusste es nicht. Egal, wer drogenabhängig war, konnte nicht mehr frei entscheiden, war nicht mehr Herr seiner selbst, er würde alles tun, um an Drogen zu kommen.«

»Mein Bruder will nichts mehr von Ihnen, haben Sie das nicht verstanden?«, sagte sie mit einer harten, mitleidlosen Stimme.

Die Waffe hielt sie fest in ihrer Hand und diese steckte in ihrer Jackentasche. Und dann spürte sie, wie Jeremy schwach wurde. Sein körperlicher Entzug war ja gerade erst beendet, psychisch war er wohl noch immer drogenabhängig und dieser Mann, der alles für ihn tun würde, war die ideale Versuchung. Ein Teufel, verkleidet in einen Mann, der Geld hatte und seine perversen

Süchte befriedigen wollte. Geld und Drogen bedeuteten das Todesurteil für die Seele der von ihren Eltern vernachlässigten Kinder Glasgows und der ganzen Welt. Gewalt in irgendeiner anderen Form war nicht nötig. Und sie musste an das Schicksal von Elvins Freund denken, der mit seinem Suizid seiner Schwäche und diesem Teufelskreis ein endgültiges Ende bereitet hatte.

Sie schaute ihren Bruder an, sah in seinem Gesicht die Gier nach irgendeiner Droge und für Sekunden verspürte sie die Versuchung, ihn gehen zu lassen, sich nicht einzumischen oder für ihn zu kämpfen. Er warf ihr einen kalten Blick zu und sie erkannte, dass er sie in diesem Moment als Gegnerin ansah, weil sie ihm die Quelle für Drogen verwehrte. Sie wollte nicht seine Feindin sein. Aber diese Sekunden verflüchtigten sich schnell und sie erkannte, dass diese Gedanken aus ihrer eigenen Schwäche entstanden waren. Sie musste für ihren Bruder kämpfen, weil es sonst niemand tat und weil sie es konnte.

»Verschwinden Sie aus unserem Haus und lassen Sie sich hier nie wieder sehen, sonst bringe ich Sie um.«

Der Mann hatte wohl erkannt, wie ernst es ihr war. Er schaute Jeremy noch mal bittend an und drehte sich dann zur Tür. Als er gegangen war, löschte sie das Licht und schaute aus einem Spalt der Fensterläden hinaus. Er stieg in sein dickes Auto, sie konnte die Marke nicht erkennen, und fuhr los.

Jeremy legte sich wieder hin und döste vor sich hin, ohne ein weiteres Wort mit ihr zu reden. Eligia war froh, dass die Situation nicht eskaliert war. Ein toter Mann in ihrem Haus wäre der denkbar schlechteste Einstand in diesem Dorf. Sie hatte das Bedürfnis, eine Dusche zu nehmen, weil ihr alles so eklig und schmutzig vorkam. Ihr Bruder schlief inzwischen und so ging sie hoch in den ersten Stock und ins Bad. Sie duschte ausgiebig und wusch sich die Haare. Beim Abtrocknen hörte sie Jeremys leise Stimme. Vorsichtig schlich sie die Treppe hinunter, vielleicht war der Mann zurückgekommen. Aber Jeremy lag auf dem Sofa und telefonierte. Sie verstand seine letzten Worte.

»Ja, in ein paar Tagen fahre ich zurück nach Glasgow und komme bei dir vorbei. Ja, ich bleibe bei dir und gehe nicht mehr heim.«

Eligia stellte sich vor Jeremy, der das Gespräch erschrocken beendete. Ihr Herz raste, die schwarze Wutschlange züngelte in ihr Gehirn und ihre Worte zischten Jeremy wie eine Peitsche ins Gesicht.

»Du widerwärtiger Wurm, du schwuler Schwächling! Wie lange bist du mit diesem Fettsack schon befreundet?«

»Seit zweieinhalb Jahren«, flüsterte er. Und obwohl sie ihn verachtete und die Wut ihre Gedanken verzerrte, wusste sie, dass er damals noch ein Kind war. Mit elfeinhalb Jahren war jeder ein Kind. Und das, was er heute war, war das Ergebnis von Kindesmissbrauch: drogenabhängig und kein eigener Wille mehr – physisch und psychisch ein Wrack.

Sie drehte sich um und ging zurück ins Bad. Der Mann war inzwischen weit genug weg von ihrem Dorf. Sein Tod würde nicht mehr in Zusammenhang mit ihr gebracht werden. Trotzdem rief sie den Hausbesitzer an. Sie brauchte ein gutes Alibi. Sie war entsetzt, wie eiskalt und ruhig sie ihr Vorhaben anging. Die Wut hatte ihr Herz zu einem Eisklumpen gefrieren lassen.

»Mr. Wulf, ich habe vorhin vergessen, Sie zu fragen, ob Sie noch Aspirin im Geschäft haben. Ich habe so widerwärtige Kopfschmerzen, könnten Sie sie mir in einer halben Stunde etwa vorbeibringen? Ich liege noch in der Badewanne und nehme ein heißes Bad, aber das hilft auch nichts. Jetzt ist es 18:00 Uhr, wenn Sie zwischen 18:30 Uhr und 19:00 Uhr kommen, bin ich angezogen.«

Mr. Wulf sagte:

»Ja, gerne. Ich habe noch einige Aspirin-Packungen im Geschäft.«

Sie legte sich in die leere Badewanne, deckte sich mit einem großen Handtuch zu und konzentrierte sich auf den Mann in seinem Auto. Die Wutschlange war verschwunden und stattdessen hielt ein Nebel ihr Gehirn umklammert. Sie sah den Todesbaum von Elvins Freund vor sich und ihr Bruder hing an einem Ast – ganz allein, ganz mager und seine stumpfen Augen starrten sie an. Sie betete: Lass das nicht passieren, Herr über Leben und Tod, gib meinem Bruder noch eine Chance! Lass diesen Mann, Jeremys persönlichen Teufel, aus seinem Leben verschwinden.«

Und sie fühlte nach ein paar Minuten eine eigenartige Leere, fast eine Müdigkeit.

Beinah wäre sie eingeschlafen. Aber unten saß ihr kranker Bruder und gierte nach Drogen.

Sie verließ die Badewanne und ging hinunter zu Jeremy. Er lag noch auf dem Sofa, setzte sich aber sofort auf, als das Wohnzimmer betrat.

»Tut mir leid, Eligia. Ich bin ein Schwächling, aber wenigstens einer, der das selbst merkt. Der körperliche Entzug ist tatsächlich viel einfacher als der psychische. Vor allem dauert der wohl viel länger. Bud hat mir das schon erklärt, aber irgendwie hab ich ihm das nicht geglaubt. Er hat mir eine stationäre Therapie empfohlen. Er kann mir da einen Platz besorgen. Ich mache das, Eligia, bevor ich wieder rückfällig werde.«

Sie schaute ihn an. Er meinte es ernst. Ein kleines Dankgebet durchzuckte ihr Gehirn und sie nahm sofort ihr Handy.

»Ich rufe Bud an.«

Bud hatte ihr seine Geheimnummer eingespeichert und wieder war nur der Anrufbeantworter eingeschaltet. Aber er rief nach ein paar Minuten zurück. Sie erklärte ihm die Situation.

»Ja, Eligia, ich habe während der Autofahrt schon mit deinem Bruder geredet und ihm gesagt, dass eine stationäre Therapie viel sinnvoller ist. Ich kann ihm einen Therapieplatz reservieren und ihn auch hinfahren. Ich sage euch morgen Bescheid, heute ist schon zu spät.«

Dann bereitete sie das Abendessen zu und als Herr Wulf ihr die Aspirin-Tabletten brachte, lud sie ihn ein, ihnen Gesellschaft zu leisten. Nach dem Essen, sie tranken gerade ihren Tee, klingelte das Telefon. Der Kommissar war am anderen Ende.
»Eligia, wo bist du?«
»Daheim. Warum?«
»Ist noch jemand bei dir?«
»Ja, mein Bruder und Mr. Wulf, der Hausbesitzer. Wir haben zusammen zu Abend gegessen.«

Sie spürte seine Erleichterung und wusste, dass es wieder einen ungeklärten Todesfall gegeben hatte. Ihr Alibi war hieb- und stichfest. Sie erschrak, weil sie für ihr Alibi gesorgt hatte, wie ein Verbrecher, der einen Mord plant. Ihr war völlig klar, dass sie inzwischen eine kriminelle Energie entwickelt hatte. Das war der Fachausdruck aus ihrem Psychologiebuch. Und das bedeutete, dass ihre Seele Schaden genommen hatte. Sie war vom ahnungslosen Todesengel, der von anderen manipuliert werden konnte, zur Mörderin mutiert. Sie hatte den Tod eines Menschen beschlossen, ohne Gerichtsverhandlung, ja ohne dass gegen ihn überhaupt ermittelt wurde, oder eine Akte bei Polizei und Staatsanwalt existierte. Davon ging sie jedenfalls aus. Auf jeden Fall hatte sie ihn ohne Akteneinsicht nach eigenem Gutdünken eiskalt eliminiert. Natürlich sagte sie sich, wenn ich das nicht getan hätte, dann wäre Jeremys Tod vorprogrammiert. Ich habe seine furchtbare Zukunft ja vor meinen inneren Augen gesehen. Aber trotzdem erfasste sie ein unangenehmes Frösteln und es ekelte sie vor sich selbst.

»Ich besuche euch morgen Vormittag«, sagte der Kommissar und verabschiedete sich.

Seine freundliche, sanfte Stimme, die ihr bestätigte, dass er, obwohl er sie als Mörderin erkannt hatte, weiter zu ihr hielt, veränderte ihre Stimmung in den nächsten Minuten gewaltig. Sie verspürte eine unerwartete Erleichterung, ja Freude. Er erschien ihr wie ein Retter, der sie aus der Verdammnis erlösen konnte. Sie gestand sich ein, dass seine traurigen Augen und seine ruhige, väterliche Art ihr ein Gefühl von Geborgenheit gaben und dass sie das in diesem Moment mehr als alles andere brauchte.

Gleichzeitig mit dieser Freude schlich sich eine Erkenntnis in ihr Bewusstsein. Möglicherweise konnte sie in bestimmten emotionalen Situationen in die Zukunft sehen. In letzter Zeit hatte sie immer öfter eigenartige Bilder vor Augen. Sie hatte das mit dem stressigen Leben, das sie seit Wochen führte, erklärt.

In diesem Augenblick nämlich, schoss erneut, wie ein überbelichteter, heller Schnappschuss, ein Bild durch ihren Kopf: Der Kommissar ging mit ihr, Hand in Hand, über eine weiße Ebene.

KAPITEL 35

Der Kommissar

Am nächsten Morgen stand Eligia schon früh auf. Sie putzte das Wohnzimmer, räumte hier einen Sessel woanders hin und stellte dort einen Blumentopf um. Sie war eigenartig freudig erregt. Erstmals würde sie in ihrem eigenen kleinen Zuhause Besuch empfangen. Als es hell wurde, öffnete sie die Haustür, die wie die Fensterläden aus recht ausgebleichtem Holz bestand und atmete die frische, winterliche Morgenluft ein. Der Blick über die Highlands war atemfördernd: Klare Luft, weiße Hügelketten und ein Sonnenaufgang, der schon jetzt die Stimmung hob. Sie war so froh, dass Bud dieses Häuschen gefunden hatte, hier konnte sie zur Ruhe kommen, den tödlichen Stress der letzten Wochen und Monate verarbeiten und vielleicht vergessen. Sie wollte ihr Kind in der friedlichen und freundlichen Umgebung der Highlands aufziehen, fördern und liebevoll begleiten. Sie würde ihm all die Liebe geben, die sie vermisst hatte und wenn möglich, einen väterlichen Freund. Eigenartige Gedanken und Gefühle schlichen sich sanft und doch klar in ihren Kopf und in ihr Herz. Eine väterliche Bezugsperson musste nicht der leibliche Vater sein. Auch wenn Abdul in ihrem Herzen noch präsent war, gestand sie sich in diesem Moment ein, dass er nicht so gut in die nordische Atmosphäre der Highlands passte, wie zum Beispiel Elvin oder der Kommissar. Vor allem konnte er ihr nicht das Gefühl vermitteln, dass sie ihm wichtiger als seine Mutter war, und er sie und das gemeinsame Kind bedingungslos beschützen würde.

Der Kommissar erschien ihr dagegen viel verlässlicher und erwachsener. Und wenn sie ehrlich zu sich selbst war, brauchte sie in diesem Moment keine Mutter an ihrer Seite, sondern eher einen Vater. Einen reifen Menschen, der besonnen war, ihr den Rücken stärken konnte und alles im Griff hatte. Ihr wurde kalt und sie ging wieder ins Haus zurück. Das Telefon klingelte und Bud sagte:

»Ich habe einen sehr guten Therapieplatz für Jeremy gefunden, etwa fünfzig Kilometer von deinem Dorf entfernt. Ich hole ihn in einer guten Stunde ab. Er darf in den nächsten vier Wochen keinerlei Besuch bekommen und es besteht sogar ein telefonisches Kontaktverbot. Die Regeln sind streng, aber sinnvoll. Ich werde sie Jeremy auf der Fahrt ausführlich erklären. Hattet ihr gestern Besuch von einem gewissen Will Kramer? Der hatte abends einen tödlichen Autounfall und sie haben deine Adresse auf seinem Navy gefunden.«

«Ja, wir hatten Besuch von einem Will, der wohl der Ficker von Jeremy war. Wir haben ihn nach fünf Minute rausgeworfen.»

Bud schwieg sekundenlang und versprach ihr dann, Jeremy vom

Tod dieses Mannes zu berichten, damit sie das nicht übernehmen musste.

Nach diesem Telefonat fühlte sie sich erleichtert und auf eigenartige Art frei. Es war ein Glück, Bud mit seinen zahlreichen Beziehungen an der Seite zu haben. Überhaupt, sie war ein Glückspilz. Die Welt und ihr Leben erschienen ihr so gereinigt, sauber und klar wie die Luft in den Highlands. Sie weckte Jeremy auf, bereitete das Frühstück und half ihm beim Packen. Pünktlich um neun Uhr hupte Bud vor dem Haus.

»Ich komme gar nicht rein«, sagte er durch das geöffnete Seitenfenster, »wir sollen schon um zehn Uhr dort sein und die Straßen sind leicht verschneit, sodass wir nur langsam fahren können.«

Ihr Bruder war schon startklar. Sie umarmte ihn und flüsterte in sein Ohr:

»Das ist die Chance deines Lebens – vergiss das nie! Vor allem dann, wenn dir alles unerträglich erscheint.«

Dann war sie allein. Sie ging ins Bad und erstmals in ihrem Leben dachte sie beim Betrachten ihres Spiegelbildes: Ein bisschen Schminke wäre schön, ich schaue so blass aus und meine Augen strahlen irgendwie gar nicht. Aber sie besaß keinerlei Schminkutensilien. Ab und zu hatte sie sich von Julia dezent schminken lassen und wusste, dass sie dann noch hübscher und verführerischer aussah.

Na ja, dachte sie, er kennt mich sowieso ungeschminkt und wäre wahrscheinlich befremdet, wenn ich plötzlich so verführerisch vor ihm stünde.

Und dann fielen ihr seine Worte ein, die er damals gesagt hatte: Eligia, Du bist für jeden Mann eine Versuchung.

Gegen zehn Uhr klopfte es an die Haustür. Sie hatte kein Motorengeräusch gehört. Sie öffnete die Tür und da stand er, den Mantelkragen hochgestellt und eine Pudelmütze tief in die Stirn gezogen. Er sah aus wie ein etwas älterer Student.

»Wo ist Ihr Auto?«

»Das habe ich vorsichtshalber auf dem Parkplatz bei der Kirche geparkt. Man kann nie wissen, wem ein fremdes Auto vor deinem Haus auffällig vorkommt.«

Eligia ließ ihn schnell eintreten und nahm ihm den Mantel ab. Sie hängte ihn an den Garderobenhaken rechts neben der Eingangstür und er hing seine Pudelmütze darüber.

»Wollen Sie noch ein Frühstück? Sie sind ja ziemlich früh aufgebrochen.«

»Ja, einen Kaffee und Toast könnte ich vertragen.«

Er setzte sich an den Esstisch und Eligia bereitete frischen Kaffee zu. Sie bestrich zwei Toastbrote, eines mit Honig und eines mit Marmelade. Dann setzte sie sich ihm gegenüber. Er kam sofort zur Sache.

»Ein Mann um die Vierzig ist gestern auf der Straße von hier nach Glasgow tödlich verunglückt. Die Verkehrspolizei hat weder Alkohol noch Drogen feststellen können, weitere Untersuchungen laufen. Er ist auf völlig gerader Straße mit 80 km/h gegen einen Brückenpfeiler gefahren und war sofort tot. Es könnte natürlich Selbstmord gewesen sein. Er befindet sich in unserer Kartei, als Pädophiler, war aber nicht vorbestraft. Wir wissen nur, dass er pakistanische Freunde hatte und öfters mit ziemlich jungen Burschen gesehen wurde.«

Er holte ein Bild aus seiner Aktentasche und legte es vor Julia auf den Tisch.

»Hast du den schon mal gesehen?«

»Ja, das ist der Typ, der meinen Bruder gefickt hat, seit er elfeinhalb Jahre alt war. Er hat ihm so viel Geld gegeben, dass Jeremy davon Drogen kaufen und abhängig werden konnte. Gestern stand er plötzlich vor der Tür und wollte Jeremy zurückholen. Er liebe ihn und könne ohne ihn nicht leben, hat er behauptet.«

Der Kommissar schaute in ihre Augen. Es war ein prüfender Blick, aber sie spürte plötzlich ein Kribbeln im Bauch – ungewohnt und irritierend.

»Ich war nachweislich daheim und habe außer meinem Bruder auch den Hausvermieter, Mr. Wulf, als Zeugen, weil er ab 18:00 Uhr mit uns zu Abend gegessen hat.«

»Der Unfall hat sich gegen 17:30 Uhr ereignet.«

Eligia nickte, da hatte sie in der Badewanne gelegen.

«Auf seinem Navi wurde deine Adresse gefunden, aber dein Alibi ist ja hieb-und stichfest.»

Der Kommissar nahm das Bild wieder weg und holte ein anderes aus seiner Tasche. Er legte es vor sie hin.

»Das ist der Pakistaner, der mit dem Pädophilen befreundet ist. Wir wissen, dass er mit Drogen und Kindern handelt, konnten ihm aber nie etwas nachweisen. Es ist ja immer dasselbe Problem: Geld verschließt Münder.«

Sie schaute auf den Mund des Kommissars. Ein unkontrollierbarer Drang überfiel sie aus heiterem Himmel und völlig unpassend. Sie stand auf, ging zu seinem Platz, beugte sich zu ihm herunter und küsste ihn auf den Mund. Seine weichen, warmen Lippen waren so wunderbar, so beruhigend und er bewegte sich keinen Millimeter. Nach ein paar Sekunden trat sie wieder zurück und holte frischen Kaffee, als ob nichts passiert wäre. Sie goss ihm nach und stand dabei dicht neben ihm. Er legte seinen Arm um ihre Taille und sie stellte die Kaffeekanne auf den Tisch und beugte sich noch einmal herunter nah an sein Gesicht. Diesmal zog er sanft ihren Kopf heran und öffnete ihren Mund mit seiner Zunge, vorsichtig und zärtlich. Auch dieses Gefühl war beruhigend. Seine feuchte Zunge streichelte die ihre, und alles war so anders als Abduls Küsse. Irgendwie war der ganze Mann so anders.

Nach ein paar Sekunden schob er ihren Kopf wieder sanft weg und stand auf. Er stellte sich vor sie, umfasste ihre Taille mit beiden Händen und hielt sie einige Zentimeter auf Abstand, damit er wohl in ihre Augen schauen und reden konnte. Sie selbst hatte das unkontrollierbare Bedürfnis, nicht zu reden, nur zu küssen und ihren Körper an seinen zu schmiegen und so für alle Zeiten seine Nähe zu spüren. Aber seine leisen Worte und seine weiche Stimme hielten sie zurück, mit mehr Kraft als ein herausgeschriener Befehl.

»Eligia, süßer Todesengel, ich bin zwölf Jahre älter als du, war verheiratet und bin doch zu jung, um durch dich zu sterben. Ich will eines Tages ein glücklicher Familienvater sein, der die Vergangenheit abschließen und zurücklassen kann, aber ich weiß nicht, ob das mit dir möglich ist. Deine Anwesenheit führt mich in Versuchung nicht nur als Mann, sondern auch als Rächer. Deswegen lass mich gehen, gib mir Zeit und verzeih mir.«

Sie ging zwei Schritte zurück und war hellwach. Ja, er hatte recht, was war nur in sie gefahren, wahrscheinlich hatte sie wegen der Schwangerschaftshormone jegliche Kontrolle verloren.

»Tut mir leid, Kommissar Wine, Sie sehen so jung aus, da habe ich die Anstandsregeln vergessen.«

Nach einer Pause fügte sie hinzu:

»Und meinen Verlobten Abdul auch. Liegt wahrscheinlich an den Schwangerschaftshormonen.«

Er lächelte sie so liebevoll an, dass sie beinahe wieder schwach geworden wäre, aber sie nahm die Kaffeekanne vom Tisch und hielt sich an ihr fest. Der Kommissar ging langsam zur Tür und zog seinen Mantel an.

»Ich bin froh, dass du ein hieb- und stichfestes Alibi hast. Kann sein, dass du noch von der Ortspolizei vernommen wirst. Du bleibst einfach bei der Wahrheit und sagst, dass er euch kurz besucht hat, um Jeremy zu sehen, und dann wieder weggefahren ist.« Sie ging neben ihm her bis zum Gartentor.

»Besuchen Sie mich mal wieder?«, fragte sie sehr leise und fürchtete eine Abfuhr.

»Ich brauche nur etwas Zeit, Eligia. In meinem Alter ist man Gefühlen gegenüber immer misstrauisch. Ich traue weder meinen eigenen noch deinen wirklich über den Weg. Emotionen können sich sehr schnell ändern. Ich rufe dich in einer Woche an und dann wissen wir beide besser, ob unsere Gefühlen beständig sind.«

Und Eligias Herz machte einen Freudensprung. Wie er Richtung Marktplatz ging, den Kragen hochgeschlagen, die Mütze auf dem Kopf, wusste sie, dass auch er sie brauchte. Er hatte wieder versucht, sie auf die Fährte eines pakistanischen Drogendealers und Kinderhändlers zu locken, indem er ihr das Bild gezeigt hatte. Und sie hatte ihn instinktiv geküsst und so von seinen Rachegelüsten oder krankhaften Wünschen abgelenkt. Sie hatte ihm, aber auch sich selbst Grenzen gesetzt. Egal, wie viel jünger ich bin, ich kann nicht nur Verbrecher bestrafen, sondern auch gute Menschen retten. Und auch meine eigene Seele! Deshalb muss ich mich nicht vor meinen Fähigkeiten ängstigen, mich nicht verurteilen, nein ich darf stolz auf mich sein.

Und sie spürte tief in ihrem Herzen, dass sie zumindest eine Zeit lang ihren Weg zusammengehen sollten. Sie könnte ihn von seinem Hass, seinen Rachegelüsten und seiner Trauer heilen, er würde sie stark machen durch väterliches Verständnis und reife Liebe. Auch wenn er keine besonderen Fähigkeiten besaß, war er der besondere Mensch, der gut für sie war und den sie gerade jetzt brauchte.

KAPITEL 36

Die Macht der Flügel

Als Eligia wieder allein am Esstisch saß, durchfuhr sie ein unangenehmes Gefühl von Scham, Einsamkeit und Hoffnungslosigkeit. Was für ein Jahr hatte sie hinter sich! Eigentlich waren es erst acht Monate, aber die Zeit kam ihr so unendlich lang vor. So vieles war passiert und ihr Leben hatte sich immer wieder verändert. Aber war sie vorangekommen, irgendwo hingekommen? Wohin hatte sie damals überhaupt gewollt? Und wohin wollte sie jetzt?

Wenn sie ehrlich war, nur weg von zu Hause, von ihrer kalten Mutter, die ihr von klein auf das Gefühl gegeben hatte, ungeliebt und ungewollt zu sein. Sie hatte aufgegeben, um diese Liebe zu kämpfen, hatte instinktiv gespürt, dass ihre Mutter nicht in der Lage war zu lieben und dass sie Wärme und Zärtlichkeit woanders suchen und finden musste. Und Elvin erschien ihr damals

als Seelenverwandter, der sie und ihre Sehnsucht nach Wärme verstand, ohne Worte. Elvin, der selbst so ungeliebt und verstoßen worden war, dass er sich nach Liebe verzehrte und zum tödlichen Rächer wurde, weil ihm der geliebte Freund genommen worden war. Sie hatte ihn verlassen müssen, weil er schädlich für ihre Seele war. Und Abdul, ein gesunder Sohn, von beiden Eltern immer geliebt, erschien ihr wie ein Rettungsring, mit dessen Hilfe sie sich aus Elvins Einfluss lösen konnte. Und nun saß Abdul, der Vater ihres Kindes, wegen ihr im Gefängnis und fühlte sich von Allah bestraft, weil er mit ihr geschlafen hatte.

Für sie gab es keinen Zweifel mehr daran, dass sie ihn mit ihren Gedanken beeinflusst und er nur deshalb geschossen hatte. War sie ein Todesengel, eine Unglücksbringerin? War der Kommissar möglicherweise ihr nächstes Opfer? Und was für eine Mutter konnte so ein Todesengel überhaupt werden? Eine tiefe Traurigkeit trieb ihr die Tränen in die Augen und sie legte den Kopf auf den Tisch und ließ ihnen freien Lauf. Sie fühlte sich so unendlich allein, so nutzlos und für andere gefährlich, dass sie für Sekunden den Baum von Elvins Freund vor ihren Augen sah. Sie hing selbst an einem Ast und versuchte, den Baumstamm zu umarmen, aber es ging nicht, weil ihr Bauch zu dick war.

Sie hob entsetzt ihren Kopf und wusste, dass sie auf keinen Fall unnütz war und dass dieser Blick in die Zukunft sie nur warnen, erschrecken sollte. Er sollte sie aufrütteln und ihr deutlich machen, wie wichtig sie für ihr Kind war. Dieses Kind brauchte sie, jetzt in ihrem Bauch aber auch nachher. Sie hatte doch in diesen letzten acht Monaten an vielen Beispielen gesehen, wie wichtig liebende Eltern für ihre Kinder waren, um nicht Missbrauchsopfer oder drogenabhängig zu werden. Sie war gesegnet, ja, auserwählt, weil sie so stark war und die Bösen bestrafen und die Guten retten konnte.

Vielleicht ist für Abdul der Gefängnisaufenthalt sogar eine Rettung! Dieser Gedanke schoss ihr plötzlich durch den Kopf wie ein Lichtstrahl. Er wurde einerseits vor seiner dominanten Mutter und andrerseits vor einem Todesengel gerettet. Beide würden ihn daran hindern, sich zu einem unabhängigen Mann zu entwickeln, der seinen eigenen Weg finden und gehen konnte. Im Gefängnis war er frei von diesen zwei Frauen, die ihn beeinflussen wollten.

Bei ihrem nächsten Besuch mussten sie deshalb Klarheit in ihrer beider Leben bringen. Mr. Wulf hatte ihr sein Auto geliehen und es fuhr nicht schneller als 80 Kilometer in der Stunde. Deshalb konnte sie sich auf der Fahrt zum Gefängnis auf das Gespräch vorbereiten.

Als sie ihn dann wieder so sanft und freudig lächeln sah, hinter dieser stumpfen Glasscheibe, stieg Mitleid in ihr hoch und hinderte sie daran, auch nur ein Wort zu sagen, das ihn verletzen könnte. Sie brachte das Thema sehr vorsichtig zur Sprache. Was waren seine Wünsche für die Zukunft, wenn er weder auf seine Mutter noch auf einen schwangeren Engel Rücksicht nehmen müsste? Abdul war von dieser Frage so überrascht und völlig verwirrt, dass er minutenlang keine Antwort fand. Dann sagte er leise mit gesenktem Blick:

»Ich würde so viel Geld nehmen, wie ich brauche, um nach Mekka zu fahren. Ich würde an der Hadsch teilnehmen, damit alle meine Sünden vergeben werden und ich ein neues Leben als braver Moslem anfangen könnte.« Und sie wusste sofort, dass das sein tiefster, geheimer Traum war. Nach einer Pause schaute er in ihre Augen und flüsterte:

»Ich würde immer für mein Kind und seine Mutter sorgen und da sein, wenn ich gebraucht werde. Aber ich würde eine gute Muslima heiraten und mit ihr noch mal nach Mekka fahren, wenn es uns möglich ist.«

Eligia lächelte ihn liebevoll an. Sie bewunderte ihn für seine offenen Worte und spürte gleichzeitig einen Abschiedsschmerz, den sie so noch nie gespürt hatte. Mit seiner freundlichen, sanften Art überließ er ihr nun die Erfüllung seines Lebenswunsches und damit die Trennung. Ihr war klar, dass sie diese in die Wege leiten musste, weil sie in seinen Augen ein Engel war, den er niemals von sich aus verlassen würde.

»Ich werde für dich beten, dass all deine Wünsche in Erfüllung gehen.«

Und, dass ich in der Lage bin, dich freizugeben und mich möglicherweise in absolutes Alleinsein zu stürzen, dachte sie, als sie den Besuchsraum verließ.

Nach diesem Besuch war sie sicher, dass ein gemeinsames Leben weder für Abdul noch für sie erstrebenswert war. Nein, er musste mit einer guten muslimischen Frau eine Familie gründen, nicht mit ihr, einem Todesengel. Auch wenn sie in seinen Augen ein guter Engel war, das spielte keine Rolle.

Daheim in ihrem kleinen Häuschen, dachte sie immer wieder an den Kommissar. War sie für ihn auch schlecht? War es auch für ihn besser, ein Leben, ohne sie zu führen? Tagelang grübelte sie über diese Frage. Schließlich rief sie Elvin an.

«Hallo Elvin, wie geht es Euch? Kommt ihr ohne mich überhaupt zu Recht?»

Elvin lachte am anderen Ende und Julia rief ins Telefon:

«Wir hatten ganz schön Probleme, die absolute Zweisamkeit

auszuhalten. Du weißt ja, dass wir beide beziehungsgestört sind. Aber allmählich wirds besser. Wir können jetzt zwei Tage hintereinander ohne Streit und ohne Sex zusammenleben. Und unser Baby strampelt immer fröhlich mit!» Elvin lachte wieder.

«Sie übertreibt, wie immer, aber du fehlst uns schon, Eligia. Wie geht es dir so allein in den wunderschönen Highlands? Im Winter war ich noch nie an unserem See. Sollen wir dich besuchen?»

«Nein, vorerst nicht. Ich muss erst mein Leben auf die Reihe kriegen. Ich habe mich in den Kommissar verliebt und bin mit Abdul nur noch gut befreundet.»

Am anderen Ende herrschte sekundenlang Schweigen.

«Seid ihr noch dran?», fragte sie schließlich.

«Ja klar, aber wir müssen erst diese Neuigkeit verdauen. Ich muss erst in mich reinfühlen. Also der Kommissar, wie heißt er überhaupt mit Vornamen? John, glaube ich. Nun ich verspüre keinerlei Eifersucht- oder Rivalitätsgefühle wie zum Beispiel bei Abdul.»

Dann redete Julia dazwischen.

«Eligia, ich kann das total verstehen, er hat ne heiße Ausstrahlung, so zurückhaltend, immer leicht traurig und beherrscht. Aber ich spüre hinter dieser Tarnung den Vulkan. Du wirst aber eher das Väterliche spüren und toll finden. Das hat er auf jeden Fall auch.»

Bevor Eligia diese Worte verarbeiten und antworten konnte, hörte sie Elvins Stimme eigenartig tief und fremd.

«Wenn er sich auf dich einlässt, ist er besser für dich als Abdul, da bin ich mir sicher. Er wäre wahrscheinlich auch ein sehr guter Stiefvater. Auf jeden Fall ein besserer als ich.»

Sie hatte genug gehört, ihr Seelenverwandter bestätigte all ihre eigenen Gedanken und Gefühle. Er hatte sich zwar mit dem Gedanken beschäftigt auch für ihr Kind als Stiefvater eine Rolle zu übernehmen aber wohl nur spielerisch. Das Wichtigste für sie war, dass es den beiden gut ging, sie sich zusammenrauften und Elvin keine negativen Gefühle für John empfand. John, der Name war so ungewohnt. Für sie war er immer der Kommissar gewesen. Und auch wenn sie „du" gesagt hatte, gefühlt war es ein „Sie".

Als sie das Gespräch beenden wollte, hörte sie Julias Stimme aus dem Hintergrund.

»Eligia, Elvin hat mir versprochen, nie mehr seinen Arm als Waffe zu verwenden, es sei denn einer von uns Dreien schwebt in akuter Lebensgefahr. Du kannst also beruhigt in den Highlands auf dein Baby warten.« Sie ist einfach eine richtig gute Freundin, dachte Eligia und hat Elvin endlich zur Vernunft gebracht.

Dann, am Samstag, drei Tage nach diesem Gespräch, klopfte es an ihre Tür. Sie hatte gebetet, dass er zurückkommen möge, und deshalb war sie sich sicher, dass ihre Gebete erhört worden waren.

»Hallo Eligia, ich hoffe, ich störe dich nicht an diesem kalten, klaren Samstagvormittag?«

»Nein, im Gegenteil, ich wollte gerade spazieren gehen. Es wäre schön, wenn Sie mich begleiten, damit ich nicht immer so allein gehen muss. Warten Sie einen Moment hier im Flur, ich ziehe mir noch etwas Warmes an.«

Sie rannte hoch und zog sich eine dicke Hose, einen Pullover und eine Mütze an. Ihr Wintermantel hing unten im Flur. Dann stapften sie durch den weißen, unberührten Neuschnee, der in der Nacht gefallen war. Es herrschte Stille und die Sonne begann das Hochnebel-Grau des Himmels langsam, aber stetig aufzuhellen. Als sie am See ankamen, spiegelte der Himmel sein Highland-Blau im Wasser und Eligia musste an Elvin denken. Bis heute waren er und seine Augen ein Rätsel für sie geblieben. Sie drehte ihren Kopf und sah für Sekunden den Blick des Kommissars auf sich ruhen. Zärtliche, liebevolle Wärme ließ dieser Blick erahnen und einen Hauch von Begehren. Sie lächelte und schaute wieder auf den See.

Ja, wir beide sind gut füreinander, dachte sie.

Und als er ihre Hand nahm, kam ihr diese kleine Berührung wie eine Pakt-Besiegelung vor. Sie zog ihren Handschuh aus und er tat das Gleiche. Und ihre Hände wärmten sich gegenseitig, solange sie sich festhielten.

Weil keiner frieren will, werden wir uns immer festhalten müssen, dachte sie und stapfte neben dem Kommissar her. Nach ein paar Minuten sagte er:

»Man glaubt es kaum, dass so ein kleiner Elfen-Kuss diese riesige Wirkung bei einem alten, verbitterten und verhärteten Mann bewirken kann. Ich habe jeden Tag mehrmals an dich gedacht und dass du hier, am Ende der Welt, so allein und dann noch schwanger lebst. Ich musste mich sehr beherrschen, um nicht bei dir anzurufen. Heute nun habe ich sogar einen offiziellen Grund erhalten, dich zu besuchen. Es gibt Neuigkeiten in Abduls Sache. In den Opfern wurden ja mehrere Kugeln gefunden und die tödlichen stammen alle nicht aus Abduls Waffe. Es muss also noch jemand anderes aus dieser Richtung geschossen haben. Zeugen von den anderen Tischen haben Feuerblitze aus einer Ecke neben der Toilettentür gesehen. Ich habe deshalb gestern Abdul im Gefängnis besucht, um ihn nochmals zu verhören und ihm diese Neuigkeiten zu berichten. Er wird jetzt nicht mehr wegen Totschlags angeklagt, sondern wegen schwerer Körperverletzung. Das macht bei Jugendstrafrecht schon was aus, im Strafmaß.«

Er pausierte und sie strahlte ihn an.

»Das sind ja sehr gute Nachrichten! Ich freue mich für Abdul und für mich auch, weil ich jeden Tag in ihren Gedanken rumgegeistert bin.«

Der Kommissar drückte ihre Hand etwas fester.

»Und weil ich immer für klare Verhältnisse bin, habe ich Abdul nach seinen Plänen gefragt, wenn er schon nach einem Jahr oder noch früher auf Bewährung entlassen werden wird. Und er hat mir von eurem Gespräch erzählt. Tja, das vereinfacht die Situation. Er ist ein guter Junge und ein sehr guter Moslem. Er war erleichtert, als ich ihm gesagt habe, dass ich mich um dich und auch das Kind als Ersatzvater kümmern möchte. Nach dem Besuch in Mekka kann er dann ein neues, braves Leben anfangen. Ansonsten wärst du für ihn bei jedem Treffen eine Versuchung gewesen.«

Eligia nickte und stoppte. Sie stellte sich vor den Kommissar und legte ihre Hände um seinen Hals.

»Ich will nur für Sie eine Versuchung sein, in Ihrem Kopf rumgeistern und mich nur von Ihrer Hand wärmen lassen.«

Sie ging schnell wieder einen Schritt zurück, weil sie schon auf der Dorfstraße angekommen waren. Der Kommissar nahm wieder ihre Hand und sie gingen weiter bis zu ihrem Haus.

«Wäre schön, wenn du mich auch duzt. Ich möchte mich noch bei dir entschuldigen. Ich habe dir bei unserem letzten Treffen das Bild von dem Drogenhändler vorgelegt. Es tut mir leid, dass ich wieder in mein altes Verhalten zurückgefallen bin. Du weißt schon, jede Chance nutzen, um diese Kriminellen auszulöschen. Und ich danke dir, dass du mich mit deinem Kuss darauf aufmerksam gemacht hast.»

Als sie vor der Haustür standen, führte er ihre Hand an seine Lippen, öffnete den Mund und hauchte heißen, wunderbar wärmenden Atem auf ihre Haut.

«Bitte küss mich in Zukunft immer, wenn dir danach ist und ich werde dich mit allem, was ich habe, wärmen, heute und an jedem Tag.»

Dieses Versprechen war mehr als sie erhofft hatte. Sie schickte ein Dankgebet an den blauen, klaren Highland-Himmel, an dem weiße Schleierwolken erkennbar waren, die wie ihre Flügel aussahen. Da oben macht ihr euch recht gut, dachte sie.

Beim Betreten des Flures hatte sie das Gefühl, dass ihre Flügel am Himmel ein Zeichen dafür waren, dass sie nur noch Gutes bewirken sollte und nie mehr den Tod eines Menschen. Gleichzeitig schien ihr eine Himmelsmacht zu signalisieren, dass sie ihr dabei helfen und ihre Seele retten werde.

Nachwort und Danksagung

Liebe Leserin und lieber Leser!

Mein drittes Buch ist ein Urban Fantasy Roman mit realem Hintergrund geworden!

Ich bin zufällig auf einen Wikipediaartikel gestoßen, während der Recherche über Schottland. Ich liebe die Highlands und wollte meinen nächsten Roman auf jeden Fall dort ansiedeln. Glasgow ist eine schöne Stadt und doch jahrelang ein Sumpf von Jugendkriminalität gewesen. Heute haben die Glasgower ihre Jugendlichen dank erfolgreicher Streetworker und sozialtherapeutischen Programmen viel besser im Griff und ihre Polizeistrukturen wohl auch. Wir könnten von ihnen lernen.

Ich danke meinen lieben Testleserinnen für ihre konstruktive Kritik, das Teilen ihrer Gefühle und Gedanken! Bei diesem komplexen Plot, in dem Kindesmissbrauch, Rache und Rassismus eine Rolle spielen, habe ich Eure Meinungen oft herbeigesehnt und das Buch wäre ohne Eure Hilfe nicht so zügig fertig geworden. Vor allem wäre nicht so ein wundervolles, magisches Buch entstanden, das auch für Young Adults geeignet ist und auf das ich stolz bin!

Erneut danke ich meinem geduldigen Ehemann, der mich dieses Mal auch mit Rat unterstützen konnte und meinen lieben Instagram- und Facebook-Freunden, Bloggerinnen und Bloggern, die mich durch Kommentare auf Textschnipsel bestätigt und ermutigt haben.

Eure Matilda

Die Fakten laut Wikipedia

Die von der schottischen Sozialarbeiterin und Ehrenprofessorin Alexis Jay und weiteren unabhängigen Experten im Auftrag der Bezirksverwaltung Rotherham durchgeführte Untersuchung kam zu dem Schluss, dass die Polizei weitgehend versagt hatte und dass nicht ein paar Dutzend, sondern in der Zeit zwischen 1997 und 2013 mindestens 1400 Kinder und Jugendliche über Jahre hinweg sexuell ausgebeutet worden waren. Die meisten Opfer aus den gesammelten und untersuchten Fällen waren laut Untersuchungsbericht „white British children" (deutsch: „weiße britische Kinder und Jugendliche"), die Täter stammten in der Mehrheit aus der pakistanisch-britischen Gemeinde von Rotherham. Die im Bericht enthaltenen Misshandlungen umfassen Entführung, Vergewaltigung, sexuellen Missbrauch von Jugendlichen und Kindern sowie Menschenhandel und Zwangsprostitution.

Der Untersuchungsbericht

Am 26. August 2014 wurde der Bericht der unabhängigen Untersuchung der sexuellen Ausbeutung von Kindern in Rotherham[7] von Professorin Alexis Jay vorgestellt. Er ergab, dass die Zahl der Kinder und Jugendlichen, die in Rotherham zwischen 1997 und 2013 sexuell missbraucht wurden, bei „konservativer Schätzung" mindestens 1400 beträgt.

In von Jay vorgestellten Fallbeispielen geschah das Grooming der Schulmädchen meist durch junge männliche Mitglieder von Zuhältergangs. Sie beeindruckten die Mädchen, die vorwiegend aus zerrütteten Familien kamen und von ihren Eltern vernachlässigt wurden, mit schnellen Autos, Geschenken, kostenlosen Drogen und Liebesversprechen und sorgten dafür, dass sie den Kontakt zur Familie vollends verloren.

Laut dem Bericht wurden die Kinder ab einem Alter von elf Jahren „durch mehrere Täter entführt, in andere Städte in England gehandelt, vergewaltigt, geschlagen und eingeschüchtert". Drei frühere Untersuchungen – durchgeführt 2002, 2003 und 2006 – hatten bereits ähnliche Ergebnisse erbracht, seien aber „wirkungsvoll unterdrückt" worden, weil Beamte „den Daten nicht glaubten". Das Untersuchungsteam fand Fälle von Kindern, „die mit Benzin übergossen wurden – wobei ihnen gedroht wurde, sie anzuzünden –, die mit Schusswaffen bedroht wurden, die bei brutalen gewalttätigen Vergewaltigungen zusehen mussten – wobei ihnen gedroht wurde, sie würden die nächsten sein, wenn sie jemandem davon erzählten".

Der Bericht konstatiert ferner, dass „ein Mädchen, das auszusagen bereit war, einen Text erhielt, in dem stand, dass der Täter ihre jüngere Schwester in der Gewalt habe und die Wahl dessen, was dann geschehe, bei ihr liege". Sie zog daraufhin ihre Aussage zurück. Mindestens zwei weitere Familien wurden von Tätergruppen terrorisiert. Letztere saßen in Autos vor der Wohnung der Familie, warfen Fensterscheiben ein und tätigten Drohanrufe. In einigen Fällen gingen die Opfer zum Täter zurück – in dem Glauben, dass dies der einzige Weg sei, ihre Eltern und andere Kinder in der Familie zu schützen. In den extremsten Fällen glaubte niemand in den Familien, dass die Behörden sie schützen könnten.

Obwohl von der Mehrheit der Täter bekannt war, dass sie asiatischer oder pakistanischer Herkunft sind, beschrieben sich mehrere Mitarbeiter der Behörde als nervös hinsichtlich der Ermittlung der ethnischen Herkunft der Täter – aus Angst davor, dass sie als Rassisten angesehen werden könnten; andere – worauf der Bericht hinweist – „erinnern sich an klare Anweisungen von ihren Vorgesetzten", solche ethnisch bezogenen Angaben nicht vorzunehmen. Einem Mitarbeiter, der 2002 versuchte, bei hochrangigen Polizeibeamten auf den Anstieg dieser Missbrauchsfälle aufmerksam zu machen, wurde gesagt, dass er dies unterlassen solle; darüber hinaus wurde er anschließend suspendiert und ins Abseits gedrängt. In dem Bericht wurde ferner festgestellt, dass es der Polizei an Respekt für die Opfer mangelte, die als „unerwünscht" angesehen wurden.

Urteile

Am 24. Februar 2016 wurden sechs Beteiligte an den Sexualstraftaten schuldig gesprochen. Die Urteile lauten auf gemeinschaftlich begangene Vergewaltigungen, Freiheitsberaubung und Zuhälterei an 15 Opfern. Das jüngste Opfer war erst elf Jahre alt. Drei Brüder und deren Onkel pakistanischer Herkunft erhielten langjährige Haftstrafen von zehn bis 35 Jahren. Der Anführer erhielt eine 35-jährige Haftstrafe. Zwei Komplizinnen wurden zu 13 Jahren bzw. zu 18 Monaten auf Bewährung verurteilt.

Das Urteil zieht weitere Verfahren nach sich: Die National Crime Agency begann wegen 57 ermittelter Missbrauchsfälle mit Untersuchungen gegen 23 Personen und kündigte weitere Ermittlungen gegen andere Tatverdächtige an. Ein Anwalt aus Sheffield plant im Auftrag von 65 geschädigten Frauen eine Klage gegen das Rotherham Borough Council. Die Independent Police Complaints Commission ermittelt in 55 Fällen gegen mit der Strafverfolgung befasste Polizeibeamte, unter anderem wegen Untätigkeit und Korruption, und hatte am Tag des Urteils bereits 26 misconduct notices ausgesprochen.

Zusätzlich leitete Theresa May, zum damaligen Zeitpunkt Innenministerin, ein Verfahren ein, an dessen Ende den Verurteilten mit doppelter Staatsbürgerschaft ihre britische Staatsbürgerschaft aberkannt werden soll.

Im Februar 2017 wurden sechs britisch-pakistanische Täter zu langjährigen Haftstrafen verurteilt.

Geburten von Kindern

Im Nachgang der Veröffentlichung des Untersuchungsberichts wurde zudem berichtet, dass infolge der bandenmäßigen Vergewaltigungen der minderjährigen Mädchen mehr als 100 Kinder geboren wurden. Einige der Kinder seien den Müttern von den Tätern weggenommen worden; andere von den Behörden, die die Kinder „zwangsweise" zur Adoption freigaben. Überdies sei es zu einer Vielzahl von teils erzwungenen Abtreibungen und Fehlgeburten gekommen. In vielen Fällen seien die Behörden nicht eingeschritten, obwohl sich die betroffenen Mädchen an sie gewandt hätten.

Selbst in einem Fall, in dem die entsetzten Eltern einer 14-jährigen Schwangeren Polizei und Sozialbehörden um Hilfe baten, seien diese lange untätig geblieben. Stattdessen sei sie vom Täter zu einem Schwangerschaftsabbruch gezwungen worden, weil dieser einen DNS - Test fürchtete. Hiernach sei das Mädchen zwar bei Pflegeeltern untergebracht worden, aber der Täter habe sie erneut ausfindig gemacht und auch in der Obhut von Pflegeeltern und Behörden erneut tyrannisiert und geschwängert.

Bibliografische Angaben für
„Missbrauchsskandal von Rotherham"

Seitentitel:
Missbrauchsskandal von Rotherham

Herausgeber:
Wikipedia, Die freie Enzyklopädie.

Autor(en):
Wikipedia-Autoren, siehe Versionsgeschichte

Datum der letzten Bearbeitung:
29. Dezember 2020, 02:37 UTC

Versions-ID der Seite:
207017030

Permanentlink:
https://de.wikipedia.org/w/index.php?title=Missbrauchsskandal_von_Rotherham&oldid=207017030

Datum des Abrufs:
3. April 2021, 08:30 UTC